시조에 담긴 주제와 시각

시조에 담긴 주제와 시각

임종찬

국학자료원

문학은 훌륭한 문화상품이다. 영국 사람들은 셰익스피어의 작품만으로도 인도와 안 바꾼다는 말들을 하였다고 한다. 그게 진담이든 농담이든 셰익스피어 작품들은 세계 사람들에게 감명을 주는 가치 있는 작품으로 평가 받고 있는 것은 사실이고, 그의 작품에 대한 이런 평가가 앞으로 세월이 흘러도 사그라질 것 같지도 않다.

우리나라 사람들이 만든 문학도 잘만 번역하면 세계 문학 시장에서 당당히 큰 소리를 칠 것 같은데 아직 큰 소리 쳤다는 소식이 안 들려온다. 세계 여러 나라에서 노벨문학상을 해마다 받고 있는데 우리는 이런 상 한 번 받지 못하고 있으니 안타깝다. 노벨문학상은 그렇게 되었다 치고, 세계 권위 있는 문학상쯤은 받아도 여러 번 받았어야 했는데도 우리나라 문인 중에서 세계 어떤 어떤 문학상을 받아서 국가 위신을 높였단 소식이 잘 들려오지 않으니 이래서는 안 되는 일인 것 같다. 체육인이 연예인이 음악인이 세계 사람들을 놀라게 하였고 우리 상품이 세계를 놀라게 한 예는 많지만 문학에서만은 이런 경우가 없는 게 이상한 일이다. 어딘가 우리가 정신을 차리지 못하는 구석이 있는 것 같은 느낌이 든다.

시만 해도 그렇다. 세계 사람들은 저들 나라말을 잘 조립해서 이걸 음악상태의 시를 만들어 읽기 좋게 듣기 좋게 읊기 좋게 만들어 이게 세계 시 중에 최고라고 세계 사람들에게 알리고 세계 사람들도 이걸 지어보라고 해서 이걸 짓고 사랑하도록 만들고 있다.

소위 정형시라는 시는 절제된 형식미와 음악성을 곁들인 시로서 읊어서 음악이 되고 들어서 음악이 되고 의미를 따져서 곡진한 데가 느껴지는 시이다. 좀 괜찮다고 하는 나라는 저들 말을 잘 갈고 닦는 수단으로 이 정형시를 개발하고 육성 발전시켜왔고 어려서부터 이 시를 줄줄 외우도록 가르쳐오고 있다. 우리는 시조라는 훌륭한 정형시를 가시고 있긴 있다. 그런데 시조에 대한 대접이 영 말이 아니다. 초 중 고 국어 교과서에서조차 시조 구경하기가 쉽지 않게 해놨으니 이게 될 말인가. 일이 이렇게 되면 안 된다는 생각을 많이 해야 하는데 그렇지가 않는 것 같아 안타깝다.

앞으로라도 우리는 정신을 바짝 차려서 우리 정형시에 대한 애정과 그것의 가치와 그것의 자랑스러움에 대해 많이 공부하고 배우고하여 세계 문학시장에 당당히 수출해서 세계 사람들이 놀라도록 해야 한다.

이 책은 '시조에 담긴 주제의식을 오늘날 우리들은 어떻게 해석해야 하는가', '시조의 작중화자가 사물 또는 사회를 어떤 시각으로 보는가' 등의 내용으로 엮었다. 그리고 시조에 대한 애착과 애정을 느끼어 시조가 날로 육성 발전되기를 희망하는 바람도 속에 담았다. 그러나 이 책은 내 욕심대로 되지는 않은 것 같다. 모자라는 곳은 보태고 성긴 곳은 깁고 하여 다음 날에는 더 나은 책을 만들 결심이다.

끝으로 원고 정리와 교정에 힘써 준 본교 대학원생들에게 고마움을 전한다.

2010년 3월
지은이 씀

▌차례

제1장 **사물에 대한 시적 태도**

제2장 **인생의 관조와 멋**

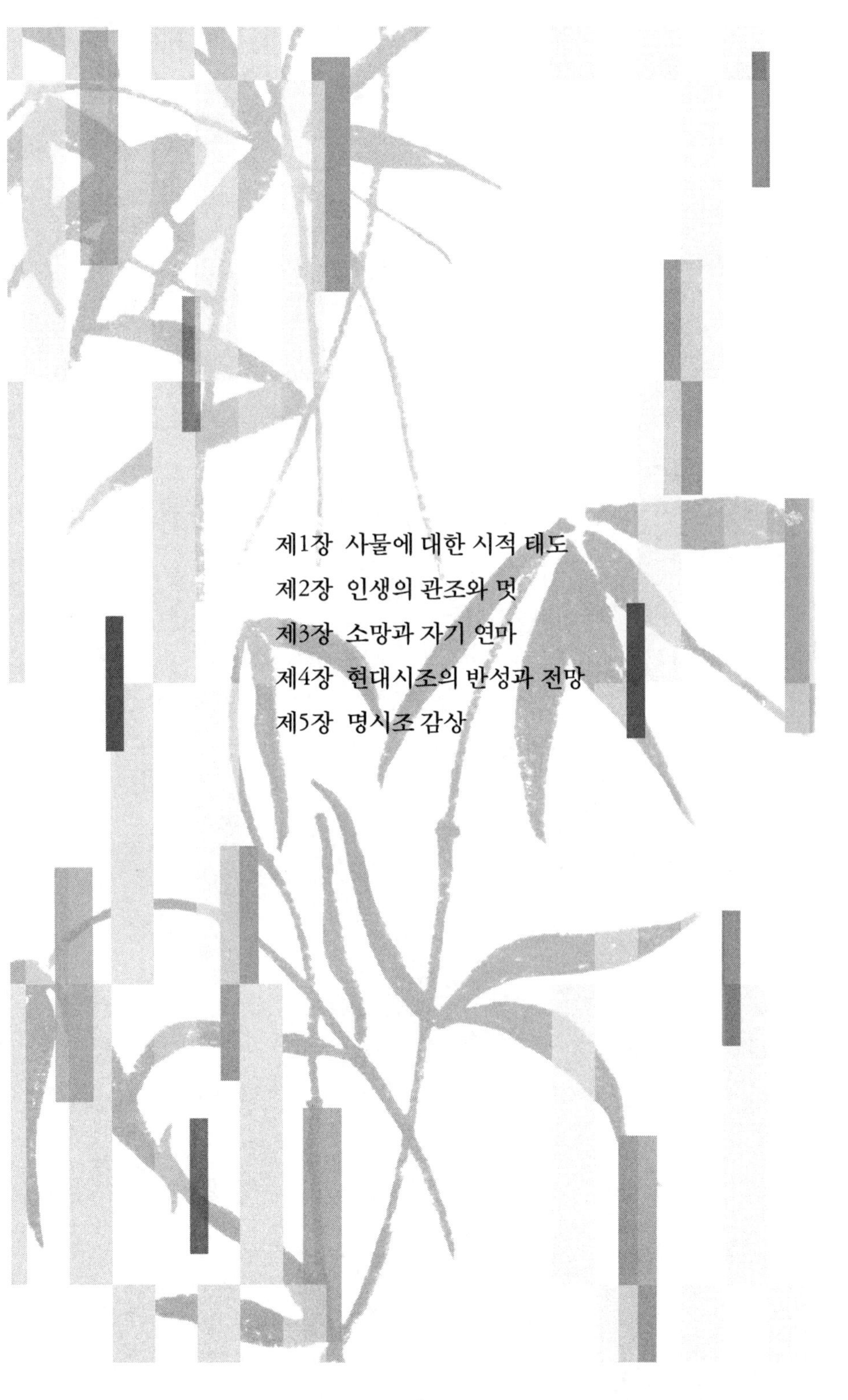

사물에 대한 시적 태도

Ⅰ. 사물을 통한 감응

1. 감응의 원류

시조의 창작을 주도했던 사대부들은 사물을 통해 촉발된 심상들을 시적 주제와 제재로 삼았다. 그런데 성리학적 세계관을 기반으로 한 사대부들에게서 시적 감응의 대상인 사물이란, 자연물이 될 수밖에 없는 것이었다. 왜냐하면 자연은 도(道)의 완전한 실현체로서, 질서와 조화의 성리학적 이데올로기를 온전히 구현하고 있는 것으로 생각되었기 때문이다. 이처럼 사물을 통해 시적 감응을 이끌어내는 경정론(景情論)은 중국 문예 이론의 고전인 유협(劉勰)의 『문심조룡(文心雕龍)』 「물색(物色)」편에서 그 이론적 근거를 찾아볼 수 있다.

> 시기마다 자연물이 있고 그 자연물은 각기 용모가 있다. 감정은 자연물에서 옮겨지고 글은 감정으로써 촉발된다.[1]

---

1) 劉勰, 『문심조룡(文心雕龍)』 「물색편(物色篇)」, 歲有其物, 物有其容; 情以物遷, 辭以情發.

각 시기마다 자연물의 형태가 다르므로 그에 따라 인간의 감정도 다르게 나타난다는 것이다. 곧 작가의 주관적 정신과 객관적 자연물이 결합된 상호융합을 말하는 것이다.[2] 자연물을 통해 촉발된 인간의 감정이 사림에 따라, 시간에 따라 다르게 경험되는 주관적인 것이므로 시적인 경험 역시 다를 수밖에 없는 것이다. 유협의 객관경물(客觀景物)과 주관정의(主觀情意)의 상호교융에 대한 언급은 다른 부분에서도 볼 수 있다.

> 등고(登高)하여 시를 짓는 뜻은 대개 물(物)을 봄으로써 정(情)을 일으키는 것이다. 정(情)은 물(物)로써 흥을 일으키게 되므로 그 뜻은 반드시 명쾌하고 물(物)로써 정(情)이 보여 지기 때문에 사(詞)는 반드시 화려하다.[3]

물(物)을 보고 난 후 정(情)을 일으키는 것이 시를 짓는 것이라 하였다. 물(物)과 정(情)이 상호교융함으로써 각각 명쾌함과 화려함을 얻는다는 것이다. 이러한 유협의 이론은 그 후 물(物)과 정(情)이라는 용어의 표현만 조금씩 바뀌었을 뿐 많은 이들에게서 같은 논리로 전개된다.

조선 시대 사대부들은 성리학적 질서에 바탕을 둔 유교적 관념이 지배적이었고, 그들은 사물이 가진 속성을 통해 자신들의 사상과 일치를 보이려는 시조를 많이 창작하였다. 때문에 그러한 시조들은 상당 부분 교훈적이고 관념적 성격을 띠게 마련이다. 사물이 가진 속성을 직관적으로 깨닫고 이를 익혀서 자신의 내면 수양과 나라에 대한 마음, 그리고 군주에 대한 유교적 관념을 드러내는데 사용하였다. 동양의 사상에

---

2) 박세나, 「조선 전기 사대부 시조의 경정론적 연구」, 전북대 석사논문, 2001.
3) 劉勰, 『문심조룡(文心雕龍)』, 「전부편(詮賦篇)」, 原夫登高之旨, 蓋睹物興情. 情以物興, 故義必明雅; 物以情觀, 故詞必巧麗.

는 서양과는 달리 외부의 절대적 존재를 설정하지 않고 개인의 자주적
주체성을 강조하기보다는 사회나 공동체를 우선시하는 성격이 강하
다. 사회와 공동체 안에서 자신의 인격과 덕성을 수양하고 마음을 다
스리는 것을 미덕으로 알고 행동으로 옮기며 살아왔다. 그들은 자연물
이 가진 속성을 심미적 대상으로만 바라본 것이 아니라 도덕적 완전성
을 구현한 것으로 여겨 그로부터 인간의 덕성을 유추해 내어 유교적
관념을 드러내는 매개물로 사용하였던 것이다.

　사물이 가진 속성에 감응하여 자신의 생활 윤리로 드러내고자한 소
재들은 주로 선비들의 이상과 기품을 보여주는 것들이다. 사대부들의
이상을 실현해주는 사물은 주로 어떠한 것이었으며, 그 사물에 내재하
는 속성에 감응하여 그들이 익히고자한 관념과 사상은 어떠한 것이었
는지를 다수의 작품을 통해 살펴보고자 한다.

2. 감응물

(1) 꽃(花)

> 어리고 성권 柯枝 너를밋지 아녓더니
> 눈 期約(기약) 能(능)히 직혀 두세 송이 픠엿고나
> 燭(촉) 줍고 갓가이 亽랑헐 제 暗香(암향)좃추 浮動(부동)터라

- 안민영[4], 「매화사」[5]

---

[4] 자 성무(聖武). 호 주옹(周翁). 서얼(庶孼) 출신이다. 1876년(고종13) 스승 박효관(朴
孝寬)과 함께 조선 역대시가집 『가곡원류(歌曲源流)』를 편찬 간행하여 근세 시조문
학을 총결산하는데 공헌하였다.

[5] 일명 '영매가(咏梅歌)'라고도 하는데, 모두 8수로 된 연시조이다. 작자가 헌종 6년
(1840) 겨울, 스승인 박효관의 산방(山房)에서 벗과 더불어 금가(琴歌)로 놀 때, 박효
관이 가꾼 매화가 책상 위에 있는 것을 보고 지은 것이다.

매화의 덕성을 예찬한 작품이다. 추운 겨울 눈 내리는 시기에 피겠다는 약속을 지켜 피어난 매화 꽃송이를 보며 사람도 언제나 약속을 어기지 않고 실천으로 옮겨야 한다는 교훈적인 내용도 담고 있다. 이 시조에서 화자는 자신을 믿어주는 대상에 대해 신뢰를 지켜주는 매화의 신실함을 그윽한 향기(暗香)를 통해 확인한다. 매화가 추운 겨울날 피어나는 모습에서 고고한 절개를 보여주듯 작가도 믿음을 지켜주는 모습을 가지고 내면에서 풍기는 그윽한 향기를 갖고자 하는 서정을 드러낸 작품이다.

종장의 '암향부동(暗香浮動)'은 송나라 임포(林逋)의 '山園小梅(산원소매)' 시 중, '疏影橫斜水淸淺 暗香浮動月黃昏'(성긴 그림자, 옆으로 비껴 물은 맑고 잔잔한데, 그윽한 향기 풍기는 어스름 달밤)이라는 구절에서 차용한 것이다.

> 국화야 너는 어찌 三月春風(삼월 춘풍) 다 보내고
> 落木寒天(낙목한천)에 네 홀노 피엿는다
> 아마도 傲霜孤節(오상고절)은 너뿐인가 ᄒ노라
>
> — 이정보[6]

선비가 지켜야 할 강직한 지조와 절개를 사군자의 하나인 국화에 빗대어 노래한 작품이다. 봄바람이 따뜻할 때에 피는 다른 꽃들과 달리, 낙엽이 지는 추운 가을날에 서릿발을 이겨내고 피는 국화의 절개를 찬양하고 있다. 사리사욕에 눈이 어두워 자신의 지조를 헐값에 팔아버리

---

6) 이정보(李鼎輔, 1693~1766). 조선 후기 영조 때의 문신. 탕평책을 반대했다. 이조판서 때 김원행 등 선비를 기용, 세인을 놀라게 했다. 양관대제학·성균관지사·예조판서 등을 거쳐 중추부판사가 되었다. 글씨와 한시에 능하였고 시조의 대가로 78수의 작품을 남겼다.

는 사람들을 우의적(寓意的)으로 비판하면서, 작가 자신은 국화가 지닌 속성처럼 어떠한 어려움과 시련 속에서도 지조와 절개를 지키겠다는 다짐을 노래한 것이다. '傲霜孤節(오상고절)'은 바로 작가 자신의 모습으로 볼 수 있다. 가을날 피어나는 국화의 속성에 감응하여 자신의 삶에 대한 의지를 다지는 작품으로 볼 수 있다.

약속을 지켜 피어난 매화와 어려움과 시련 속에서도 개화한 국화를 보면서 시인들은 이를 선비가 갖추어야 할 덕목과 동일시하면서 동시에 내면화하고 있는 것이다.

현대의 시조시인들 역시 꽃을 통해 시적 심상을 이끌어낸다.

마음 환히 비추는
무심(無心)이란 무엇인가

다 낡은 문짝이
닫혀 있는 잡초밭

욕계(欲界)의 병든 물음을 씌우고만 있는가

 - 김일연, 「제비꽃」

위 시에서 제비꽃은 시적 화자로 하여금 "무심(無心)"의 세계와 "욕계(欲界)"의 경계를 생각하게 하는 대상으로 그려진다. 이 시조는 구체적인 대상인 '제비꽃'을 이상과 현실의 대립적인 축을 상상하게 하는 관념적인 것으로 그려놓고 있다. 꽃이 관념적 실체로 쓰인 점은 고시조에서 사대부 시인들이 성리학적 세계관을 기반으로 구체적 대상인 꽃을 관념적인 도의 실현체로 상상하는 것과 유사하다. 반면에 이 작품을 비롯한 현대시조의 대부분은 고시조가 특정한 이데올로기에 기

반을 두고 시조를 창작하는 것이 대부분이라면 심미적인 내적 감성에
의해 쓰고 있다는 점에서 차이가 있다.

(2) 나무(木)

> 나모도 아닌 거시 플도 아닌 거시
> 곳기는 뉘 시기며 속은 어이 뷔연는다
> 뎌러코 四時(사시)예 프르니 그를 됴하 ᄒ노라
>
> — 윤선도[7]

대나무는 겨울에도 시들지 않음과 부러지기는 쉽지만 꺾이지 않고
굽혀지지 않은 '청고한 절개'를 상징하는 말로 사용되고 있다. 대나무
의 속성은 초장과 중장에 잘 표현되어 있다. 나무도 풀도 모두 시드는
풍상한설(風霜寒雪)에 비목비초이면서 사시(四時)에 푸르고 곧게 자라
나는 모습은 세찬 바람에도 굽히지 않으니 청한한 절개를 지닌 선비의
기풍과 고고한 선비의 기상이 풍긴다 할 수 있다. 더구나 속이 텅 비어
있지만 꺾이지도 굽히지도 않고 곧으니 청빈한 삶에서도 곧음의 신념
을 간직한 채 항상 푸르름을 지키고 있어 군자의 모습이라 할 수 있다.
선비 스스로가 마음을 비워 대의명분을 세우는 것으로 근본을 삼는 유
교이념의 본질을 대나무가 가진 속성에 감응하여 자신도 그러한 속성
을 지닌 선비로 살겠다는 서정을 노래한 것이다.

---

7) 윤선도(尹善道, 1587~1671). 조선 중기의 문신·시인. 치열한 당쟁으로 일생을 거
   의 벽지의 유배지에서 보냈으나, 경사에 해박하고 의약·복서·음양·지리에도 능
   통하였으며, 특히 시조에 뛰어나 정철의 가사와 더불어 조선시가에서 쌍벽을 이루고
   있다.

눈마즈 휘여진 딕를 뉘라셔 굽다턴고
구블 節(절)이면 눈 속의 프를소냐
아마도 歲寒孤節(세한 고절)은 너샌인가 ᄒ노라

– 원천석[8]

정치적 격변기의 시조로, 고려왕조에서 조선왕조로 교체기의 상황에 접어든 시점에 자신의 고뇌와 안타까움을 드러내면서 변함없이 지조를 지키겠다는 다짐을 표현한 것이다.

초장의 '눈'은 새 왕조에 협력을 강요하는 압력 또는 그러한 세력을 상징하고 '딕'는 절개를 지키는 고려 유신을 나타낸다고 볼 수 있다. 중장의 말미에 "프를소냐"하는 반문은, 작가 자신이 조선 왕조에 저항하고 있지는 않지만 내적으로는 고려왕조에 대한 절개를 꿋꿋이 지키고 있음에 대한 자부심의 표현이다. '눈 맞아 휘어진 대나무'의 모습에서 자신의 입장을 드러낸 작품이다. 종장의 구절은 '논어'의 '歲寒然後知松柏之後彫'(날씨가 차가워진 후에야 소나무와 잣나무가 시들지 않음을 안다.)는 구절과 상통한다고 하겠다. 작가는 대나무의 곧은 성질에 감응하고 고려왕조에 대한 절의를 상징하는 소재로 사용하여 곧은 심정을 드러내고 있다.

더우면 곳 픠고 치우면 닙 디거늘
솔아 너는 얻디 눈서리를 모르는다
九泉(구천)의 불희 고든 줄을 글로 ᄒ야 아노라

– 윤선도

---

8) 원천석(元天錫, 1330(충숙왕17)~?). 고려 말, 조선 초의 문인. 진사가 되었으나 고려 말의 혼란한 정계를 개탄하여, 치악산에 들어가 은둔생활을 하였다. 조선의 태종이 된 이방원을 가르친 바 있어, 태종이 즉위한 뒤로 여러 차례 벼슬을 내리고 그를 불렀으나 응하지 않았다.

이 작품에서는 소나무를 벗으로 삼겠다고 하였다. 소나무의 덕성은 절개와 지조로 상징되어 왔으며 늠름한 자태와 겨울의 추위에도 불변하는 강하고 숭고한 관념을 가지므로 예로부터 선비들에게 예찬의 대상으로 여겨져 왔다. 소나무의 표상성은 대개 지조, 절개를 드러낸다. 가을이면 고엽이 떨어지면서도 푸른 잎이 향상(向上)하여 그 위세가 풍상에 시들지 않고 모든 초목이 눈과 얼음에 파묻힌 엄동의 시절에도 늠름하고 천지간에 꿋꿋이 서 있는 모습을 유지한다. 작가는 소나무가 가진 이러한 속성에 감응하여 자신의 삶의 자세를 배우고 따르려 하였다. 소나무처럼 '변하지 않는 사람', '겉과 속이 다르지 않은 사람'을 벗으로 삼겠다는 작가내면의 지조와 정신을 나타내었다고 볼 수 있다.

> 저 조선의 궐마루를 짚신발로 물러 나와
> 북소리, 오색 깃발에도 고개 돌려 달래던 가슴
> 오늘은 야사(野史)의 뒷장 가부좌로 앉아 있나.
>
> 화살보다 깊게 꽂힌 마음의 적의(敵意) 거두고
> 굽틀어진 업연(業緣)마다 또 하나 탑을 앉히며
> 말없이 해를 견주어 긴 명상에 들었나.
>
> — 민병도, 「솔」

유교적 이데올로기를 비롯한 특정한 가치관으로 환원할 수 없는 현대의 시조시인들의 사고 방식은, 공통된 시적 제재를 삼는 경우에 있어서도 다른 양태로 나타날 수밖에 없다. 위 시조는 성리학적 세계관을 바탕으로 '도(道)'를 구현한 대상으로 소나무를 파악하는 고시조의 태도와 사뭇 다르다. 다만 시적 제재를 인격에 비유한다거나 항상성을 유지하는 대상으로 그리고 있다는 점에서 유사한 점을 찾을 수 있다.

(3) 달(月)

> 쟈근 거시 노피 떠서 만물을 다 비취니
> 밤듕의 光明(광명)이 너만ᄒ니 또 잇ᄂ냐
> 보고도 말 아니 ᄒ니 내 벋인가 ᄒ노라
>
> — 윤선도

초·중장은 달에 대한 설명과 가치평가이며 외형적 묘사를 하였다. 종장에서 달의 속성을 두 가지로 나타내었다. 외적인 면으로 달은 어둠 속에서의 밝음이라는 고매한 성품을 가졌으며, 또 밤하늘에 높이 떠 있어 우러러 보는 대상으로 많은 사람들에게 존경을 받고 이로움을 주는 속성에서 감응을 얻고 있다. 내적인 면에서는 위대한 힘을 과묵한 인품에 비겨서 벗을 삼는 이유를 설명하였다. "너만 ᄒ니 또 있느냐?" 고 반문한 것은 그 가치의 절대성과 위대성을 강조한 것이다. 그러면서 달을 "너"라고 말할 수 있는 것은 흉금을 털어놓을 수 있는 대상으로 인식하였기 때문이다. 보고도 말 아니하는 존재는 믿음직스럽고 묵중한 덕을 지녔으니 벗으로 삼고 광명한 달이 혼탁한 세상의 모든 허욕과 비리, 부정부패를 비춰보고도 말 아니하는 과묵한 군자를 상징하는 의미의 달이다. 달이 가진 내적·외적인 속성에 작가는 감응하고, 또 자신도 달이 가진 덕성을 삶의 가르침으로 여기겠다는 다짐을 나타낸 작품이다.

> 눈 먼 세월 하나가 바래고 있습니다.
> 어쩌다 잃어버린 가녀린 그 미소가
> 이제는 손톱 안으로 돌아 올라옵니다.
>
> — 정해송, 「낮달」

‘달’이라는 자연물 역시 앞선 고시조들이 보여준 것처럼 성리학적 질서를 구현한 대상으로 나타나고 있다. 성리학적 질서에 입각한 ‘재도지기(載道之器)’의 문학관은 문학이 지니는 감성과 표현, 시적 완성도를 논하기보다는, 도의 문학적 실현을 통해 백성을 교화하고 세상을 구제하는 것을 목적으로 삼는다. 그러나 현대의 시조시인들은 시인의 독특하고 참신한 시적 감성과 표현, 시적 이해의 깊이와 넓이에 주목한다. 위 시조에서 화자는 “눈 먼 세월”로 지칭되는 과거의 한 인물(“가녀린 그 미소”라는 표현에서 여성으로 추정된다.)에 대한 그리움을 표현하고 있다. 그 그리움은 ‘낮달=미소=손톱’으로 형상화됨으로써 시적 여운을 남기고 있다. 이처럼 현대의 시조 시인들은 시인의 내밀하고도 섬세한 감정을 시적인 형상화를 통해 드러내는 데 주력하고 있다.

(4) 물(水)

산은 녯 산이로뒤 물은 녯 물이 안이로다
晝夜(주야)에 흐르거든 녯 물이 이실쏘냐
人傑(인걸)도 물과 ᄀᆞᆺ아야 가고 안이 오노믜라

- 황진이

황진이의 시조는 산과 물과 인걸을 등장시켜 초장의 가설, 중장의 증명, 종장의 비유 및 종결의 순서로 논리를 펴 나가고 있다.

여기서 ‘인걸’이 특정인인 서화담이라면 이 시조는 무정한 사람을 그리워하는 애련의 노래가 될 것이고, 인생무상을 절감하는 화자의 철학적 대상이라면 자연을 통하여 인생을 관조하는 노래가 될 것이다.

'인걸을 물과 같다'고 하여 물의 유동(流動)을 통하여 인간의 무정함과 인생의 무상을 드러내고 있다. 변함이 없는 우직한 산과 끊임없이 흘러가는 물과의 대비를 바탕으로, 불변의 존재인 산과 달리 흐르는 물과 사라지는 인걸을 연결하여 인생에 대한 허망함을 느끼고 있다. 물을 통해 인생사의 허망한 감흥을 드러낸 시조라 볼 수 있다.

　황진이의 시조가 가치 있는 이유는 성리학적 중심의 세계관을 노래한 이데올로기적 편향성에서 상당히 자유로운 시적 발상과 표현을 보여주고 있기 때문이다. 다소 고루할 수도 있는 유교 사상을 다시금 받아쓰는 양반사대부의 시작(詩作) 태도와는 달리, 예인(藝人) 특유의 독특하고도 새로운 감수성으로 시조의 서정시적인 가능성을 탐구하고 있다. 황진이의 시조는 현대의 시조 시인들의 시적 발상과 태도와 별로 다를 바가 없을 정도로 세련된 시적 표현력을 보여주고 있는 것이다.

> 곱게도 흐드러진 꽃잎을 추스르며
> 외진 내 꽃길을 환히 여는 눈빛인가
> 잘 닦인 늑골 하나가
> 여름으로 몸을 튼다.
>
> 눈물 끝에 반짝이는 물이랑을 따라가면
> 꿈꾸던 시간들이 물살로나 일렁이고
> 햇살은 장조의 음계
> 구김없이 흩고 있다.
>
> 　　　　　　　　　　　　　　－ 이승은, 「유월의 강」

　이승은의 위 연시조는 종장을 두 개의 행으로 쪼갠 것을 제외하면 고시조의 형식과 별다른 차이가 없다. 시조는 현대시와 달리, 형식의 엄격함을 율격으로 표현하고 있는 것이기에, 위 시조 또한 일정한 리듬감을 통해 시적 화자의 감응을 외화하고 있다. 다시 말해 4음보격을 유지하면서, 그 서정적 리듬에 시적 내용을 일치시켜놓고 있다. 서정적 동일성으로 나타나는 감성의 세련된 외화는 강을 바라보는 시적 화자의 태도에서 잘 나타나고 있다. 즉 시인은 나－눈빛－늑골－시간－햇살이 강물을 중심으로 상호교응하면서 온전히 충만한 하나의 시적 세계를 구축해놓고 있는 것이다.

3. 감응의 여운

예로부터 고매한 인품을 기르고 덕성을 키우기 위해 생활주변의 사물에서 감응을 얻어왔다는 문학적 근거는 유협의 경정론 사상을 바탕으로 하였다. 그는 물(物)을 보고 난 후 정(情)을 일으키는 것이 시작(詩作)이라 하였다. 물(物)과 정(情)이 서로 교융할 때 물(物)의 속성을 깨닫고 자신의 소회(所懷)를 드러내는 것을 감응이라 볼 수 있을 것이다.

시조를 창작하고 향유한 사대부들은 유교적인 관념이 지배적이었고 사물을 통한 감응에서 그들의 사물관에 대한 사상을 엿볼 수 있을 것이다. 사대부들은 감응의 대상을 인공물이 아닌 자연물에서 많이 얻었으며 주로 꽃, 나무, 달, 물 등이었다. 이러한 자연물이 가진 속성에서 선비로서 지녀야 할 덕성과 정신, 마음가짐, 삶의 자세 등을 감응한 후 시조로 나타내었다.

엄동설한 속에서도 푸름을 유지하는 모습, 가을날 서리가 내리는 역경 속에서도 피어나는 꽃들, 어둠 속에서의 밝음, 막힘이 없이 맑게 흐르는 물의 모습 등에서 선비이자 사대부로서 지녀야할 지조와 절개, 도덕적 기품 등 그들의 정신적 세계를 여실히 드러내었다 하겠다. 도덕적 순결성과 고매한 인품을 높이 여기고 낮은 곳에서 덕성을 닦아 사물이 가진 속성에 감응하여 사대부 생활의 지침으로 여겼던 것이 아닌가 여겨진다.

하지만 사대부만이 시조를 창작한 것은 아니다. 사대부의 문화적 관습과 생활 방식을 가까이서 이해했던 기녀(妓女)들은 양반 사대부들의 성리학적 구현을 위한 재도지기의 문학관에서 탈피, 개인의 정서와 감정을 섬세한 표현력으로 형상화했다. 이는 고시조의 내용과 형식 면에 있어서 다채로움을 안겨주었고 시조의 품격 뿐 아니라 세련미까지 더하게 했다.

현대의 시조시인들은 특정한 이데올로기에 입각해서 자신의 문학적 감수성을 형상화하기보다는 개인적 정서와 체험, 예민한 감수성을 조탁된 언어로 표현해내고 있다. 앞으로도 현대시조는 고시조의 장점을 이어받으면서도 현대적 감성을 해석하는 유연한 태도로, 거듭 발전해나갈 것이다.

Ⅱ. 풍자적 인식태도

1. 풍자의 유형

고시조가 작금의 시대에도 그 가치를 가지는 것은 현대시조와 그 형식이나 표현, 의미의 전달 양상이 크게 벗어나지 않기 때문이다. 현대시조 연구의 토대를 제공하고, 우리의 사유체계에 대한 연속적인 연구를 위해서라도 고시조를 연구하는 것은 의미가 있다 하겠다.

고시조가 향유되는 시대와 현대의 복잡 다양한 정치, 경제, 사회적 상황과는 담고자 하는 사유체계의 양상이 달라진 것은 자명한 일이다. 그래서 고시조를 연구하는 것은 반드시 그 시대의 사유체계로 대상을 바라보아야 한다는 것이다.

이 글의 목적은 고시조에 대한 고찰을 통해 현대시조의 나아갈 지평을 탐구하고자 하는 것이겠지만, 구체적으로 고시조의 풍자 양상을 시적화자의 색판싱 유무를 기준으로 나누어 고찰하고자 하다.

풍자는 크게 직접적 풍자와 간접적 풍자로 나눈다. 직접적 풍자는 풍자하는 목소리가 일인칭으로 발언된다. 또 이것은 화자가 누구를 대상으로 이야기하는가에 따라 다시 나누어진다. 독자들을 대상으로 이야기하는 경우와 작품 속의 작중 인물에게 이야기 하는 경우인데 이런 화자들은 상대역이라고 하고 풍자적 발언자의 말을 끌어내어 유도하는 것을 주요기능으로 한다. 간접적 풍자(Indirect Satire)는 직접 상대해서 이야기를 하는 것과 전혀 다른 문학적 형식으로 되어 있다. 가장 흔한 형식이 허구적 설화의 형식인데, 여기에서 풍자의 대상이 되는 것은 스스로 생각하고 말하고 행동하는 것으로 해서 자신은 물론 자신의 견해까지 희화화(戲畵化)시키고 때로는 작가의 논평이나 서술양식으로 해서 더욱 우스꽝스러워지는 작중인물이다.[9]

또 이렇게 풍자하는 화자에 따라 풍자의 방법을 나누는 방식 이외에도 풍자는 그 대상에 따라 인신공격적인 직설적 풍자. 정치권력을 비판하는 정치적 풍자. 사회나 인류 전체를 비판하는 고급적 풍자. 세태를 비판하는 시인 스스로 자기 자신을 비판하는 개인적 풍자 등으로 나눌 수 있다.

또 어조에 따른 풍자로도 나눌 수 있는데, 멜빌 클라크(Melville Clarke)에 의하며 'wit(기지)', 'ridicule(조롱)', 'irony(아이러니)', 'scrcasm(비꼼)', 'cynicism(냉소)', 'sardonic(조소)', 'invective(욕설)'의 일곱

---

9) Arthur Pollard, 송낙헌 역, 『풍자』, 서울대 출판부, 1986, 31쪽.

가지로 나누어 설명한다. 기지는 독자가 기발한 착상에 의해서 놀라고 희극적 충격을 받는 것을 뜻하고, 조롱은 우롱이 있지만 억제되고 놀려대는 야유의 어조를 가지고 있다. 이에 비해, 아이러니는 왜곡을 무기로 삼아 그 속에 함축 암시 및 생략을 담은 역전의 형식이다. 비꼼은 아이러니에서 신비성과 세련미를 없앤 나머지의 것이라 할 수 있고, 냉소는 작가의 공허한 웃음을 배경으로 풍자하는 것이며, 조소는 웃는 것 보다 오히려 우는 어조이다. 욕설은 조소가 겨우 억제하는 분노를 터트린 것이다[10].

이처럼 풍자의 유형은 다양한 방식들이 존재하고 있기에, 구체적으로 연구범위와 방법을 정확하게 제시하지 않으면 모호해질 수밖에 없다.

따라서 시인이 처한 역사적 환경과 그 속에서 표현하고자 했던 시인의 목적 양상이, 객관성의 유무에 띄는가에 따라 '사회 비판정신과 현실 풍자', '자기 부정정신과 이상 풍자'로 나누어 분석하고자 한다.

'사회 비판정신과 현실 풍자'는 자신을 제외한 외적 인물이나 사건 등에 대하여 객관적 위치에서 풍자를 가하는 형태를 말한다. 비판 하고자하는 대상을 극명하게 드러내기 위한 방법으로 직설적 풍자로 설정했으며, 공격적 대상을 구체적으로 드러내지 않으려는 방법으로 우회적 풍자로 설정하였다.

'자기 부정정신과 이상 풍자'는 자기 자신을 포함한 사회 전반에 대해 주관적 위치에서 풍자를 가하는 형태로 설정하였다. 풍자의 대상이 자기 자신일 경우에는 개인적 풍자를 사용하며, 개인과 외적 문제를 동시에 비판하기 위해서는 도덕성을 강조한 도덕적 풍자를 사용한다. 따라서 개인적 풍자가 자신에 관한 풍자라면, 도덕적 풍자는 도덕적

---

10) 위의 책, 85~99쪽.

기준을 가지고 그에 도달하지 못하는 자신과 세계에 대한 풍자를 담고 있다고 할 수 있다.

직설적 풍자는 깊은 사고 없이 표현될 수 있으므로 표현의 속도성이 뛰어나고 읽는 동안의 감정을 쉽게 자극하여 시의 이해를 빠르게 시킬 수 있는 장점도 있다.

반면 직설적 풍자는 풍자가 지닌 멀리 돌아 공격하는 방법에 한계적 모순을 보여 시가 가지고 있는 깊이만큼 금세 그 밑을 드러낸다. 문제는 이런 구조가 문학적 가치를 획득하기에는 많은 난점이 있음을 지적하지 않을 수 없다.

풍자는 보다 깊은 곳에 침잠해 있으면서도 가장 높은 곳에 있는 대상을 공격할 수 있을 때 그 효과가 증가되며 문학적으로 가치 측면에서 좋은 평가를 받을 수 있기 때문이다.

직설적 풍자와 우회적 풍자의 차이는 언어의 선택을 비어로 했느냐, 아니면 시적인 언어를 사용했는가로 구분되어 지는 것이 아니라, 말하지 않고 말하기가 얼마나 이루어졌느냐에 달려 있다. 즉 풍자하고자하는 대상도 그리고 풍자하는 주체도 작품 표면에는 보이지 않지만 자세히 들여다보면 누구를 비판하고자 하는지 알 수 있는 시가 우회적 풍자라고 할 수 있다. 얼마나 멀리 돌아 그 회전의 원심력만큼 강력하게 공격하느냐가 우회적 풍자의 성패를 좌우한다고 할 수 있다.

2. 시조의 풍자 양상

(1) 사회 비판정신과 현실 풍자

'사회 비판정신과 현실 풍자'는 자신을 제외한 외적 인물이나 사건 등에 대하여 객관적 위치에서 풍자를 가하는 형태를 말한다. 비판 하고자하는 대상이 구체적으로 드러나 있지 않기에 우회적 풍자에 속한다. 다음 작품을 보자.

1)
구름이 無心톤 말이 아ᄆ도 虛浪ᄒ다
中天에 쪄이셔 任意로 ᄃ이면서
구타야 光明ᄒ 날빗츨 ᄯ라가며 덥ᄂ니

              － 이존오

1)은 공민왕 때, 요승(妖僧) 신돈이 왕의 총애를 힘입어 진평후라는 관직을 받고서 나라를 어지럽게 하므로 이를 개탄하여 지은 노래이다. 당시 정언으로 있던 지은이가 신돈을 탄핵하는 상소를 올렸다가 도리어 좌천되었는데, 이 시조는 그 때 쓴 것이라고 한다. 간신인 '신돈'을 '구름'에, '왕의 총명'을 '날빛'에 비유한 것으로 우회적 풍자에 속한다. 하겠다. 발상이 매우 뛰어났고, 이존오가 죽은 지 석 달 만에 신돈이 역모의 죄로 처형되자 왕은 이존오의 충성심을 기려 대사성에 추증(追贈)하기도 하였다.

2)
이런들 엇더ᄒ리 저런들 엇더ᄒ리
萬壽山 드렁츩이 얼거진들 긔 엇더ᄒ리
우리도 이ᄀᆺ치 얼거져 百年신지 누리이라

              － 이방원

2)는 이방원이 정몽주(鄭夢周, 1337~1392)의 속셈을 떠보느라고 지은 '하여가(何如歌)'이다. 지은 작품으로 직설적인 말은 내비치지도 않고 느긋하다. 이에 대해서 정몽주는 '단심가(丹心歌)'[11]로 응답하였

다. 직설적인 말은 내비치지도 않고 느긋하다.

혁명 전야(前夜)에 고려의 중추적인 충신 정몽주를 회유하기 위해 지었다는 이 노래는 일명 '하여가(何如歌)'라고도 한다. 결국 '단심가(丹心歌)'로서 곧은 절개를 화답했던 정몽주는 이방원의 심복 조영규에게 선죽교에서 살해되고 만다. 이와 같은 사연을 가진 이 노래는 정치적 복선을 깔고 있으면서도 아주 부드러운 정서를 바탕으로 하여 우회적으로 풍자하고 있다.

3)
나모도 병이드니 亭子라도 쉬리업다
豪華히 셔신제는 오리가리 다쉬더니
닙디고 가지것근후는 새도아니 안는다

－ 정철

3) 역시 우회적 풍자인데, '나무'는 권력을 상징하고 있다. 그런 나무가 권력을 갖고 있을 때는 오며가며 많은 사람이 찾더니 권력을 잃고 난 후에는 아무도 알아주지 않은 정치적 세태를 비판하고 있다.

4)
唐虞12)를 어제본듯 漢唐宋 오늘본들
通告今 達事理하는 明哲士를 엇덧타고
직설씌 歷歷히모르는 武夫를어이 조츠리

－ 소춘풍

---

11) 이 몸이 주거주거 一百番(일백번) 고쳐 주거,
   白骨(백골)이 塵土(진토)ㅣ 되어 넉시라도 잇고 업고,
   님 向(향)혼 一片丹心(일편단심)이야 가실 줄이 이시랴.
12) 도당씨와 유우씨, 곧 요임금과 순임금. 여기서는 태평스럽던 요순시대를 말한다.

4)의 소춘풍은 성종 때 재색을 겸비한 함흥 명기로 인생을 달관하고 자유분방하게 산 명기였다. 학문과 풍류를 아울러 좋아하였던 성종 임금께서 문무 백관과 더불어 술잔치를 베풀고 소춘풍을 불러 술을 따르게 하였다. 이때에 문관인 영상 앞에 술을 따르고 이 노래를 불렀다고 한다.

태평하였던 요순 시대이며, 문물이 발달했던 한·당·송에 이르도록 모르는 일이 없는 똑똑한 선비님들을 마다하고, 제 설자리도 분간 못하는 무부를 어찌 따르겠느냐는 뜻이다. 이는 무신을 얕본 수작이고 무신에 대한 비판을 직설적으로 표출하고 있다.

(2) 자기 부정정신과 이상 풍자

'자기 부정정신과 이상 풍자'는 자기 자신을 포함한 사회 전반에 대해 주관적 위치에서 풍자를 가하는 형태로 설정하였다. 풍자의 대상이 자기 자신일 경우에는 개인적 풍자를 사용하며, 개인과 외적 문제를 동시에 비판하기 위해서는 도덕성을 강조한 도덕적 풍자를 사용한다. 따라서 개인적 풍자가 자신에 관한 풍자라면, 도덕적 풍자는 도덕적 기준을 가지고 그에 도달하지 못하는 자신과 세계에 대한 풍자를 담고 있다고 할 수 있다.

5)
朱門에 벗님네야 高車駟馬 됴타마쇼
토끼 죽은 後ㅣ면 기믇즈 숨기이느니
우리는 榮辱을 모로니 두려온일 업세라

－김천택

5)의 고차사마는 귀하고 높은 신분의 사람이 탔다. 표면적으로는 고차사마가 좋다고 함부로 타지 말라고 경계하는 듯하나, 그 이면에는 정치적 영욕을 좇아가는 세태를 풍자하고, 자신은 영욕을 모르니 두려운 일이 없다고 하고 있다. 부귀를 누리는 사대부더러 이용당한 다음에는 희생될 수 있으니 너무 거들먹거리지 말라 하고 자기와 같은 무리는 아예 벼슬할 수 없는 처지이니 두려운 일이 없다고 했다. 개인과 외적 문제를 동시에 비판하기 위해서 도덕성을 강조한 도덕적 풍자에 속한다고 할 수 있다.

6)
쏙닥이 오르다하고 나즌듸를 웃지마라
네압해 잇는것은 나려가는 일쑌이니
평지에 올을일잇는 우리아니 더크랴

- 작자 미상

6) 역시 꼭대기에 올랐다고 낮은 데를 비웃지 말라고 하고 있다. 높은 곳에서는 내려가는 일 밖에 없고, 평지에 있는 우리는 오를 일 밖에 없으니 우리가 더 낫다는 것을 표현하고 있다. 역시 '우리'라는 표제어를 사용하여 개인 외적 문제를 비판하기 위한 도덕적 풍자에 속한다고 할 수 있다.

7)
하하 허허 흔들 내 우음이 졍 우음가
하 어척 없셔셔 늣기다가 그리 되게
벗님뇌 웃디를 말구려 아귀 쩍여디리라

- 권섭

7)은 꼭 즐거워서가 아니라, 허탈한 마음일 때도 웃을 수 있다는 것을 생각하게 해 주는 작품이다. 초장에서 겉으로 웃고 있다고 '진짜 웃음'인가를 반문하고 있다. 이 물음은 우리로 하여금 '과연 즐거워서가 아니라면 어떤 상황에서 웃을 수 있을까?' 생각하게 한다. 화자는 이에 대한 답을 중장에서 스스로 제시하면서 자신의 웃음을 '허탈한 웃음, 어처구니 없는 실소'라고 말한다. 또 종장에서는 일반 벗님들에게 진정한 즐거운 웃음이 아니면 입이 찢어지게 할 수도 있다고 하면서 진정한 웃음을, 더 나아가 진정한 웃음이 가능한 세상을 갈구하고 있다. 작품만으로는 화자가 쓴 웃음을 짓는 구체적인 이유가 없지만 지은이인 권섭이 혼미스러운 정치현실을 보고 쓴 웃음을 짓도록 한 것이 아닌가 생각된다.

이렇게 볼 때 7)은 도덕적 기준을 가지고 그에 도달하지 못하는 자신과 세계에 대한 풍자를 담고 있는 도덕적 풍자라고 할 수 있다.

8)
말ᄒ면 雜類ㅣ라 ᄒ고 말 아니면 어리다 ᄒ네
貧寒을 남이 웃고 富貴를 싀오나니
아마도 하늘 아릭 살을 일이 어려워라

— 주의식

8)에서 살기 어렵다고 한 것은 자기 처지일 수도 있다. 과거를 보고 벼슬을 했어도 사대부로 나서지는 못했으며, 그렇다고 빈천한 무리를 자처하면서 쟁이 노릇만 하는 자기가 안타까워서 하는 말로 볼 수 있다.

9)
長安甲第 벗님네야 이 말슴 들으시소

몸 치레 홀연이와 마음 치레 ᄒ여 보소
솔直領 장도리 風流에란 브듸즑여 말으시

- 김수장

9)는 서울의 명문귀족들더러 몸치레만 할 것이 아니라 마음치레도 하라 권하고서 마음치레란 다름이 아니라 자기네가 제공해주는 음악에서 찾아야 한다고 했다. 9)는 자신이 설정한 도덕적 기준을 가지고 그에 도달하지 못하는 세계에 대해 풍자하고 있다고 볼 수 있다.

이상과 같이 고시조를 풍자의 대상에 따라 '사회 비판정신과 현실 풍자', '자기 부정정신과 이상 풍자'로 나누어 분석해 보았다. 고시조에서는 비교적 사회 비판의 풍자가 많이 나타났다. 그것도 주로 '정치적 풍자'가 많았다. 이는 정치적인 상상력을 통해 정치의 부패와 모순에 대한 폭로를 뜻한다. 정치적 상상력이란 시적 상상력보다도 정치적 상상력이 우세하게 작용하고, 정치적 모순 속에서 선함과 악함의 구조가 비교적 선명하게 드러나지만 그 표현 양상을 보면 비교적 직설적 표현 보다는 상황을 유추해 낼 수 있는 우회적 방법이 많이 사용 되었다. 문명전반의 부조리와 모순을 대상으로 하고 있을 뿐, 그 대상이 명확하게 어떤 계층이나 계급 혹은 인물로 규정되기 어렵지만 전후 맥락과 역사적 사건을 통해 그 대상이 누구인지를 알 수 있도록 되어 있다.

'자기 부정정신과 이상 풍자'는 현실의 모순을 자신이 달리 처리할 도리가 없을 때 생기는 무력감에서 출발하였다. 이것은 자아탐구의 한 방법이라고 할 수 있는데, 타인이나 대상이 추구한 모든 진리가 허위였음이 발견되었을 때, 그렇다고 해서 새로운 진리를 떠올릴 수 없을 때, 자기 자신의 모습을 드러내고 묘사할 수밖에 없다는 논리에서 제

기된다.[13]

3. 현대시조의 풍자

풍자는 대상의 부정적인 면에 대한 비판정신의 소산이다. 작가는 시대의 죄악을 정면으로 공격치 않고 측면 혹은 이면으로 공격하기 위해 다양한 기법이 사용된다. 풍자는 저항하려는 본능에서 생기는 것이며, 예술화된 항의[14]라고 할 수 있기에 출발은 저항정신이라 할 수 있고, 그것을 강력히 내세웠을 때는 적극적 사회 참여의 우국문학이 되기 쉬운 경향이 있다. 무엇보다도 우선적으로 풍자는 작가와 관련된 것이기에 작품을 통해 작가의 현실 인식의 성격과 지향을 확인한 후 고찰한다면 풍자의 면면을 확인할 수 있겠다.

> 새로 짓는 아파트를 물어물어 찾았더니
> 영락없는 닭장이네 닭도 없는 닭장
> 암탉은
> 깃털 하나로 눈도장을 찍는다
>
> 황량한 직립의 땅 에밀레처럼 닭이 운다
> 잡목 베어 낸 숲 골조 높게 세우고
> 층마다
> 금박 물려도 사육의 장은 침침했다
>
> 돈 내로 작은 땅덩이가 바람 일어 들석여도
> 낡은 꽃이불에 맨발을 묻고
> 할머닌

---

13) 김윤식, 『한국근대문예비평사 연구』, 일지사, 1976, 251쪽.
14) Arthur Pollard, 앞의 책, p.18.

등걸처럼 앉아 단칸방을 데운다

- 양점숙, 「닭장」

　풍자는 장시조(사설시조)에서 다루기 용이한 시적 기법이다. 위 작품은 평시조 세 수(연시조)만으로도 풍자의 기법을 어실히 보여주고 있다. 학교, 연립주택, 아파트 등을 "닭장"에 비유하는 것은 어느 정도 상투화된 표현이다. 그렇지만 아파트 청약을 하거나 분양을 받는 모습을 암닭이 깃털 하나로 눈도장을 찍는다고 한 것, 아파트를 황량한 땅에 직립으로 서 있는 건물, 금박으로 치장된 사육의 장으로 표현한 것은 참신한 발상이다. 특히 등걸처럼 앉아 단칸방을 데우는 할머니와 침침한 닭장같은 아파트를 대조함으로써 풍자의 효과를 극대화하고 있다.

　이 작품에 드러난 작가의 현실 인식태도는 다분히 부정적이다. 인간은 꽃과 숲이 있는 공간에서 거주하는 것이 바람직한 모습인데 그것을 파괴시키고 들어선 아파트에 살고 있는 현실에 대한 부정적 인식이 보인다. 이러한 현실부정적인 인식태도라는 지점에서 풍자의 정신은 발아하는 것이다.

개도 개 나름이지
미국산 잡종견쯤 되면

들이쉬고 내쉬는 콧심이
사뭇 위풍도 당당하다

황인종 납작한 콧대쯤
더 뭉갤 것도 없이.

- 백이운, 「백하(白夏)·12」

  사회와 정치현실을 비판한다는 입장에서 현대시조에서도 고시조의
풍자 정신이 면면히 계승·전개되고 있다고 볼 수 있다. 이는 한국 현
대사가 부정과 부조리로 점철되는 데서 기인하는 바가 크다. 풍자는
단순한 격하의 웃음이 아니라 당위적인 것, 진리에 대한 시인의 내적
반응이 외화된 것이다. 백이운의 위 시조 역시 이러한 풍자정신이 잘
반영되어 있다. 더욱이 위 시조의 경우에는 아이러니 기법을 차용하여
표현함으로써 풍자가 지닌 생동감을 극대화하고 있다. 아이러니는 상
충되고 모순되는 현실적 삶의 관계를 아울러 인식하는 태도에서 발생
한다. 키에르케고르가 미적 존재에서 윤리적 존재로의 이행을 부정적
으로 매개하는 방식으로 이해한 것도 마찬가지다.

  때문에 위 시조에서, "황인종 납작한 콧대쯤" 아무렇지도 않게 여기
는 "미국산 잡종견"의 "위풍", "당당"한 태도는 축자적으로만 이해해
서는 안된다. 그것은 그저 강한 어조를 가진 화자, '알라존'의 어조이
다.15) 그러나 알라존은 강자로서 자신을 과신하지만 우둔한 인물이다.
이에 비해 '에이런'은 약하지만 겸손하고 현명한 인물이다. 표면적으
로는 부정한 인물 알라존의 어조가 승리하는 듯 보이지만 궁극적으로
는 에이런의 진실한 어조가 승리한다. 아이러니는 위와 같은 어조를
통해 에이런의 궁극적인 승리를 확인한다. 표면적으로는 "미국산 잡
종견"을 두둔하는 듯 보이지만, 실은 미국을 추종하는 문화사대주의
적 발상에 대한 비판과 풍자, 조롱이 전제되어 있는 것이다.

---

15) '아이러니'는 강하지만 우둔한 알라존의 어조와 약하지만 지혜롭고 정의로운 에이
   런의 어조가 결합되어 있는 것이다. 즉 한 편의 시에서, 겉으로 드러나 표현되는 알
   라존의 강한 어조는 곧 정의로운 에이런의 숨은 어조에 의해 무화되어 버린다. 겉
   으로는 부정적이고 강한 자가 승리하는 것 같지만, 궁극적으로는 정의의 승리를 예
   감하게 하는 것이 아이러니의 어조인 것이다.

Ⅲ. 자연에 머무는 삶

1. 고시조와 자연

아리스토텔레스의 정의에 의하자면 자연이란 '그 자체 안에 운동의 원리를 가진 것'이다. 이와 같은 그리스의 자연관에서는 자연은 조금도 인간에게 대립하는 것이 아니고 오히려 그러한 생명적 자연의 일부로서 그것에 포함되어 있다. 자연은 인간에게 대하여 이질적이거나 대립적이지 않고 그것과 동질적으로 조화하고 신마저도 자연을 초월하는 것이 아니고 거기에 내재적이다. 자연은 인간이나 신 까지도 포괄하고 살아 있는 그대로의 자연이며 일정의 '범자연주의'가 밑바탕에 있었다고 말할 수 있다. 하지만 근대에 들어서면 살아있는 자연을 원형으로 한 그리스의 자연관은 생명을 배제한 무기적 자연관으로 바뀌게 된다.

우리의 고시조에서의 자연은 인간사회와 자연이 온전한 조화를 이루는 이상적인 세계상을 보여주고 있다. 그리고 천지 자연의 조화와 일체된 삶을 그려냄으로써 그 조화로움을 사회로까지 연속시키려는 의지를 보여주기도 한다. 이렇게 고시조가 자연을 빌어 인생을 읽고 의지한다거나 자연의 섭리를 좇아 인생을 해석하고자한 시각과는 달리 현대시조에서의 자연은 문명화되었으며 문명비판을 강조하기도 한다. 즉 인간과 자연이 조화를 이루는 구체적인 양상을 보여주지 못하고 있다. 현대시에서는 자연을 자연 그 자체로 대상을 삼지 않고 이를 새로운 시각으로 이미지화하고 풍경화함으로써 자연과의 거리를 두고 있다. 하지만 이러한 시대적 변화에 따라 자연에 대한 시적 인식에 달라졌다해도 공통된 것은 자연이라는 거대하고 풍요로운 터전을 대상으로 창조의 세계를 나타내었다고 할 수 있다.

자연을 바라보는 인식은 동, 서양이 약간의 차이를 가진다. 중국에서는 유, 불, 도를 막론하고 정신과 물질을 이원적인 것으로 보지 않고 자연과 인간은 분리되지 않고 연속된 채 조화를 이루고 있다고 보았다. 현실에서 자연과 조화를 추구하며 안분지족(安分知足)하는 것을 하나의 종지로 삼았다고 할 수 있다. 반면 서구의 낭만적 자연관에서는 현실은 죄와 타락, 인간성 상실에 빠진 세계이며 상대적으로 평화와 위안을 주는 낙원으로서의 의미를 지닌 자연의 모습을 기대하였다16). 예를 들자면 중국의 시인들이 자연 속에 이미 들어와 자연을 관조하며 인식과 자연에의 합일을 이루고 있다면 워즈워드는 자연에 대한 회의와 귀의 사이에서 고독한 몸부림을 치며 자연과의 합일을 위해 노력하는 과정에 있다는 것이다.

우리 선조들의 삶의 애환을 그려낸 고시조에서의 자연은 시골에서의 한가로운 생활을 노래한 강호한정과 한거(閑居)의 노래, 또 곤궁하게 살면서도 평안한 마음으로 천도를 지키겠다는 안빈낙도(安貧樂道) 등의 노래를 통해 자연과의 합일을 추구하고 있다. 강호는 주로 무위자연의 유유자적한 공간과 귀거래(歸去來)로 나타내어졌는데, 귀거래란 정치 현실과 대비되는 일종의 은신처를 말하며 무위자연의 유유자적이란 속세를 떠나 아무 속박없이 조용하고 편안한 삶을 의미하였다. 이러한 공간은 시적 상상력의 공간이었으며 예술창조의 정서적 기반이 되었던 것이다. 여기에서는 자연이라는 큰 틀에서 시조와 시조에 나타난 자연에 대한 합일과 조화를 꿈꾸는 그들의 사랑을 살펴보고자 한다.

---

16) 토마스 먼로 저, 백기수 역, 『Oriental Aesthetics』, 열화당, 1984, 86쪽.

2. 강호한정으로서의 자연

고시조에서의 강호라는 말은 산수, 산림, 청산, 죽림 등의 말과 비슷하나 빈도 수가 가장 많은 말은 '강호'라 할 수 있다. 그리고 자연은 강호와 동의어로 공간적인 의미의 산수를 가르키는기 하면, 인생의 본질에 되돌아가 있는 상태를 가르키기도 한다. 강호공간에서 이루어지는 자발적이고 무상적인 행위들을[17] 이끄는 정서상태가 곧 자연이며 강호한정은 이 정서 상태에 대한 관습적인 명칭이다.

강호한정의 노래인 우리의 고시조에서 무위자연으로서의 자연관이란 인공이 가해지지 않은 천연 그대로의 상태나 사물인 것으로 자연을 보는 관점이 극대화되면서 자연에 몰입하는 태도다. 있는 그대로의 자연이기에 우리의 삶 또한 있는 그대로 손대지 않고 그래서 때묻지 않은 삶을 살아가는 것을 이상으로 하는 태도가 된다. 자연은 우리가 동화해야 할 대상이기에 거기서의 삶은 격식이 없고 자연스러우며 이러한 무위자연의 태도는 노자·장자 이래로 여러 사람에게서 표방되고 추구되어 왔던 것이기도 하다[18].

> 秋江에 둘 밝거늘 빈를 타고 도라보니
> 믈 아릭 하늘이오 하늘 우희 안자거니
> 어즈버 神仙이 되건지 나도 몰나 ᄒᆞ노라
>
> ─ 이정보

강호라고 하는 자연을 있는 그대로 즐기고자 하는 태도가 드러나 있다. 이러한 자연 속에서 삶은 그 자체로 아름다운 것이었다.

---

17) 정재호, 한국가사문학론, 집문당, 1982.
18) 김대행, 시조유형론, 이화여자대학교 출판부, 1986, 249~250쪽.

식별지고 죵다리떳ᄂᆡ 호믜메고 사립나니
긴풀 춘이슬에 다졋거다 뵈잠방이
두어라 時節이됴흘션져 젓다 무슴ᄒᆞ리

— 이재

　　하늘에는 종달새소리, 동녘 하늘에는 햇살이 눈부시고 밤 사이 내린 이슬이 풀잎에 구슬같이 맺혔다. 생동하는 농촌의 하루가 싱그럽다. 은사(隱士)에게는 자연이 하나의 도피처가 되지만, 농사꾼에게는 땅은 삶의 젖줄기로서의 대지로 엄숙한 생활의 일터가 된다. 이른 아침에 하루의 절반일을 해 둔다면 그 날은 즐거운 날이 된다. 또한 이슬에 베잠뱅이가 젖더라도 신경쓰지 않으며 시간을 헛되이 보내지 않겠다는 농민들의 순박하고 건강한 이미지가 이 시조 전편에 깔려 있다.

아희야 되롱삿갓찰화 東澗에 빗지거다
긴ᄂᆞ긴 녹ᄃᆡ에 미날엽슨 낙시ᄆᆡ여
져고기 놀라지마라 ᄂᆡ 겨워 하노라

— 조존성[19)

　　위의 시조는 대자연 안에서 풍류를 즐기는 강호한정가이다. 세상 부귀영화 다 버리고 자연과 더불어 여유로움을 즐기는 모습이다. 내 흥을 못 이겨 낚시질하는 흉내를 내 볼 따름이라고 읊고 있는 동간조어

---

19) 이 시조를 쓴 작가 조존성은 74년의 생애 가운데 37년이란 반생을 조정 관직에서 진퇴를 거듭하는 파란만장한 길을 걸었다. 그때마다 산촌에 묻혀 시시때때로 떠오른 감정을 시조로 읊었는데 그 내용은 한결같이 자연에서 한낱 촌로로 사는 멋과 멋을 노래하였다. 그것은 벼슬길에서 은퇴하면 누리고 싶은 미래를 노래한 것이라고 볼 수 있다. 그러나 끝내 노후를 정든 고향 산천에 깃들이지 못하고 나랏일에 이끌려 다니다 죽은 인물이라고 할 수 있다. 박광정, 「역사와 함께하는 옛시조 문학산책」, 청림, 220쪽.

(東澗釣魚)라는 제목의 시조로 물고기를 낚는 것이 목적이 아니라 물고기와 더불어 자연과 함께 즐기는 한가로움을 노래하고 있다.

이 시조의 초장의 첫 구가 모두 아희야로 시작되었기 때문에 '호아사조' 또는 '호아곡리'라고 불린다. 벼슬에서 파직되어 초야에 묻힌 은사의 생활은 나물캐기, 낚시질, 농사일, 술마시기로 요약되는 데, 이 시조에도 그것이 차례로 읊어져 있다.

> 산슈간 바회 아래 뛰집을 짓노라ᄒ니
> 그몰론 눔들은 웃는다 ᄒ다마는
> 어리고 햐암의 뜻대는 내분인가 하노라
>
> 보리밥 픗ᄂ믈을 알마초 머근후에
> 바희ᄭ 믈ᄀ의 슬ᄏ지 노니노라
> 그나믄 녀나믄일이야 부롤줄이 이시랴

ㅡ윤선도

만흥(漫興)이라 제목이 붙은 이 시조는 작자가 병자호란 때 왕을 호종하지 않았다 하여 영덕에 유배되었다가 풀려나 56세 때인 인조 20년(1642) 고향에 있을 때 지은 산중신곡 20수 중의 하나이다. 혼란한 정계에서 물러나 자연을 완상하면서 마음 편히 살려는 초연한 심경을 표현했다. 보리밥, 산나물 같은 거친 음식에 만족하며 자연 속에서 유유자적하고 있으니, 세상의 어떤 부귀영화도 부럽지 않다는 것이다. 이것은 논어의 술이편에 나오는 "나물먹고, 물마시고, 팔을 베고 누웠으니"라는 공자의 사상이 바탕에 깔려있다.[20]고도 할 수 있겠다. 이 시조의 이면에는 현실 사회와 자신의 이상이 도저히 타협할 수 없음을

---

20) 성낙은 편저, 「고시조산책」, 국학자료원.

알 때에는 고인의 도를 밟아 깨끗이 명리를 버리고 자연을 찾아서 정
신적으로 평화로운 생활을 한다는 도피사상과 결백성이 깃들어 있다.
그리고 임금과 권력계급의 폭정 아래서 삶을 유지하기 위해 나타나는
소극적이고 보수적이며 정적인 습성이 시조 속에 나타남을 볼 수 있다.

> 말업슨 靑山이요 態업슨 流水ㅣ로다
> 갑업슨 淸風이요 님주업슨 明月이라[21]
> 이中에 病업슨 이몸이 分別업이 늙으리라
>
> — 성혼

　　이 시조는 옛사람이 자연에 순응하고 조화를 이루는 생활을 잘 보여
준다. 자연과의 관계는 조화로운 순응관계였으며 이것은 무위사상으
로부터 나오는 것이었다. 희로애락, 선악과 시비를 초월한 순수자연의
세계이다. 무위자연 속에서 인간은 자연의 섭리에 자기를 내맡기고 순
응하여 자연의 오묘한 숨결을 듣고 존재의 진리를 깨닫게 된다. 자연 속
에서 영원함과 불변함을 찾고 자연을 유일한 진실로 생각했던 것이다.
　　'말없고 태 업고 값 없고 임자 없는 세계와 병 없고 분별 없는 자아
의 주객일치, 천인합일의 경지가 유교적 이념이면서 미적 정서가 된
다.'고 본 김준오는 그의 『詩論』(삼지원, 1982)에서 이런 서정적 자아
의 원형을 쉴러(F.Schiller)의 '소박한 시인'의 개념과 연결시키고 있다.
쉴러는 시인을 '자연으로서 존재'를 소박한 시인이라 하고 '상실한 자
연을 추구'하는 시인을 감상적 시인이라 했으며 시인이 순수한 자연으

---

21) 한춘섭 편저, 『고시조해설』, 홍신문화사, 1999, 113쪽; 송(宋)의 소식(蘇 軾)이 그의
적벽부(赤壁賦)에서 "천지와 만물 중에는 다 주인이 있는데 강가의 바람과 산 사이
의 밝은 달은 임자가 없어서 귀로 이것을 듣고서 노래하고 눈으로 이것을 보고서
글을 쓴다."고 한데서 나온 말.

로서 있는 동안 전체가 조화된 존재로서 행동하며 감성과 이성, 사물을 받아들이는 능력과 자율적인 행동능력이 서로 대립되지 않는 상태에서 활동한다.[22]는 것이다. 60평생을 거의 벼슬하지 않고 학자로서, 자유인으로 살아간 지은이의 모습이 소박한 시인으로서, 세계인 자연과 자아의 합일을 잘 드러낸 시조라고 할 수 있을 것이다.

歸去來 歸去來ㅎ되 말뿐이오 가리업싁
전원이 將蕪(장무 ─ 장차 잡초가 우거지니)ㅎ니 아니가고 엇지홀고
초당에 청풍명월이 나명들명 기드리ᄂ니
─ 이현보

이 시조는 효빈가(效嚬歌)라고 하는데 도연명이 벼슬을 버리고 고향으로 돌아갈 때 지은 귀거래사를 흉내 내었다는 뜻이다. 초장과 중장은 '귀거래사'의 첫머리를 그대로 옮겨 놓은 듯하며 농암가와 생일가를 이 시조와 합하여 흔히들 귀전록(歸田錄)이라 한다. 강호생활을 즐기며 유유자적하는 생활 속에서 자연을 노래하는 산수를 찬양하는 시인들 중 그 주창자로 이현보를 들 수 있는데 이현보는 경상도 고향땅에서 明農堂, 愛日堂을 지어 분수에 배를 띄워 놀며 시가로 흥을 돋구었다고 한다. 강호 자연 속에 파묻혀 시가를 벗하고 살았던 이들의 시풍을 강호가도의 흐름으로 볼 수 있을 것이다.

3. 현대시조와 자연

고시조에서 자연은 복잡하고 번거로운 세속과는 구별되는 무위의 세계이다. 강호의 자연 속에서 자연과 합일되어 조화를 꿈꾸어 오던

---

22) 김준오, 시론, 삼지원, 2006, 38~39쪽.

그들의 삶이 현대시조에서는 자연 가운데에서 행유(行遊)하면서 위로
하고 어루만져 달래는 여유공간으로 인식하였다.

> 별설도 살이 올라
> 장독대에 고인 한낮
>
> 솜병아리 서너놈이
> 봄을 문채 조올고
>
> 화신은
> 속달로 와서
> 남창에 앉음이여.
>
> — 김사균, 「春景」

　우리 시가에서 자연에 대한 전통적 인식태도는 관조적 인식이다. 자
연 속에서 화자가 자연과 일정한 거리를 두고서 음미하는 것이다. 그
것은 죽림지사가 자연 앞에서 감탄만 하고 있을 뿐 자연을 탐내거나
자기 것으로 만들려고 하지 않았던 여유로운 태도이다. 앞서 살펴본
고시조에서 갈등의 해소처로서 작용하는 자연과 일정 부분 상통하는
면이 있는 것이다.

> 풍경 소리 떠나가면 절도 멀리 떠나가고
> 흐르는 물 소리에 산은 감감 묻혔는데
> 적막이 혼자 둥글어 달을 밀어 올립니다.
>
> — 정완영, 「望月寺의 밤」

　자연을 인식하고 있는 방법 중 다른 하나는 위의 시처럼 자연에 대
한 서경화를 밝히려 드는 이치적(理致的)인 자연시이다. 자연과 작품

속 화자가 가까이 있으면서 자연에다 나름대로의 해석을 가한 경우이다. 자연의 자기화[23]라 부를 수 있다.

위의 백수(白水) 정완영의 시조에서 절은 풍경소리에 의해 확인된다. 적막이 둥그렇게 떴다고 생각해보면 작중화자 자신도 풍경 소리 물 소리와 더불어 자연을 지배하는 존재가 되어 있는 것이다. 여기서 작중화자는 자연의 이법에 순종하기보다는 자연을 모양 바꾸고 역동적으로 변화시키고 있다. 한편으로 생각해 볼 때 물소리 풍경소리가 역동적 존재로 사물을 변화시킨다고 한다면 작중화자 자신도 이것과 이치를 같이 하는 존재가 되므로 자연과 하나되는 인간초월의 모습을 보인다고 할 수 있다.

철 따라 찾아간 절
절에 들지 아니하고

건너편 너럭바위
신록 위에 올라 앉아

해종일 절 바라보다가
나도 절이 됐더니라

― 정완영,「新綠行」

위 작품에서는 역동적 존재 대신 작중 화자 자신이 자연 속에 동화

---

23) 시인들은 현실에 대한 부정과 불만을 나타낼 때, 자연에 기대고 자연을 동원하여 왔으며, 자연을 인식하는 방법을 두 가지로 나타내고 있다. 첫째는 자연에 대한 주관적 해석을 배제하고 자연 가운데에 행유하면서 인간을 위무하는 행락의 여유공간으로 인식한 경우이다. 둘째는 자연에 대한 서경화, 寫生寫實을 가볍게 처리하면서 자연을 빌려 천지만물의 이치를 밝혀보려는 경우이다. 졸고, 『현대시조탐색』, 국학자료원, 2004, 38~44쪽 참조.

되어 몰아된 순간을 나타내고 있다.[24] 자연에 대한 인식 태도에서 동일 시인의 작품인데도 앞의 작품과는 어느 정도 다른 면모를 보여주는 작품이다.

이처럼 고시조는 물론 현대시조에서도 작중화자가 자연에 부합하는 존재이면서 자연의 원리 하에 자신을 세우고 자연 속에 동화되어 몰아의 경지를 나타내는 시들도 발견할 수 있다. 하지만 과거 고시조의 작품세계에서 보이는 심미적 대상으로서, 정감의 대상으로서의 작품이 그만큼 많지는 않다. 자연을 자연 그대로 보고 즐기고 자연을 심정의 토론대상으로 하여 자연에 의지하고 자연과 하나가 됨으로써 감정을 해소하려는 작품들이 보기 힘들다는 것이다.

지금까지 '자연'과 더불어 하나 되는 시조들을 중심으로 살펴보았다. 앞서 밝힌 것처럼 자연은 절대적 힘을 가진 것이어서 그것을 거역할 수 없고 그렇기 때문에 자연은 우리 삶의 지배원리가 된다고 보았다. 인간의 생로병사가 모두 자연질서일 따름이라는 것이다. 고시조에서의 '강호'라고 하는 자연을 있는 그대로의 상태로 즐기고자 하는 무위자연과 도피로서의 자연을 노래한 시조들은 그야말로 무위와 조화, 친화, 합일이라는 순수자연의 세계였다. 그 세계란 희로애락이나 선악과 시비를 초월한 순수자연의 세계이며 무상한 현세를 거부하고 탈출함으로써 마주치게 되는 것은 바로 무위자연이었던 것이다.

또한 정신의 자유로운 산책으로 강호자연 사이에서 갈등과 긴장이 해소됨을 보았다. "나비야 청산가자 범나비 너도 가자/ 가다가 저물거든 꽃테들어 자고가자/ 꽃테서 푸대접하거든 잎에서나 자고가자"처럼

---

24) 졸고, 「동양적 사유에서 본 백수 정완영 시조」, 한국시조학회, 『시조학논총』, 2007.1 참조.

조윤제는 자연시에서 개개의 자연이 아름다운 것이 아니라 이것들이 전체 속에서 융합될 때 비로소 아름다움이 탄생된다[25]고 하였다. 현대시로 갈수록 자연에 관한 다양한 접근이 이루어지며 자연과의 일체감보다는 거리감을 두고 자연을 바라보는 시가 지배적이긴 하지만 자연이라고 하는 큰 틀에서 볼 때, 풍요로운 삶의 터전으로서의 자연과 하나되는 조화와 합일을 꿈꾸는 창조의 세계를 나타내고 있음을 알 수 있다.

---

25) 조윤제, 『국문학개설』, 동국문화사, 1955, 469~470쪽.

Ⅰ. 인생사의 한탄과 관조

1. 시간의 흐름과 한(恨)

우리는 시간의 흐름과 변화 앞에서 지난 날을 안타까워하고 흘러가 버린 인생을 한탄하기도 한다. 이것은 만고의 진리이며 자연의 이치이다. 김준오는 『詩論』에서 시간의 변화는 자아와 세계를 다양하게 하며 자아와 세계와의 관계를 풍요롭게 해 준다는 점에서 인생에서의 가치를 가진다고 말하고 있다. 인간은 한 순간도 같은 요소를 지니는 일이 없으며 모든 세포는 끊임없이 새로워지며 낡은 것은 없어진다. 육체 뿐만이 아니라 정신 역시 마찬가지이며 기질이나 성격, 정욕이나 환락과 같은 자연 감정 역시 동일한 것이 아니며 새로 생기고 또한 끊임없이 소멸하여 간다.

이런 변화로 인해 우리는 늘 동일성을 꿈꾸고 연속적이며 변하지 않는 것을 인생의 또 하나의 가치양상으로서 찾게 되는 것[1]이다. 이러한 시간의 변화로 자아와 세계는 더욱 풍요로와 지지만 흘러간 시간은 다

───────────

1) 김준오, 앞의 책, 404쪽.

시 되돌아오지 않는다는 것을 생각하면 지나간 시간을 꿈꾸게 되고 육체와 정신의 늙음에 때로 한탄하게 된다.

그렇다면 먼저 한(恨)이란 무엇인가? 한자 사전에 의하면 恨이란 마음과 뿌리의 한을 나타내기 위한 간(艮)으로 이루어져 恨이란 쉽사리 사라지지 않고 마음속에 맺혀 있는 응어리라는 풀이로서 중문대사전에 나온 怨・憾・悔 등과 영어의 pathos, deploring, resentment, moan 등으로서도 다 설명할 수 없는 그 이상의 어떤 의미가 있다고 볼 수 있다. 이에 대해 오세영은 그의 글에서 恨이란 풀래야 풀 수 없는 감정, 서로 모순되는 복합적 감정, 이렇게 할 수도 없고 저렇게 할 수도 없는 딜레마의 감정[2]이라고 말한 바 있다. 현실적으로 이루어질 수 없는 불가능의 상황인줄 알면서도 단념할 수 없는 강한 미련으로 恨이 생기게 된다는 것이다.

우리의 문학을 가리켜 恨의 문학이라고도 한다. 인생사가 허무하고 뜻대로 되지 않고, 쓰라린 슬픔을 마음 속에 '恨'으로 눌러두고 한숨짓는 옛사람들의 마음을 문학의 힘을 빌어 삭혔기 때문에 '한의 문학'이 된 것이다. 인생무상이나 회고가, 늙어버림을 한탄한 백발탄과 시절에 대한 아쉬움에 관한 한탄과 탄식 등이 주가 된 시조를 많이 찾아볼 수 있다. 이러한 恨의 정서는 한국시의 원형이라고 할 수 있으며 고시가에서부터 현대시에 이르기까지 이어져 왔다. 여기에서는 이런 시간의 흐름과 변화, 어찌할 수 없음에 대한 恨과 안타까움을 한탄한 노래인 시조와 인생과 자연에 대한 관조를 통해 쓰여진 시조를 찾아보고자 한다.

고려말의 시조들은 대개가 이념보다는 개인의 정감을 읊었으며 늙기 서러워하는 백발탄들이거나 은자들의 생활을 노래한 것으로 자연

---

2) 오세영, '모상실의식으로서의 한', 「김소월연구」, 새문사, 1982, 20~21쪽.

의 낭만적인 생활보다는 청빈이나 절개있는 유교적인 생활을 바탕으로 한 것들(최영, 이존오, 이색, 곽여, 서견의 시조 등)이 많았다. "나무도 병이 드니 정자라도 쉴 이 없다 / 호화히 서 잇을 젠 올이 갈이 다 쉬더니 / 잎지고 가지 꺾어진 후에는 새도 아니 앉는다.(송강)" 고 인생무상을 '한탄'하였으며 "흥망이 유수하니 만월대도 추초로다 / 오백년 왕업이 목적에 붙였으니 / 석양에 지나는 손이 눈물겨워 하더라" 이른바 이러한 '회고가'들이 고려의 유신들에 의하여 구슬프게 읊어졌다. "오백년 도읍지를 필마로 돌아드니 / 산천은 의구하되 인걸은 간데업네 / 어즈버 태평연월이 꿈이런가 하노라" 이는 한낱 사라져 버린 지난날의 꿈을 아쉬워하며 그것을 노래하고 읊조리며 마음의 한과 슬픔을 다스려왔던 것이다.

白日은 西山의 지고 黃河는 東海로든다
古來 英雄은 북망으로 가단말가
두어라 物有盛衰니 恨홀줄이 이시랴

— 최충

　　최충의 시조는 대자연 앞에서 인생무상을 느끼게 하는 시조다. 태어나서 자라고 늙고 죽는다는 것은 자연의 이치이고 만유의 법칙이다. 자연에 순응하는 생활 자세와 불교에서의 회자정리, 윤회사상으로써 자연의 이치 앞에 어찌할 수 없는 인간의 한계와 체념이 들어있다. 인간의 생로병사가 모두 자연의 질서이므로 자연의 질서에 따라야 한다는 것이 기본적인 인식이다. 이 시조는 동양적 달관과 체념의 유교사상이 우주의 철학적 이론과 결부되어 인생을 받아들이는 초연한 자세와 함께 대자연의 법칙에 순응하라는 가르침을 잘 나타내고 있다.

청춘에 보던 거울 백발에 곳쳐 보니
청춘은 간듸 없고 백발만 뵈는고야
백발아 청춘이 제 갓스랴 네 쫏츤가 ᄒ노라

— 이정개

늙음을 한탄하고 젊음을 동경하는 것은 우리의 공통된 감정이다. 청춘을 열망하며 백발로의 변화를 한탄하고 있는 시조이다.

흔손에 가시를들고 또흔손에 막듸들고
늙는길 가시로막고 오는白髮 막듸로치랴튼니
白髮이 제몬저알고 즈름길로 오더라

— 우탁

우탁의 작품은 탄로(嘆老)와 백발(白髮)을 소재로 한 작품이 많은데 다가오는 늙음과 백발, 그리고 죽음의 공포마저도 가시와 막대로 치려 하는 어리석음은 인간 내면의 깊은 허무감과 무상감을 느끼게 한다.

정 주면 환한 살결
눈길 주면 젖은 바람
세월을 주름잡듯
벌레 한 마리 기어가고
내 뜰에
옮겨 온 수십 년
돌도 이젠
말을 건넨다

세월도 금이 가는가
풀씨 하나 자라나서
그 풀씨 가녀린 잎에도

이슬 방울 올라 붙고
갈수록
생각은 무거워
나이테는
또 아파라

달빛 내리는 밤은
속살마저 밝혀들고
속으로 다지는 마음
나를 불러 뜰에 내린다
가만히
손길 닿으면
석향(石香)마저
묻어 났어라

— 이일향, 「정원반석(庭園盤石)」

첫째 수의 "돌도 이젠 / 말을 건넨다"라는 표현은 인생을 어느 정도 살아온 후라야 감지할 수 있는 경지이다. 둘째 수 초장의 "세월은 금이 가는가"라는 표현은 세월의 덧없음을 강조해준다. 또한 "풀씨 하나 자라나서 / 그 풀씨 가녀린 잎에도 / 이슬 방울 올라 붙고"라는 표현은 인생을 풀잎에 맺힌 이슬로 표현한 것이다. 예로부터 인생을 초로(草露)에 비유한 것을 떠올리게 한다. "나이테는 또 아파라"라는 표현은 불교에서 말하는 '인생은 고해(苦海)'라는 인식을 보여준다. 이 작품은 세월의 흐름에 대한 무상감이 잘 드러나 있다.

우리 민족의 전통정서인 한(恨)의 정서는 앞서 살펴본 것처럼 고시조에서는 백발탄이나 회고가에서 주로 확인할 수 있다. 그리고 현대시에서는 소월의 시에서처럼 임의 부재나 상실, 그리고 욕망의 좌절 등 자신의 슬픔만을 한탄하는 것, 또는 임에 대한 그리움과 원한에서 생기는 恨으로 나타나기도 하였다. 반면에 현대시조에서는 고시조나 1920년대 낭만주의 시와는 달리 감정이 어느 정도 절제되어 나타난다. 그렇지만 극도로 짧은 정형시라는 시조의 특수성으로 인해 직설적인 표현이 드러날 수밖에 없는 것이 일반적인 현상이다.

2. 삶의 미적 거리

관조라는 말은 사전적으로 말하자면, 고요한 마음으로 사물이나 현상을 관찰하거나 비추어 보는 것이며 예술에서는 美를 직접적으로 인식하는 일이며 불교에서는 모든 사물의 참모습과 나아가 영원히 변하지 않는 진리를 비추어 보는 것을 말한다. 정적이며 지적이며 객관적으로 사용되는 관조는 작품 속에서 시인이나 작품의 화자가 어떤 대상을 그리되 가급적 감정을 보이지 않고 대상에 집착함없이 냉정하게 그리는 것을 말한다. 즉 대상의 고요한 본질의 세계를 응시하게 될 때 관조적이라고 한다.

이제까지의 우리 시에서 사용된 관조라는 말은 한 발 뒤에서 사물을 관찰하고 바라보는 것으로서 조금은 소극적이고 방관자적이었다고도 할 수 있다. 하지만 그 내면에는 사물을 종합적, 직관적이면서 간결하게 통찰해내는 우리 선조들의 깊은 안목이 내재되어 있었다. 정종진의 논문 「한국 현대시평과 관조론」에 의하면

오직 물화된 이후의 고립된 지각만이 자기와 대상을 모두 시간과 공간으로부터 단절시켜 버림으로써 자기와 대상이 저절로 의기투합하여 주객합일의 경지를 이루도록 한다. 이미 하나가 되었다함은 바로 이외에는 다시 아무 것도 없다는 것이니, 그러므로 하나는 즉 일체가 되는 것이다. 하나가 곧 모든 것이라면 하나는 바로 원만구

족의 상태로써 스스로 유쾌한 기분을 느낄 수 있도록 해주는 것이 된다. 주객이 의기투합하여 하나가 되어서 스스로 유쾌하게 느끼게 되는 이때는 환경과 세계와 더불어 대융합을 얻게 되며 대자유를 얻게 되는데 이것이 곧 장자가 말하는 화(和)이며 유(遊)이다[3]

관조는 직관적 시관이며 '고립'의 상태[4]로 장자에서 부각된 관조라는 말은 고립화와 집중화를 통해 시인의 의식을 반영시킨 세계를 구체화한다는 것이다. 이러한 시의 경지는 입신(入神)의 경지인데 시의 최고 경지인 입신이란 '상상적으로 사물의 생명을 파고들며, 그 정수와 그 정신을 구체화하는 것'[5]으로 정의할 수 있다. 중국시가에서는 의경(義境)이라하여 작자의 주관 정의와 객관 물경이 서로 융합하여 이루어진 예술의 경지를 말한다고 하였다. 동양에서 사용되는 관조 또는 의경과 비슷한 것으로 서구에서는 '거리'라는 용어가 사용된다. 김준오는 미적 거리란 "우리가 작품에 임해서 작품에 표현된 행위, 인물, 정서들이 절박한 실제 생활과는 아무런 관련이 없다는 감각기관의 인식이다. 이와 같이 작품을 공리적 관심으로부터 분리시킴으로써 이런 심리적 거리는 예술의 특수한 효과를 발휘케 한다. 부적당한 거리 작용은 부자연스럽고 인위적이게 한다."[6]라고 언급한다. 작가나 독자가 자기의 사적이고 공리적인 일체의 관심을 버린 상태를 뜻하는 것으로 시공간적 거리가 아니라 내면적 거리라고 말하고 있는 것이다.

목어를 두드리다

---

3) 서복관, 「중국예술 정신」, 동문선, 1990, 131쪽 재인용.
4) 관조는 불가의 禪과도 긴밀히 연관되어 있다.
5) 유약우, 「중국시학」, 동화출판사, 1984, 115쪽.
6) 심리적 거리란 말은 영국의 블로흐가 1912년에 처음 사용한 용어이다. 김준오, 앞의
　　책, 327쪽에서 재인용.

졸음에 겨워

고오운 상좌아이도
잠이 들었다.

부처님은 말이 없이
웃으시는데
西域 萬里ㅅ길

눈부신 노을 아래
모란이 진다.

- 조지훈, 「古詩1」

이 시는 정적 속에서 피어나는 법열과 숙명적인 한(恨)을 나타내고
있다. 비록 정적이고 소극적인 모습일지라도 그 속에는 깊은 내적 긴
장과 성찰이 함께 이루어져 있으며 내적인 미적 거리를 유지하여 적극
적으로 대상에 몰입하지 않으면 이룰 수 없는 관조의 모습 또한 보여
주고 있다. 직관과 고립의 상태에서 대상을 관찰하고 객관적 미적 거
리를 잃지 않았음을 알 수 있다.

落日은 西山에 져셔 東海로 다시나고
秋風에 이운풀은 봄이면 프르거늘
엇더타 最貴혼人生은 歸不歸를 ᄒ느니

- 이정보

위의 시조는 인생에 대한 관조와 다시는 돌아오지 않는 인생을 한탄
하고 인생무상을 노래하고 있다. 인생에서의 늙음을 한탄하고 찬란하고
화려했던 시절을 동경하는 것은 주된 우리의 감정이며 열망인 것이다.

곰살가운 오죽 사이 햇살 잘게 부서지고
무심한 바람꽃이 시린 가슴 헤집는데
마당에 나는 은행잎 세월 함께 날려본다

회화나무 걸친 낮달 호수 속에 살랑이고
오십천 고운 물빛 천 년 세월 잠겼는데
죽서루 추녀 끝 풍경 저 혼자 한가롭다
— 하주용, 「죽서루 풍경」

시인에게 있어서의 풍경은 바슐라르가 말한 바 있는 어떤 공간적 미학을 양산해 내는 것이 아니라, 단지 시간적 흐름에 동조하고 있는 조형물이자 시인 자신의 대치물로 작용하고 있다. 이 시에서 낮달은 천년 세월에 잠겨 있는 과거의 현재적 낮달일 뿐이다. 이처럼 낮달이 있는 풍경은 세월과 맞닿아 있으며 시인은 대상과 자신을 밀착하여 自와 他의 거리를 좁히고자 하였다. 삶의 흔적들을 비끼어 관조하려는 태도가 잘 드러나 있다.

3. 한탄과 관조의 정서

이상으로 인생사로서의 한탄과 관조에 대해 살펴보았다. 우리민족의 고유한 정서라 할 수 있는 한탄의 정서는 인생무상을 나타내는 백발탄이나 회고가 등으로 시조에서 표현되었다. 현대에 와서도 한탄의 정서는 많은 시조에서 드러나고 있다. 그리고 작품 속에서 관조라는 말은 전통적으로 자연친화에 관련된 시에 많이 적용되어져 왔다. 고시조에서도 사물에 대한 감정이입과 몰입, 융화, 즉 객아일체, 망아의 태도로 관조의 과정을 거쳐왔음을 알 수 있다. 작품을 감상하는데 있어 이러한 객관적 거리나 분리는 관조의 태도이자 미적인 태도이다. 또한 이 거리는 시간적, 공간적 거리가 아니라 내면적 거리인 것이다. 이렇게 볼 때 관조는 내면적 거리를 가지고 대상에 몰입해가는 과정으로부터 의경의 경지에서 누리는 내적 향수까지를 포함한다[7]고도 볼 수 있을 것이다. 이렇게 관조나 한탄이 우리 선조들의 작품 속에서 주로 취하는 시의 주제였다고 볼 때 삶을 바라보는 태도가 비록 정적이고 소극적이긴 했으나 그 속에 감춰져 있는 지혜와 통찰에 대한 내적인 힘(시선)은 크고 깊다고 할 수 있을 것이다.

Ⅱ. 풍류로서의 삶

1. 풍류의 의미

풍류란 사전적 풀이로 '우아하고 멋스러운 정취'라고 되어 있다. 신정일은 자신의 저서 『풍류』 '옛사람과 나누는 술 한잔'에서 "풍류는 자연을 가까이 하는 것이고 맛과 멋과 운치 그리고 글과 음악과 술 등 여유롭고 즐겁고 아름답게 노는 모든 것을 포함한다." 라고 했다. 또한 신은경은 『風流 - 동아시아 美學의 근원』에서 "한. 중. 일 삼국에서 쓰이는 '풍류'라는 말은 대체로 멋스럽고 품격이 높고 속세를 떠나 있는 것, 미적인 것에 관계된 의미범주를 지칭하는 개념으로 인식되어 왔다. 이로 볼 때, 동아시아 고유한 예술의 특성을 이해하는 데 풍류라는 말이 디딤돌이 될 수 있으리라는 가능성을 확인하게 된다."

'풍류'란 '미적 인식'에 기반한 일종의 놀이문화라고 일차적 성격규정이 가능할 것이다 또한 '풍류'는 놀이문화의 원형인 동시에 '예술문화의 원형'이 되기도 한다. 한 마디로 3국의 공통된 풍류개념을 표현

---

7) 정종진, 앞의 논문 참조.

한다면, 그것은 '예술적으로(혹은 미적으로) 노는 것'으로 규정할 수 있다고 본다. 중국의 경우는 '호쾌하게, 어디에고 구속됨 없이' 일본의 경우는 '우아하고 세련되게'라는 의미이며, 우리나라의 경우는 운치 있고 멋있게의 의미가 될 것이다. 노는 것이되, 정신적인 영역까지 포함하고 거기에 심미적 요소가 갖추어져 있을 때 비로소 풍류라는 말이 사용되고 있다는 점을 주목해야 할 것이다.[8]

이 밖에 최재남은 『선인들의 생활문화와 문학』에서 풍류의 멋을 "흥을 풀고, 신나게 즐기는 일을 묶어서 일단 풍류라고 명명할 수 있다면(생략)우선 경기체가의 향유에서 이러한 진폭을 확인할 수 있을 것이다. 풍류는 자연을 가까이 하는 것, 음악을 아는 것, 멋이 있는 것, 예술에 대한 조예, 여유가 있는 것, 자유분방한 것, 즐거운 것, 현실을 초탈하는 이상적인 무엇 등 실로 다양한 상황에서 여러 가지 용례로 쓰이고 있으며 멋, 여유, 자유 등을 기본 속성으로 한다."라고 하였다.

이렇게 볼 때 풍류란 놀이적 요소를 다분히 가지면서도 단순히 노는 것만이 아닌 미적인 요소와 예술적인 요소가 가미된 것이라는 것을 알 수 있다. 신은경은 '풍류' 개념을 다시 '풍류성'과 '풍류심'이라는 두 가지 미학용어로 제시했다. '풍류'가 철철 흐르는 승무, '풍류한 선녀', '風流奇話(풍류스러운 기이한 이야기)' 등과 같은 어떤 상태를 형용하는 말로 사용되는 예가 적지 않음을 지적하고 이때의 '풍류하다', '풍류스럽다' 라고 하는 형용사는 바로 대상이 풍류성을 내재하고 있다는 것을 의미한다는 것이다. 풍류성이란 풍류현상을 성립시키는 '대상' 자체에 내재한 속성에 관계된 것이며, '풍류심' 이란 대상과의 교감. 합일을 지향하면서 그 대상에 내재한 풍류의 본질을 인식, 감득하고 향

---

8) 신은경, 『風流 ― 동아시아 美學의 근원』, 보고사, 1996.

수, 표현 하는 '주체'의 심적 작용에 관계된 것으로 규정하고자 했다.

그는 또 '풍류심'을 '흥'과 '恨', '無心'의 세 유형으로 제시했다. 이때 '흥'은 대상 및 현실과 적극적 관계를 맺고 긍정적 시선으로 이를 포착하는 데서 오는 밝은 느낌이 기반이 되는 풍류심 유형이고, '한'은 대상이나 현실 속에서 겪는 소외의 체험이 기반이 되므로 이에 대한 소극적이고 부정적 시각이 내재되어 있고 '흥'과는 달리 유암성(幽暗性)을 띤 풍류심 유형이라고 했다. '무심'은 현실세계를 지배하는 긍정/부정, 선/악, 희/비 등의 이분적 분변작용을 넘어서려는 데서 오는 추월적 미감이다. '흥'의 미가 즐거움을, '한'이 비애의 정감을 주된 정조로 하는 것이라면 '무심'은 초탈의 태도가 주조를 이룬다고 서술했다.

'흥'은 왕에서 아래 천민까지, 지식층/무식층, 권력층/소외층 할 것 없이 전 계층 모두에 걸쳐 향유될 수 있는 것이라면, '한'은 주로 소외의 계층과 밀접한 연관을 지닌다. '무심'에는 분별의 경계를 넘어서고자 하는 지적 작용이 요구되므로 사고나 인식작용에 익숙해 있는 지식층과 친연성을 지닌다. 또 '무심'이 자연 중심적 풍류심 유형이라면, '한'은 철저하게 인간 중심적 미유형이다.9) 이러한 풍류의 의미를 바탕으로 해서 고시조 속에 나타나는 풍류의 요소들을 나누어서 살펴보고 오늘날 자유시에 비교하여 살펴보고자한다. 또한 '풍류'의 한 속성인 '흥'이 나타나는 시조들은 '민요'와 함께 보겠다.

2. 관(觀)으로 나타난 무심(無心)

아래 두 시조는 觀으로 나타난 無心으로 풍류의 뚜렷한 본질 중의 하나인 자연과의 합일, 회귀의 본성이 잘 드러나 있다.

---

9) 신은경, 앞의 책, 89~90쪽.

頭流山 兩端水를 녜듯고 이진보니
桃花쓴 묽은물에 山影조추 잠겨셰라
아희야 武陵이 어딋미오 나눈옌가 ᄒ노라

— 조식

摩尼洞깊픈골로 斷髮嶺 올라셔니
금강산 만이천을 歷歷히 다볼로다
아희야 믈밧비몰아라 어셔가려 ᄒ노라

— 조식

한자어 '觀'은 '見'이나 '視'와 구분되어 쓰이는 경우가 종종 있다. 이 글자들은 모두 '보다'라고 하는 의미를 담고 있지만, '見'이나 '視'가 단순히 물체의 형상이 눈에 비쳐 알게 되는 시각작용의 측면을 지시하는 것에 비해, '觀'은 '內觀'과 '靜觀' 등의 정서로써 정신적 깊이를 지시하는 쪽으로 쓰이는 경향이 있는 것이다. 즉, 육체적 눈으로 보는 것이 아닌 내면의 깊이를 헤아리는 눈으로 사물의 본질을 꿰뚫어 보는 것을 의미하는 것으로 불교에서의 '慧眼'과 상통한다고 할 수 있다. 바라봄의 생생한 체험을 수용하기 위해서 그 전제로 '텅 빔'이 요구되는 것이다. 이같이 텅빔의 상태 속에서 사물의 본질을 보는 것을 '靜觀'이라고 하거니와, '관'이란 상하·전후가 없는 비공간적 비시간적 전일성의 상태를 의미한다고 볼 때[10] 정관은 바로 무심의 상태에서 가능해지는 것임이 자명해진다.

옛날 우리의 선인들은 두류산을 오르내리며 몸과 마음을 닦으며 수양을 했다. 두류산의 정기에서 곧은 기상과 절개를 배우려고 애를

---

10) 李符永, 「『老子』『道德經』을 중심으로 한 G.G.Jungdml 道概念」, 『道教와 韓國思想』, 韓國道教 思想研究會 編, 아세아문화사, 1987, 233쪽.

썼다. "선인들의 유산 체험은 보편화 되어 있었고 실제 산에 노닌 체험을 기록한 유산기가 집약될 수 있을 정도이다. 그 가운데 이름이 널리 알려진 산에 노닌 유산기와 각기 자기 고장의 산에 노닌 유산기가 두루 기록되었다. 두류산은 김종직과 그 문하인 김일손 등의 유산록을 비롯하여 조식의 기록이 있다."[11]

앞의 시조에서 '도화'는 여성을 상징하며 그것도 두류산의 양단수에 떠 있는 '桃花'라면 여성 중에서도 선녀라고 볼 수 있다. 낙원을 '武陵桃源'이라 하여 이때 무릉도원의 '桃'가 '복숭아 도' 이다. 선녀가 내려와 노닐 듯이 맑은 물, 산이 물 속으로 내려앉은 모습, 이것 역시 물과 산의 합일이다. 물은 여성성을 지니며, 산은 남성성을 지닌다. 이것이 의미하는 것은 남성과 여성을 구분하는 이분법적 논리가 아니라 남성과 여성을 합친 중성성을 나타낸다. 음과 양의 대극이 아니라 음과 양의 조화가 자연스럽게 잘 어우러진 모습으로 볼 수 있다. 선녀가 내려와 노니는 물 속에 산의 그림자가 고요히 잠겨진 모습 역시 같은 것으로 해석해 볼 수 있겠다. 각기 다른 속성을 가진 것이지만 하나가 되고자 하는 본성을 드러내주고 있다. 종장에서는 속세를 천국이라고 표현하여 천국과 속세가 함께 있는 양극을 모두 포괄한 심적 상태이다. 이렇게 볼 때 자연이 곧 무릉도원이라는 화자의 시선은 자연회귀, 자연합일의 마음이다.

'摩尼洞 깊픈골로'에서 '금강산'은 '無'의 경지이며, '馬'은 '유'로서 움직임, 변화가 많은 세속적인 것을 상징한다. 여기서 '만이천봉우리'는 노장에서 말하는 다양성의 상호조화를 전제로 하고 있다. 이렇게 볼 때 봉우리의 모양새는 각양각색이지만 그것이 서로 조화를 이루어내어 금강산이라는 웅장한 모습으로 있는 것이다. 이러한 속성을 배

---

11) 최재남, 『선인들의 생활문화와 문학』, 경남대 출판부, 2002, 163쪽.

우고 자연과 하나가되기 위한 내면노력으로 종장의 '말 밧비몰아라'
라고 구체적으로 표현한다.

> 물아일체화된 세계 있는 그대로의 사물현상 속에 주체가 용해되
> 어 주체와 객체를 둘로 갈라낼 수 없는 상태로 표현된다. 대상 속에
> 서 나 자신을 잃어버림으로써 대상 뿐만 아니라 나 자신을 알게 되
> 는 경지, 즉 '以物觀物的'태도에 기반하여 '我'를 消除하는 무조작.
> 무인위의 경지, 사물의 원래모습의 자족함을 긍정하여 아가 어느새
> 물의 본모습과 하나가 되는 경지, 사물.대상 속으로 뛰어들어가 내
> 면적으로 그것을 느끼고 스스로가 거기서의 생명과 함께 하나가 되
> 는 경지로 언술화되는 것이다.[12]

'풍류의 본질로서 가장 뚜렷하게 부각되어 오는 것은 자연친화적
요소일 것이다. 동양의 예술을 서양의 것과 비교할 때 인생과 자연과
예술은 하나로 통합하여 보는 시선 여부가 중요한 기준의 하나로 제기
되곤 한다. 자연을 인간이 이용하고 정복해야 할 대상으로 보는 것이
서구적 관점이라면, 인간도 자연의 일부로 보면서 자연과의 합일 내지
는 자연으로의 회귀를 예술이나 도(道)의 최고가치의 상태로 보는 것
은 동양적 관점이라고 할 수 있다. 전자가 인간과 자연을 분리하여 보
는 이분화 된 관점이라면, 후자의 경우는 자연과의 합일을 추구하는
일원론적 관점이라 할 수 있을 것이다.[13]

> 그 강에 가고 싶다
> 사람이 없더라도 강물은 저 홀로 흐르고
> 사람이 없더라도 강물은 멀리 간다.

---

12) 신은경, 앞의 책, 413쪽.
13) 위의 책, 76쪽.

인자는 나도
애가 타게 무엇을 기다리지 않을 때도 되었다.

강가에서 그저 물을 볼일이요
가만가만 다가가서 물깊이 산이 거기 늘 앉아 있고
이만큼 걸어 항상 물이 거기 흐른다.
— 김용택,「그 강에 가고 싶다」

　김용택의 시 일부로 1연과 3연이다. 자연에서 몸과 마음을 닦는 화자의 모습이 엿보인다. 강은 틀에 얽매이지 않는다. 누가 본다고 흘러가고 안 본다고 흘러가지 않는 것이 아니다. 물은 꼭 자신을 담는 그릇의 크기만큼만 채워지며 더 이상 욕심을 부리지 않고 흘러 가 버린다. 여기서 자연물인 '강물'과 '산'은 '無心'을 나타내며, '사람'은 '有'를 나타낸다. '유'가 '무'와 하나가 되고자 하는 모습이 잘 드러난다. 화자는 늘 틀에 박혀서 남의 눈치를 보며 살아가는 삶에서 벗어나 잠시나마 자연과 하나가 되고자 하는 것이다. 애타게 그 무엇을 기다리지 않아도 자연은 봄이 가면 여름이 오고 여름이 가면 겨울이 온다. 강물 역시 바다가 기다리지 않아도 바다로 자연스레 흘러가는 것이다. '인자는 나도 / 애타게 그 무엇을 기다리지않을 때도 되었다//'라고 하여 욕망에서 초월한 초연의 경지를 자연에서 배우고 있는 것이다. 사람처럼 역행하거나 거스르지 않는 강물을 시인은 '사람이 없더라도 강물은 저 홀로 흐른다'라고 표현해 낸다. 흐른다는 것은 자연스러운 것이며, 그러한 자연과 '가만가만 다가가서' 가까워지고 싶은 자연 친화적, 자연 합일의 마음이 내포되어 있다.

　길은 어느 틈엔가 원시로 접어들었다

거미줄 같은 햇살이 나를 빨아들이고

한 번도 본 적이 없는 풀들이 밟혀 온다

여름 내내 피다 질 저 하얀 옥잠꽃

오늘은 발이 빠져 역사 속에 갇히고

시간을 감고 있던 물뱀 그 위를 지나간다.
- 강현덕, 「우포 늪에서」

위 작품에서 '원시'의 상태로 들어서야 사물을 발견할 수 있게 된 시인에게 사물들은 낯설고 신비롭기만 하다. 또아리를 튼 '물뱀'은 시인이 지나간 것들, 사라진 것들을 기억하는 순간에 비로소 몸을 풀어 시간을 받아들인다. 자연을 살고 있는 사물을 만날 때 시인에게 현재와 과거의 시간의 역리관계가 형성된다. 말하자면 시인이 시조의 가락을 통해 구하고자 했던 것은 느린 것, 그리고 잊혀진 채 정지해 있는 것을 위해 한껏 빈 공간을 열어 젖히는 것이었다. 문명이 휩쓸고 간 흔적에 대한 회상과 기억은 그가 번번이 사사로운 사물들을 시 속에 담는 것에서 이루어지는 바, 이들은 작은 움직임을 통해 느림의 시간과 공간을 형성한다.[14]

이 작품은 앞서 살펴본 고시조 작품과 함께 노장사상에서 추구하는 자연을 추구했다고 볼 수 있다. 노장 사상에 있어 '자연'이란 물을 대표하는 것으로서 산수의 현상계만을 지칭하는 것이 아니고, 도가 존재하는 곳, 나아가서는 도가 존재하는 방식, 또는 도에의 지향성을 뜻하

---

14) 송기한, 「시조의 느림과 현대적 의미 — 강현덕 시조의 의미」, 강현덕, 『한림정 역에서 잠이 들다』, 태학사, 2001, 114~115쪽.

는 것이 된다. 그러므로 동아시아의 예술에서 최고의 가치를 부여하고 최고의 경지로 인식되는 '자연과의 합일' 혹은 '物我一體'의 상태는 유가보다는 도가사상과 더 관련이 깊다는 것을 확인할 수 있다.

3. 취락적(醉樂的) 향락지향의 태도

'흥'은 우리말로 신이 나서 감탄하는 소리, 신이 날 때 내는 콧소리라 하여 감탄사에 어원을 두는 것으로 풀이된다. 여기서 신이 난다고 하는 것에 대하여 1)무당이 神이 오르는 것 2)성적인 의미로 腎나다 3)신(靴)이 날다(飛)에서 온 말로 설명된다. 이 외에도 가야금의 제 2현을 흥이라고 하며, 양금의 오른 쪽 괘 왼쪽 넷째 줄 중려의 입소리를 흥으로 나타내기도 한다.[15]

유교이념 이후 시대는 성리학적 유교이념이 예술의 미적 가치를 결정하는 유일한 기준이 되는 역할에서 밀려나는 시기를 말한다. 이 같은 시대변모에 발맞추어 미의식이나 예술 담당층, 각각의 예술장르에도 변화가 있을 것임은 말할 나위가 없다. '흥'의 정서도 제약 없이 표출되어 나타난다.[16] 다음 세 편의 시조 역시 가치기준의 다원화로 흥이 어떠한 규제를 통해서 걸러지지 않은 채 표출된 예라고 볼 수 있다.

> 金樽에 ᄀ득흔술을 슬커댱 겨오로고
> 醉흔後 긴노리에 즐거움이 ᄒ도ᄒ다
> 어즈버 석양이盡타마라 둘이조츠 오노믜라
>
> — 정두경

---

15) 신은경, 앞은 책, 96쪽 재인용.
16) 위의 책, 177쪽.

술씌야 이러안조 거문고를 戲弄ㅎ니
밧긔 셧는학이 즐겨셔 넘노는다
아희야 나문술부어라 興이다시 오노믹라

곳 픠면 돌 성각ㅎ고 돌 붉음연 술 성각ㅎ고
곳 픠쟈 돌 묽쟈 술 엇으면 벗 생각ㅎ네
언제면 곳 알래 벗 돌이고 翫月長醉ㅎ련요

— 이정보

'술과 달과 꽃과 벗과 음악', 이러한 요소들은 당시에 술을 중심으로 이루어져 있음을 엿볼 수 있다. 술을 취하도록 마시면 '흥'이 절로 난다고 읊고 있다. 여기서흥의 절제와 규제는 찾을 수 없다. 좋은 술로 권커니 작커니 하는 모습을 호방한 것으로 그려내고 있다. 이를 신은경은 "성리학적 사유의 기반을 이루는 합리성, 중도사상, 도덕성이 삶과 사유의 가치기준, 나아가 예술적 가치기준을 결정하고 지배하는 양상에서 벗어나 좀더 자유롭게 인간의 성정을 표출하고 희로애락을 발산하는 양상을 예술전반에서 엿볼 수 있게 되는 것이다. 그리하여 이 시기의 '흥'은 '정서적 방일'과 '취락적 경향'과 맞물려 있는 것이 특징적이다." 라고 언급했다.

'金樽에 ᄀ득흔 술을'에서 취한 후에 '긴 노래'라고 하여 '흥'에 내포되어 있는 즐거움의 요소인 '歌'에 해당하며 흥겨운 상태를 '즐거움이 ᄒ도ᄒ다' 라고 하여 즐거움이 가슴 넘치도록 치밀어 오르는 감정을 나타낸다. 또한 '석양'은 저녁을 의미하며, 저녁은 어두움을 말하는 것이다. 하지만 곧 '달'이라는 매개체를 가져와서 밝음으로 전환하고 있다. '달'은 무속에서 풍요의 기원이며, 여성적 이미지로서 생산성을 의미하기도 한다. 이러한 흥겨움이 오래토록 지속되기를 바라는 마음 또한 '긴 노래'와 '석양과 달'의 시간적 거리로서 나타내고 있는 것이다.

'술씨야 이러안즈'에서 '홍'은 '거문고를 戲弄 ᄒ니'와 '학이 즐거서'로 가무의 즐거움으로 나타난다. 이 즐거움은 음악과 함께 '학춤'의 우아미를 함께 갖춘다. 이러한 신나는 '홍'은 곧 콧소리가 다시 나오는 '아희야 나문술 부어라 홍이 다시 오노믜라'로 연결된다.

이정보의 시조에서 볼 수 있는 것은 '꽃'과 '달'과 '술', '벗'으로 '꽃'은 만개의 기쁨을 주는 계절의 홍취, '달'은 발랄함과 포근함의 정서로서 이러한 환경적인 요소가 어우러진 장소에서 술로써 심장을 홍분시키고 얼굴을 상기시키며, 기분은 상승되어 벗과 함께 오래토록 '홍'으로 취하고 싶어 한다.

> 《악학궤범》 권 5의 무보를 보면 지당판(池塘板)이라 하여 연못을 상징하는 네모 널빤지를 놓고 그 주위에 연꽃 칠보등롱. 연통(蓮筒)을 놓는다. 그 연꽃 모양의 두 연통에는 동녀(童女)를 숨어있게 하고, 청학과 백학이 나와 연통을 중심으로 춤을 추다가 연통을 쪼면 그 속에 숨어 있던 두 동녀가 나오고 두 학은 이를 보고 놀라 뛰어 나가는 내용으로 되어 있다.(두산백과 사전)

여기서도 알 수 있듯이 연못에 연꽃이 핀 모습이 짝을 이루며, 연통 또한 두 개로 짝을 이룬다. 학 역시도 '청학'과 '백학'으로 두 마리이다. 그 연통 속에 동녀도 두 사람이다. 이것은 아래에서 지적한 '홍'이라는 글자가 합성으로 이루어진 글자로서 '힘을 합한다'는 의미를 내포하는 것과 무관하지 않다. 혼자만의 홍이 아닌 여러 사람이 함께 한다는 데서 더 신나고 '홍'은 고조되어 되살아나는 역할을 하는 것이다.

오르며 나리며 나막신 소리에 흥
물만두 이밥이 중치가 네누나 흥
에루화 데루화

―「흥타령」

여기서 '흥흥'은 바로 '신이 날 때 내는 콧소리'의 대표적 용례라 하
겠다. 한자어 '興'은 '마주들다'는 뜻의 '舁'와 '同'의 합성으로 이루어
진 글자로서 '힘을 합한다'는 의미를 내포한다. 마주 들어서 힘을 합하
기 위해서는 상대가 있어야 하고 따라서 '興'이라는 글자는 둘 이상의
구성원을 전제로 하여 성립된다고 할 수 있다.[17]

노다가세 노다가세
저 달이 떴다 지도록 노다가세
아리아리랑 스리스리랑 아라리가 났네
에으헤 아리랑 응응응 아라리가 났네

―「진도 아리랑」

ㄱ)
노세노세 젊어서 놀아
늙어지면은 못노나니
화무는 십일홍이요
달도차면 기우나니라
얼씨구 절씨구 차차차
지화자 좋구나 차차차
화란춘성 만화방창
아니노지를 못하리라
차차차 차차차

---

17) 위의 책, 97쪽.

ㄴ)
가세가세 산천경계로
늘기기나 전에 구경가세
인생은 일장의 춘몽
둥글둥글 살이니가자
얼씨구 절씨구 차차차
지화자 좋구나 차차차
춘풍호류 호시절에
아니노지를 못하리라
차차차 차차차

ㄷ)은 ㄱ)의 반복임.

―「노세 노세」

    대부분의 원시 사회가 축제와 오락의 사회였으며, 비문명권의 사람들은 지금도 하루 서너 시간만 노동 한다는 것이다. 놀이는 무엇을 하느냐의 문제가 아니라, 무엇이건 '노는 것', 어떤 일을 할 때 취하는 특정한 태도이며, 움직임으로만 포착되는 동사이다. 우리는 언제라도 그만둘 수 있는 가벼운 마음과 순전한 즐거움으로 놀지만 바로 그 순간 어느 때 보다도 집중하고 긴장한다.

    외부의 자극에 수동적으로 반응하고 조금씩 마비 상태가 되어 더 큰 자극을 욕망 할 때 나는 놀고 있는 게 아니라 욕망의 노예가 된 채 매뉴얼대로 움직이는 아미타에 불과 할 뿐. 노는 것 무언가를 진심으로 즐길 수 있는 천진함은 언제라도 그것을 그만 둘 수 있을 때 바로 내가 놀이의 주인일 때 가능하다.[18]

    위의 민요 진도 아리랑에서 '저 달이 떴다 지도록 노다 가세'라고 하

---

18) 한경애,『놀이의 달인, 호모루덴스』, 그린비, 2007, 73~83쪽.

여 노는 동안 밝음과 신남의 흥이 묻어난다. 또한 달의 은은한 빛은 우아한 분위기를 연출한다. 콧바람과 휘파람이 어우러져있는 흥겨운 자리에 은은하고 우아한 분위기를 더한다면 더할 수 없는 흥으로 승화할 수 있다. 이러한 노는 분위기는 계속 이어지는 것이 아니라 '저 달이 떴다 지도록 노다 가세'라고 하여 잠시잠깐의 힘겨웠던 노동이나, 일상에서 벗어나 여유로움을 찾고 다시 제 자리로 돌아간다는 것을 의미한다.

'노세 노세'를 살펴보면 '흥'은 '둥글둥글 살아나가자'와 '춘풍호류'로 드러나 있다. '흥'이라는 글자를 살펴보아도 아래위가 '둥글둥글'과 짝이 잘 맞는다는 것을 알 수 있다. 봄바람이 알맞게 부는 계절에 떠나는 기분은 최고의 흥을 유발한다고 볼 수 있겠다.

신은경은 조선조 각종 문헌이나 기록에서 드러나는 '풍류'라는 말의 쓰임을 종합하여, 대강 다음과 같이 다섯 가지로 정리하고 있다.[19]

    (1) 신라적 의미에 근간한 풍류개념
    (2) 경치 좋은 곳에서 연회의 자리를 베풀고 노는 것
    (3) 예술 또는 예술적 소양에 관계된 것을 나타내는 표현
    (4) 사람의 인품. 성격. 교양. 태도. 외모. 풍채 등이나 사물의 상태
       가 빼어나는 것을 형용하는 표현
    (5) 남녀간의 情事를 나타내는 말

다음 고시조는 유한한 인간의 삶을 슬픔의 정서가 아닌 잘 노는 것 (즉 위에서 굳이 분류해 본다면 (2)번에 해당 하겠다)으로 승화시켜 생로병사의 한계를 뛰어넘는 흥을 발현하고 있다.

---

19) 신은경, 앞의 책, 52쪽.

늘거든 다죽으며 졈으면 다사느냐
져건너 뎌무덤이 다늘근의 무덤이랴
아마도 草露人生이 아니놀고 어이하리

인생을 헤아리니 흔바탕 꿈이로다
됴흔일 구즌일 꿈속에 꿈이어니
두어라 꿈갓튼人生이 아니놀고 어이리

— 작자 미상

위의 두 시조는 인생이 마음대로 되는 것이 아니며 꿈같은 것이라고 보고 있다. 이러한 꿈같은 인생을 '허무함', '허탈감' 이라고 표현해 내지는 않는다. 그래서 살아생전에 삶을 뒤돌아보고 잠시잠깐이라도 복잡하고 번거로운 일상에서 벗어나 여유롭고 즐겁게 놀아보자고 한다. '늘거든 다 죽으며'에서 생과 사는 인간의 마음대로 되는 것이 아니며 순서가 있는 것이 아니다. 종장에서는 풀잎에 맺힌 이슬과 같이 잠시잠깐 왔다가 가는 인생이니 아니 놀 수가 없다고 한다. 유한한 생을 '무덤' 곧 자연의 세계, 즉 영원한 자유와 제한받는 자유를 함께 넘나듦으로서 생로병사를 뛰어넘는 신나는 흥을 발현해 내고 있다.

"인생을 헤아리니"를 보면 세속의 온갖 기쁨과 슬픔도 모두 한바탕 꿈으로 생각하고자 한다. 종장에서 "두어라"라고 하여 모든 것을 있는 그대로 여유자적하게 바라보라는 의미를 내포하고 있다. '유한한 것에 대한 집착에 얽매이지 말고 자유롭게 마음을 두어라'라는 것으로도 볼 수 있을 것이다. 꿈은 이상의 세계이지만 곧 현실에서 직시하고 있는 문제가 다른 형상으로 드러나는 것이기도 하기 때문이다.

위에서 살폈던 '술, 음악과 춤, 벗과 꽃'이 함께한 풍류는 놀이적 취향에 예술적인 아름다움이 가미된 것이었다면(단지 절제되지 않은 취함은 같지만) '늘거든 다 죽으며'와 '인생을 혜아리니' 는 놀이의 내용보다는 노는 것 자체에 중점을 두는 것이 강하게 나타나 있다.

만일 어부가 생계를 위하여 배를 타고 낚시질을 한다면 아마도 홍은 일지 않거나 감소될 것이다. 하지만, 생계수단이라고 하는 실제적인 목적 없이 그 자체를 즐긴다고 할 때, 다시 말해 칸트가 말하는 '무목적성의 목적성'에 조준되어 있을 때 고기 잡는 '일'은 홍겹고 즐겁고 재미있는 '놀이'로 전환된다. 세상만사 온갖 근심을 잊을 정도의 몰입을 수반할 것이다.[20)]

> 낙양성 십리하에 높고 낮은 저 무덤은
> 영웅호걸이 몇몇이며 절세가인이 그 누구냐
> 우리네 인생 한번가면
> 저 모양이 될 터이니
> 에라 만수 에라 대신이야
> (생략)
> 한송정 솔을 베어 조그맣게 배를 지어
> 술렁술렁 배 띄워놓고 술이나 안주 가득 싣고
> 강릉 경포대 달구경 가세
> 두리둥실 달구경 가세
> 에라 만수 에라 대신이야
>
> —「성주풀이」

> 사람이 살면은 몇백년이나 살더란 말이냐
> 죽음에 들어서 남녀노소 있느냐
> 살아생전 시에 각기 맘대로 놀(거나 헤ㅡ)
>
> —「육자배기」

---

20) 위의 책, 122쪽.

위의 두 민요는 속세에서의 명예, 권력, 부, 아름다운 용모도 결국은 '무덤'이라는 자연물로 희석되고 돌아가기 위한 것이라고 노래한다. 하지만 이러한 유한한 인생에 대한 슬픔과 시름을 내 보이지는 않는다. 죽음을 자랑스러운 하나의 과정으로 받아들이고 그러한 바탕 아래 삶을 즐겁게 하기위한 하나의 방법으로 놀이를 들고 있다.「성주풀이」에서 "우리네 인생 한번가면" 이라고 해서 유한한 인생을 사시사철 푸르른 솔로 만든 배에 싣고 경포대로 달구경 가는 것으로 흥을 돋운다. '술이나 안주를 가득 실은 배'라고 하여 함께 달구경을 가는 사람이 많음을 암시함으로써 혼자만의 사색에서 얻은 '흥'의 발로가 아니라 여럿이 함께하는 '흥'의 발로로 해석이 된다. 그리고 '달'은 밝음과 설렘으로 '흥'을 더욱 더 뒷받침 할 수 있는 자연물이다. 또한 후렴구는 신이 내려주는 태평으로 여러 사람의 기원이 담긴 바램은 오래토록 태평성대와 기쁨을 누릴 수 있다는 것을 암시한다.

'풍류'는 주체가 즐거움을 자각하는 행위의 형식에 대한 제한이며, 동시에 그 형식을 구성하는 내용에 대한 적절한 제한이라고 할 수 있다. 이 제한은 풍류의 성격을 결정하는 요인이 되며 또한 풍류의 목적을 알 수 있게 하는 기본이 된다.[21] 이렇게 살펴본 결과 풍류란 잘 노는 것에 예술적인 가치와 미적인 가치를 더한 것이라고 말할 수 있겠다. 시대에 따라 그 의미가 조금씩 바뀌어 왔지만 위에서 고시조 몇 편을 골라 민요와 함께 살핀 결과 조선시대에 와서 취악적, 향락지향적으로 예술이나 특히 놀이적 요소가 부각되는 것을 알 수 있었다. 놀이적 요소에서도 놀이의 내용보다는 놀이 그 자체를 강조한 작품들이 많았다.

---

21) 손오규,「산수문학에서의 풍류」, 백록논총, 1999.

　　시조의 놀이성에 관해서는 'Ⅴ장 놀이로서의 시조'에서 상세히 언급하고자한다.

　　　가로수는 청청한
　　　귀를 열고 있습니다.

　　　태양을 손에 들고
　　　밀려오는 여름 행진

　　　가슴이, 젊은 가슴이
　　　시가지를 덮습니다.

　　　차라리 그것은
　　　넘쳐나는 해일입니다.

　　　격랑의 푸른 칼이
　　　신명난 춤을 추며

　　　한 시대 매듭을 푸는
　　　살풀이가 됩니다.

　　　천 이랑 만 이랑
　　　일렁이는 열기 속에

　　　배경으로 걸린 해는
　　　연방 녹아 내리고

　　　각일각 치닫는 정점,
　　　파고는 높아 갑니다.

　　　거부의 매운 안개

제방을 타고 깔려 오면

들끓는 소리들이
직렬로 흔들리다

한 순간 파도를 타고
꼿꼿하게 섭니다.
　　　　　－ 정해송, 「6월 스케치 － 1987년 유월항쟁 서면에서」

　놀이와 풍류는 현대 시조에서도 지속적으로 나타나는 시적 소재이
자 내용이다. 그러나 놀이판의 묘사가 현실적 문제에 부딪치면서 발화
되는 양상을 보이는 것은 고시조에서 찾아볼 수 없는 독특하고도 참신
한 시적 문체이다. 정해송의 위 시조는 '유월항쟁'을 "한 시대 매듭을
푸는/ 살풀이"에 비유하고 있다. 살풀이는 신과 인간의 교통을 통한 인
간의 애환을 푸는 주술적 행위의 하나로 볼 수 있지만, 동시에 한 마을
에서 이루어지는 이러한 행위는 그 자체로 마을의 큰 놀이판이기도 했
다. 왜냐하면 신을 칭송하고, 맞이하고, 함께 노는 가운데 이루어지는
것이 무당의 굿판이고, 그 굿판의 정점에 살풀이가 있다고 한다면, 살
풀이는 곧 신명을 예비한, 신과 함께 놀이하는 것으로 볼 수 있기 때문
이다. 굿판에서 무당의 춤사위를 보고 '논다'고 표현하는 것도 이와 같
은 생각 때문이다. 그러한 살풀이를 군부독재 타도를 외쳤던 '유월항
쟁'의 군중들의 놀이에 대응시키는 이 시조의 시적 전술은 고시조에서
는 찾을 수 없었던 형식이다. 놀이의 신명을 통해 살을 풀고 한바탕 신
나게 놂으로써, 신과 인간, 자연과 인간, 우주와 인간은 상호 교통의 새
로운 장을 맞이하고 조화롭고 정직한 세상을 꿈꿀 수 있는 것이다. 그
러한 점에서 살풀이로 유월항쟁을 비유한 것은 매우 적절하고도 놀라

운 발상이 아닐 수 없다.

Ⅲ. 호방한 기상과 자부심

1. 호방(豪放)의 모습

사대부의 호기와 호방함을 노래하는 고전시가들이 우리 문학에 간간히 드러나는데 주로 무신(武臣)들의 시가에서 두드러지게 나타난다. 사대부, 양반들의 시가에 비해 무신들의 노래는 양적으로 현격한 차이가 있지만 그 속에 나타난 내용을 보면 선비들이 노래하지 않은 무신들만의 용맹한 모습을 느낄 수 있다. 그들이 노래하는 시가에서 논의하고 드러내고자하는 사상을 충절(忠節)로만 보아서는 안 될 것이다. 무신으로 종사하며 생활을 하였던 자신의 호탕한 기상을 바탕으로 나라에 대한 충절과 자신의 의지, 당시의 상황 등을 고려하여 그들의 시가에 나타난 호방함을 살펴보고자 한다.

우선, 호방(豪放)이라는 용어는 사공도의 24시품에 나타나는 말로 풍격 용어로는 넓고 활달하며 웅혼한 예술풍격을 가리킨다. 호(豪)는 내적인 것으로 말한 것이고, 방(放)은 외적인 것으로 말한 것인데 호(豪)는 내가 세상을 덮을 수 있는 것이고, 방(放)은 외물이 나를 얽맬 수 없다는 것이다.22) 호방은 기세가 웅장하고 거대하며 감정이 치열하고 사서(思緒)가 호한(浩瀚)하며 상상이 풍부한 특징을 지니고 있다.23) 즉, 호연지기의 사상과 상통한다고 볼 수 있다.

호방의 풍격을 지닌 시들은 대체로 내용상 웅대하고 드넓은 평원이

---

22) 柳廷芝, 詩品淺解, 인민문학출판사, 1998.
23) 중국고전미학사전, 광서교육출판사, 1991, 141쪽.

나 끝없는 바다 또는 우뚝 솟은 험준한 산 등을 공간적 배경으로 하고, 역동적인 사물의 운동과 빠른 시간적 경과 그리고 장구한 시간의 흐름 등을 특징으로 한다. 내적으로 가득 찬 진력(眞力)에서 우러나오는 얽매임 없는 호기(豪氣)의 표출에서 이루어진 것으로 원대한 이상, 호매분방(浩邁奔放)한 감정 등을 잘 구사하고 원대한 시간적 공간적 배경과 빠른 시공적(時空的) 변화, 감정의 기복과 과장적 표현, 선명하고 생동감 있는 형상화 등을 구사한다.[24]

앞서 언급하였듯이 호(豪)는 내적인 것이며 내가 세상을 덮을 수 있는 것으로 사용하였으며, 방(放)은 외적인 것이며 외물이 나를 얽맬 수 없는 것으로 하는 풍격용어로 시조들을 해석하였다. 기세가 웅장하고 거대하여 감정을 주로 직접적으로 드러내며 풍부한 상상을 가진 특성을 보인다. 공간으로는 우뚝 솟은 산과 넓은 강을 배경으로 하는 작품이 두드러진다. 특히 '산'이라는 공간은 하늘 아래 제일 높은 곳이기에 무인들의 호연지기(浩然之氣)를 보여주고 그들의 기개를 드러내는 적절한 공간으로 여겨진다. 그러한 자연공간에서 화자의 광활한 기상과 넓은 이상을 실현시킬 것이라는 내면의 기개를 드러내었으며, 화자가 이루고자하는 원대한 기상을 막을 것이 없다는 호쾌한 기개를 거침없이 드러내는 특징이 호방함이라 볼 수 있다. 이러한 사상을 가진 작가의 자부심을 강하게 나타낸 것이 호방함이다.

2. 무신의 호방

앞서 살펴본 호방이라는 용어의 개념이 무신들의 시가에 어떻게 나타나 있는지, 그들의 삶과 시대적 상황을 연관해서 살펴보면 다음과 같다.

---

24) 최광범, 고려말 한시 풍격 연구, 고려대 박사논문, 2006.

녹이상제(綠駬霜蹄) 살지게 먹여 시냇물에 씻겨 타고,
용천 설악(龍泉雪鍔)을 들게 갈아 두러메고,
장부(丈夫)의 위국충절(爲國忠節)을 세워 볼까 하노라.

— 최 영[25)

고려 말 팔도 도통사로 명문을 날린 작가는 수차에 걸친 왜구와 홍건적의 침입을 격퇴하였으며, 명나라를 치고자 군사를 일으키기도 했으나, 이성계의 회군으로 실패하고 그에게 피살되어 끝내 무인다운 기개와 포부가 좌절되고 말았다.

이 시조는 하루에 천 리나 달린다는 준마(녹이상제)를 타고 용천검을 갖춘 대장부의 늠름한 기상과 무인으로서 기개를 한껏 펼치고자 한 그의 위국충절이 직설적으로 나타나 있다. 녹이상제라는 최고의 말을 타고, 용천검이라는 고도로 단련된 칼을 가지고 나라를 생각하는 활달한 기상과 내면에서 우러나는 장부의 호기를 직접 드러내고 있다.

용어 설명에서 언급한 내용을 비추어 보면 호(豪)는 원대하고 활달한 자신의 기상을 위국충절로 나타내겠다는 것이고, 방(放)은 녹이상제를 타고 용천설악을 둘러매고 나아가는 장수의 용맹함을 드러낸 것이라 볼 수 있다.

朔風(삭풍)은 나무 긋틱 불고 明月(명월)은 눈 속에 춘듸
萬里邊城(만리 변성)에 一長劍(일장검) 집고 셔셔
긴 프람 큰 흔 소릐에 거칠 거시 업셰라

— 김종서[26)

---

25) 최영(崔瑩, 1316~1388)은 고려 말기의 장군이다. 유교 사대부와 손을 잡은 이성계와 대립하다가 위화도 회군 이후 권력에서 밀려난 후 처형당했다.
26) 김종서(1390~1453). 조선 초의 무신으로 세종의 사랑을 받던 명장이었으며, 문종 때는 우의정, 단종 때에는 좌의정이 되었으나 계유정란 때 수양대군에게 그 아들과

이 작품은 조선 초기 북방 개척을 주도하였던 시기에 쓰여 진 것으로 그의 무인다운 호방한 기상이 잘 나타나 있다. 시조의 초장에는, 북쪽에서 불어오는 한 겨울의 매서운 바람이 나뭇가지를 휩쓸고 하늘의 달까지 얼어 있는 듯 차갑게 보이는 북쪽 국경 지방의 한겨울 추위가 묘사되어 있다. 중장에는 함경도 땅 육진의 성벽 위에 긴 칼을 짚고 서서 국경 너머를 바라보는 작가의 모습이 나타나 있다. 긴 휘파람을 불며 거침없는 기개를 과시하는 종장은, 여진족을 징벌하여 국토를 넓히고 육진을 개척한 그의 기개와 감회가 나타나 있는 부분이라 하겠다.

이 시조에 나타난 호(豪)는 긴 휘파람을 불고 큰 한소리로 북방의 세계를 나의 호기로 덮어버리겠다는 것이며, 방(放)은 종장의 ‘거칠 것이 없다’는 말로 어떠한 외물이라도 자신의 기상을 얽어 맬 수 없다는 기개를 드러내었다. 더욱이 ㅅ, ㅌ, ㅊ, ㅍ, ㅋ 등 거칠고 억센 음운을 지속적으로 표현함으로써 강렬하고 용맹한 기상을 표현해내고 있다.

이 호기는 지용(智勇)을 겸비한 한 장군의 개인적인 기상이기보다는 신흥 조선의 생기 찬 호흡이며 시대의 세찬 입김을 드러낸 것이라 볼 수 있다.[27]

> 長白山에 旗를 곳고 豆滿江에 물을 싯겨
> 서근 져 션븨야 우리 아니 스나희냐
> 엇덧타 인각화상(獜閣畵像)을 누고 몬져 ᄒ리오.
>
> — 김종서

전문을 풀이하면 다음과 같다. 백두산에 기를 꽂고 두만강에 말을 씻기니 / (남을 모함하고 치기만 하는)썩어빠진 선비들아, 우리는 사나

함께 첫 희생자로 피살되었다.
27) 김영식, ‘고시조와 현대시조에 나타난 충효사상 연구’, 수원대 석사논문, 2000.

이가 아니더냐. / 나라를 위해 공을 세운 대장부의 화상이 기린각28)에 먼저 걸리지 않겠느냐.(우리 같이 나라를 지킨 대장부의 그것이 먼저 일 것이다.) 백두산에 기를 꽂고 두만강에 말을 씻기고 있는 그의 거칠 것이 없는 호기는 변방 방어에 힘을 쏟아 이를 이룩하고 육진을 일으 켜 여진족을 부수고 이를 다스리는데 부족이 없었던 그의 역량으로 보 아 신흥 조선의 패기를 만방에 과시하는 상징적 의미의 시조로 해석을 할 수 있다. 하지만 국내에 있는 일부 비겁한 반대파(수양대군의 손발 이 되어 한평생 자기 코앞의 행복만을 누리기 위해 이웃을 해치고 시 기, 질투, 권모술수, 아부, 아첨으로 날을 세웠던 당시의 선비들)에 의 해 북방지역의 영토 회복에 대한 대망을 이루지 못하자 그 울분을 중 장에서 썩어빠진 선비들에게 직접적으로 호령을 하고 있으며, 종장에 서는 忠君爲國의 정열에 불타는 한 무인으로서의 떳떳한 자부심 속에 일부 비겁한 문신들에 대한 멸시가 과감하게 나타나 있다.

　이 시조에 나타난 의미를 분석해 보면 민족의 영지라 하는 백두산에 국가의 웅혼함을 상징하는 깃발을 꽂고, 두만강 물로 말을 씻겨 북방 의 영토를 무신인 화자가 개척하려는 애국의 업적을 호(豪)로 드러내 었고, 방(放)으로는 일신(一身)의 영화만을 이루려는 선비들의 썩은 정 신을 외적인 면으로 표현하였다. 기세가 웅장하고 감정이 치열함을 잘 보여 주는 시조이다.

> 장검(長劍)을 빠혀 들고 백두산에 올라보니
> 대명천지(大明天地)에 성진(腥塵)이 좀겨세라
> 언제나 남북풍진(南北風塵)을 헤쳐볼고 ᄒ노라.
>
> — 남이29)

---

28) 해동가요와 가곡원류 등에는 육련각(淕練閣)으로 되어 있는데, 당나라 때 국가에 공훈이 많은 사람의 화상을 그려 걸었던 집이다.

이 시조는 남이(南怡) 장군이 세조 13년(1467)에 이시애(李施愛)의 난(亂)과 건주위(建州衛)를 평정한 후 돌아올 때 지은 것이라 추정되는데, 남만(南蠻)과 북호(北胡)를 밀어붙여 나라의 안녕을 이루어 놓으리라는 결의를 온 누리 위에 읊어 보며 젊은 장군으로서의 호기(豪氣)와 큰 포부가 잘 나타난 작품이다. 전란을 평정하려는 장수의 꿋꿋한 웅지(雄志)와 호탕한 기개가 잘 나타나 있는, 구국충정이 끓어 넘치는 시조이다.

남북풍진을 헤치고 대륙적인 기개를 떨치는 무인으로서 나라의 평화를 가져와야겠다는 기상을 호(豪)로 볼 수 있으며, 이러한 자신의 기상을 그 어떠한 것도 막을 수 없다는 방(放)을 나타낸 시조라 할 수 있다.

이 시조가 불리어진 시기에 같은 호기(豪氣)를 노래하며 그의 생리를 그대로 드러내 보인 한시(漢詩)로 다음과 같은 것이 있다.

白頭山石磨刀盡	(백두산의 돌은 칼 가는 데에 다 닳아버렸고)
豆滿江水飮馬無	(두만강의 물은 말이 마셔 말라버렸구나)
男兒二十未平國	(사나이 스물에 나라를 평정하지 못하면)
後世誰稱大丈夫	(후세에 어느 누가 대장부라 일컬으리)

－남이

백두산의 돌은 칼을 갈고 무예를 연마하느라 다 닳아 없어졌으며, 군사 훈련을 하느라 지친 말들이 두만강의 물을 다 마셔 버렸으니, 이

---

29) 남이장군은 17세에 무과에 급제하여 세조 때에 장군으로 총애를 받고 이시애의 난을 토벌한 공으로 일등공신이 되었으며 건주위를 토벌, 27세에 병조판서가 되었다. 예종 즉위년에 대궐 안에서 야직 중 혜성이 떨어지자 묵은 것이 가고 새 것이 온다고 말한 것이 유자광에 의해 역모로 몰려 28세에 처형당하고 말았다.

정도의 기량이면 충분히 나라를 평안하게 할 수 있을 것이며 스물의 나이에 이러한 뜻을 이루지 못하면, 후세에 어느 누가 대장부의 호칭을 받을 수 있겠는가하며 무신으로서의 기상을 여실히 말하고 있다. 지금의 관점으로는 어린 나이지만 나라의 평안을 염원하고 그 바람은 자신으로부터 이루어질 수 있다는 자부심도 은연 중에 보이고 있다. 자신의 기상과 원대한 이상을 드러내기 위해 과장적인 표현을 과감하게 사용하여 자신의 기개로 나이 스물에 나라를 평정하여 대장부의 호칭을 누리겠다는 호(豪)와 그 어떠한 외물도 자신의 의지와 기상을 막을 수 없을 것이라는 방(放)이 나타나있다.

이상과 같이 호방함이라는 용어의 의미를 중심으로 몇몇 시조를 살펴보았다.

사대부들의 시조는 공적인 주제를 개인적인 서정으로 치환한 작품이 많이 나타나지만 무신들의 시조에서는 개인의 내밀한 정서나 사고가 아닌 나라의 안위를 걱정하고 평안함을 자신이 직접 이루어야한다는 사명감이 잘 나타난다. 국경을 지키고 전쟁을 통해 애국심을 키워왔으며 생사를 뛰어넘는 상황에서 전우애를 느꼈을 그들이기에 스스로의 자부심과 용맹함이 부족하면 나라의 평안함이 없다는 것을 누구보다 잘 알고 많이 느꼈을 것이기에 호기, 호방함이라는 사상이 자연스레 내면에 스며들어 시조로 나타난 것이다. 그래서 무신들의 시조에 호방함, 호기, 광활함, 용맹함, 자부심 등이 많이 나타난다고 볼 수 있다.

3. 현대 시조에서의 호방

무신이 사라진 시대에 고시조와 같은 특유의 호방함을 보여주는 시조를 찾기란 쉽지 않다. 한국시의 여성적 편향[30]이 이미 오래 전에 제

기된 바 있듯이, 누이 콤플렉스에 기반한 여성적 어조가 한국시의 대세를 이루고 있기 때문이다. 이는 현대시조에서도 마찬가지로 적용될 수 있는 문제이다. 현대시조는 현대시와 서정성을 공유하면서, 형식적 엄격함을 통한 시적 어운을 생산하는 데 주력해왔지, 고시조의 호방한 어조를 현대화하는 데에는 인색했던 것이 사실이기 때문이다.

> 짖지 못하는 개는 이미 개가 아니다.
> 소리내어 짖을 때만 비로소 개일 수 있다.
> 눈칠랑 뱃속에 넣고 목청 다해 짖어라.
>
> 개소주집 철망 속에 갇힌 개는 안 짖는다.
> 보신탕집 뒷뜰에나 매인 개도 안 짖는다.
> 파수대 지키는 개만 컹·컹·컹·컹 잘 짖는다.
>
> 개여, 두려 말고 위엄 있게 짖어라.
> 주인이 잘 자도록 사위(四圍)를 지키면서
> 한밤에 도둑이 들면 소리 높이 짖어라.
>
> — 정해송, 「개여, 짖어라」

앞서 언급한 현대시조계의 상황에도 불구하고 강렬한 남성적 어조의 호방한 기풍을 보이는 시조가 아예 없었던 것은 아니다. 특히 현실 비판적이고 참여적인 시조들은 이러한 기풍의 한 단면을 보여주고 있다. 정해송의 위 시조는 그러한 점에서 의의를 지닐 수 있다. "컹·컹·컹·컹 잘 짖는", "개"와 "짖지 못하는 개"를 대비하면서 "주인"을 "사위(四圍)"하기 위해 짖어야 한다고 강렬한 어조로 말한다. 그 어조는 고시조에서 확인했던 바와 같이 ㅍ, ㅋ 등 강렬한 음운과 결합하면

---

30) 김윤식, 「한국시의 여성적 편향」, 『근대한국문학연구』, 일지사, 1975.

서 더욱 억센 이미지로 독자에게 다가온다.

　명백히 알레고리적인 의미로 읽어야 할 위 시에서, "개"는 곧 정직한 자기 목소리를 가진 비판적 언사를 상징한다. 그 주체는 시적 정황으로 미루어볼 때 시인인 것처럼 보인다. 그렇다면 위 시에서 시인은 단지 감정의 서정적 표출에만 그치는 존재가 아니라 현실의 모순과 부조리를 외화하고 이를 감수성의 지지대로 삼아야 한다는 것을 말하고 있음을 확인할 수 있다.

IV. 사랑과 이별

1. 사랑의 개념

　사전적 사랑의 뜻은 "인간의 근원적인 감정으로 인류에게 보편적이며, 인격적인 교제, 또는 인격 이외의 가치와의 교제를 가능하게 하는 힘" 이다. 에리히프롬은 사랑이란 상대방의 생활과 성장에 대한 적극적 관심이며, 상대의 욕구를 충족시켜주기 위한 자발적 반응이고, 상대를 있는 그대로 보며 상대방의 개성을 존중할 줄 아는 태도, 그리고 서로가 무엇을 느끼고 바라는지를 아는 것이라고 했다.

　우리는 보통 사랑을 나눌 때 남녀 간의 사랑, 친구 간의 사랑, 형제 간의 사랑, 부모와 자식 간의 사랑, 부부 간의 사랑, 신과 사람과의 사랑으로 나눈다. 옛날의 관점에서 본다면 임금과 신하의 사랑도 매우 중요한 것으로 덧붙일 수 있다. 이러한 사랑의 종류 중에서도 여기서는 고시조 속에 드러난 남녀 간의 사랑에 대해서 중점적으로 살피고, 아울러 자유시와 고시조에서는 사랑의 의미가 어떻게 변화되어 나타나고 있는지를 보고자 한다.

　남녀 간의 사랑은 크게 정신적인 사랑과 육체적인 사랑으로 나눌 수 있다. 먼저 플라토닉 러브라고 불리어지는 정신적인 사랑은 육체를 도외시 한 순수하고 정신적인 연애로 고대 그리스 철학자 플라톤에서 유래한 호칭이지만 실상 플라토닉 러브는 플라톤 자신의 사랑과는 거의 관계가 없다. 이것과 관련해서 플라톤은 자신의 작품『향연』과 기타의 작품에서 사랑을 찬양하였다. 하지만 결국 그것은 지혜에 대한 사랑, 즉 철학을 말하고 있다. 반면 육체적인 사랑인 에로스는 정신적인 사랑을 배제한 육체만을 탐닉하는 사랑을 의미한다. 고대 그리스 신화에 대표적인 인물로 미의 여신 아프로디테를 들 수 있다. 그에 반해 에로스의 부인인 푸쉬케는 정신적인 사랑의 대표적 인물로 볼 수 있을 것이다.

　남녀 간의 사랑은 정신만을 고집해서도 안 되며 육체적인 사랑만을 뒤쫓아 가서는 더욱 안 된다. 육체와 정신이 온전하게 결합 될 때 성숙된 사랑의 모습으로 나아가게 된다.

　심리학자인 J. A. Lee는 광범위한 면접과 여러 문학 자료에 근거하여 사랑에 대한 6가지 유형 열정적인 사랑(eros), 유희적 사랑(ludus), 친구 같은 사랑(storge), 소유적인 사랑(mania), 실용적인 사랑(pragma)을 제시하였다. 그의 분류근거에 따르면 열정적인 사랑은 강한 감정이 특징이며, 유희적 사랑은 사랑을 일종의 게임으로 여겨서 사랑에 빠지거나 헌신할 의사가 없고 정서적으로 통제된 관계를 맺는다. 반면 친구 같은 사랑은 사랑을 많은 시간과 활동을 공유하는 특별한 우정이라고 여긴다는 것이다. 소유적인 사랑은 의존성과 질투가 특징이다. 사랑받는다는 사실을 반복적으로 확인하고자 하는 강박적인 욕구가 있다. 그리고 실용적인 사랑은 논리적이고 실용적인 쇼핑리스트 같은 사랑이다. 쇼핑목록을 작성하듯 원하는 상대의 자질 요건을 의식적으로 구체화해둔다.

미국의 작가 헬렌 G. 브라운 여사는 "인간은 사랑할 때 고통에 대한 방어력이 가장 약해진다. 또 모든 열정 중에서도 가장 강력한 것이 사랑이다. 이것은 인간의 지혜로는 결코 정복할 수 없는 인간적인 감정이 바로 사랑이기 때문이다. 사랑이란 일단 시작되면 통과하는 기차와 같다. 이미 예정된 코스가 있기 때문에 그 어떤 방법으로 통제하려고 해도 기차는 그 터널을 통과할 수밖에 없다"[31] 그녀는 또 "사랑이란 불가사의한 것이다. 그 어떤 말로도 단정 지을 수도 정의를 내릴 수도 없다. 사랑이란 현상이 꾸준히 우리 인간에게 지속되어 왔음에도 불구하고 사랑에 대해 독립된 학문 영역이 아직까지 정립되지 못하고 있는 것은, 모든 학문이 논의가 가능한 영역에서 연구가 진행되기 때문이다. 그러나 사랑은 전혀 논의를 진행시킬 수 없을 만큼 다양하고 애매모호하며 불가사의한 것이다. 그 때문에 사랑을 예찬할 수는 있으나, 사랑을 연구할 수는 없다."[32]라고 언급했다.

이렇게 사전적 의미, 심리학자, 문학가가 말하는 사랑의 뜻에 대해서 대강 살펴 보았다. 사랑이란 '이러이러한 것이다' 하고 단정 지을 수 없이 복잡한 것임에는 틀림이 없다. 하지만 사람들은 누구나 자신이 가진 사랑에 대한 가치의 척도로 사랑을 이해하고 해석하며, 나름에 맞는 사랑을 해 나가고 있다. 이러한 사랑의 이론을 바탕으로 하여 다음 장에서 고시조 속에 남녀 간 사랑과 이별이 어떠한 형태로 드러나 있는지를 중점적으로 살피고 그러한 사랑이 자유시 까지 어떻게 변

---

31) 「사랑받는 여자 인정받는 여자의 조건 25가지」, 9쪽 인용. 헬렌 지 브라운은 미국의 대표적 작가로 코스모 폴리탄(Cosmopolitan, New York)지의 창간자이자 편집인임. 저서: 「sex and single girl」.
32) 같은 책, 11쪽.

화하고 연결되어 있는지를 알아보고자 한다.

2. 사랑의 모순

(1) 끊임없는 물음

사랑이란 무엇일까? 사랑을 위해서 때로는 목숨을 초개같이 버리기도 하고 사랑이 어리석은 사람을 이끌어 대학자가 되도록 만들기도 한다. 사랑에 대한 물음은 계속되었지만 동서고금을 막론하고 정확하게 해답을 내릴 수 있는 것은 아닌 듯 하다. 그만큼 사랑은 개인적인 성향이 강하며, 창조적인 생명체이다. 아래의 시조는 조선시대의 애정이 갖는 비표정성(非表情性)과 비개방성(非開放性)을 기저로 하여 억압을 위주로 삼는 사회규범 속에서도 사랑에 대한 애끓는 물음을 반복하고 있는 좋은 예이다.33)

　　　　수랑이 엇더터니 두렷더냐 넙엿더냐
　　　　기더냐 쟈르더냐 발을러냐 자힐러냐
　　　　지멸이 긴줄은 모로되 애 그츨만 ᄒ더라

위 시조에서도 사랑에 대해서 여섯 번이나 반복해서 묻는다. 이렇게 간절히 다그쳐 물어도 '애를 끊을 만 하다'는 말 밖에는 사랑을 대체할 만큼의 정확한 해답이 없는 것이다. 니체는 내게 있어 '최고 가치'는 존재하며, 그것이 내 사랑이다. 나는 결코 "무슨 소용이 있단 말인가"라는 말은 하지 않는다. 나는 허무주의자가 아니다. 나는 끝에 대한 질문은 하지 않는다. 내 단조로운 담론에는 "왜 당신은 날 사랑하지 않으

---

33) 韓春燮, 『古時調解說』, 홍신문화사, 1985.

세요" 라고 말할 때의 그 똑같은 유일한 '왜'를 제외하고는, 왜라는 말이 없다. 사랑이 완벽하게 만든 이, 나를(그렇게도 많이 주고 또 그렇게도 행복하게 만들어 준)어떻게 사랑하지 않을 수 있단 말인가? 사랑의 모험이 끝난 후에도 살아남는 그 끈질긴 질문, "왜 당신은 날 사랑하지 않았어요?" 혹은 "내 마음의 사랑이여 말해 보세요. 왜 당신은 날 버렸나요?"[34] 라고 사랑에 대한 지극히 개인적인 물음과 답을 요구하고 있다.

사랑은 종장의 표현 '지멸이 긴줄은 모로되 애 그츨만 ᄒ더라' 처럼 만났다 헤어지는 운명을 거부할 수 없는 계속되는 물음의 연속이다. 이렇듯 정신과 육체가 합일된 사랑을 보여주고 있다. 이러한 연장선에서 현대시「지금 사랑하지 않는 자, 모두 유죄」는 의미심장하게 와 닿는다.

> 내가 미치도록 그리워하지 않았기 때문에
> 아무나 나를 미치게 보고 싶어 하지 않았고
> 그래서, 나는 행복하지 않았다.
> 사랑은 내가 먼저 다 주지 않으면 아무것도 주지 않았다.
> 버리지 않으면 채워지지 않는 물 잔과 같았다.
>
> — 노희경,「지금 사랑하지 않은 자, 모두 유죄」

사랑은 물 잔으로 대체되어 있다. 물의 이미지는 바슐라르(Gaston Vachelard)의 4 원소론과 접목시켜 생각할 수도 있다. 바슐라르의 이 원소론은 물. 불. 공기. 흙의 조화를 통하여 이미지화되는 경우를 말하고 있는데, 예를 들면 물과 흙이 결합되었을 때 지진이나 홍수로 나타

---

34) 롤랑바르트, 김희영역,『사랑의 단상』, 학문출판사, 2003.

나서 그 이미지의 세계는 공포와 두려움이 되는 수도 있고, 물과 공기의 결합은 파도나 물보라 아니면 안개 그 자체에서 머물 수도 있을 것이고, 물과 불의 결합은 어쩌면 흥분 아니면 예상치 못했던 잠재의 그 어떤 카타르시스(Catharsis)로 이미지화하면서 형상화 할 수 있다[35]

물은 생명체의 근원이며(모체의 양수 속에서 자라나는 태아를 보더라도)생명체를 담는 그릇을 사랑에 비유한 것은 적절한 표현이다. '잔' 역시 사랑에 대한 물음이 계속되듯이 모양과 색깔이 각양각색이며 그 속에 무엇을 담는가에 따라서 용도가 바뀔 수 있다. 이러한 각양각색의 물음에 대한 대답으로서의 사랑을 '물 잔과 같았다' 라고 표현할 수밖에 없다. 그렇다면 끊임없이 자신을 버리고 비워내는 연습을 하면서 또 다른 모습을 있는 그대로 받아들일 수 있는 것이 사랑이라고 말할 수 있겠다.

현대시 속에서 사랑이 고시조 속에서 살폈던 사랑의 형태와는 전혀 다른 이미지로 연결 되어 있다. "사랑은 물 잔이다" 라고 은유하고 있다. 이것은 자유시가 가지는 형태의 자유로움에서 오는 것이며, 또한 사랑 역시 고시조의 '애 그츨만 ᄒ더라'에서 '내가 먼저 다 주지 않으면 아무것도 주지 않았다'라는 계산적인 사랑으로 바뀌어져 있다. 그만큼 이해 타산적, 경제적인 것이 되어버렸다.

> 가슴으로 세상을 보는
> 안경이 되고 싶다
> 그대 눈물 흘릴 땐
> 뿌옇게 가려주고
> 플래시 터지는 날은
> 따라 반짝 빛나고 싶다

---

35) 신승행, 『문학과 사랑』, 학문출판사, 2003, 27쪽.

그리움의 아침이나
기다림의 저녁이나
지쳐 누울 때는
잠시 눈감게 하고
저만치
떨어져 앉아
그댈 오래 바라보고 싶다.

― 권갑하, 「안경」

위 작품에서 "그대"가 "지쳐 누울 때"에는 "저만치 떨어져 앉아"서 "오래 바라보고 싶"어 할 뿐이라는 점과 "플래시 터지는 날은 / 따라 반짝 빛나고 싶"어 할 뿐이라는 표현은 사랑의 본질을 안경을 통해 절묘하게 표현한 대목이다. 안경이라는 사물의 특성에 대한 예리한 이해를 통해 절절한 사랑의 감정을 표현한 수작(秀作)이다.

진부한 사랑의 감정이 "안경"이라는 매개 수단을 거치는 가운데 참신하고도 생생한 시적 표현으로 전이되고 있다. 사랑하는 사람에게 무언가 의미있는 존재가 되고 싶다는 감정은 사실 인간이라면 누구나 지니는 것이다. 이러한 감정을 표현하기에 적절한 제재는 일반적으로 해, 달, 별, 꽃 등이며 실제로 문학 작품에서도 이러한 제재들이 많이 활용되었다. 그런데 이 시에서는 별다는 시적 감흥을 일으키지 않고 너무도 일상적인 도구로서의 사물인 안경으로 사랑을 표현한 것이다. 안경이 되고 싶다는 표현은 비시적으로 들릴 수도 있는 것이다. 이는 마치 사랑하는 사람이 착용하는 장갑이나 신발이 되고 싶다는 말과 크게 다를 바가 없어 보인다. 지극히 현실감이 넘치는 일상적인 사물을 시에 끌어들여 시적 화자의 사랑을 일상적 현실의 맥락 안에 위치시킬 뿐만 아니라 그 사랑의 감정이 지극히 일상적인 것임을 암시한다.[36]

이상에서 살펴본 바와 같이 고시조에서부터 현대시, 현대시조에 이르기까지 인류가 생존하는 한 영원한 테마는 사랑임을 발견할 수 있었다. 다만 고시조와의 차이가 있다면 고시조가 본질적인 상황이나 추상적인 소재를 통해 사랑을 표현한다면, 현대시와 현대시조는 소재나 주제 면에서 사랑이 일상화, 구체화되고 있음을 확인할 수 있었다.

(2) 기다림

사랑은 존재의 가치를 확인할 수 있게 해주며, 아울러 용기와 인내를 길러주는 구심점 역할을 한다. '괴로움이 수반되지 않는 사랑은 쾌락적인 거짓 사랑'이라고 시인 괴테는 말한 적이 있다. 다음은 편지만을 보내오는 임을 무작정 기다리는 괴로움을 읊은 사랑의 시조이다.

> 님의계셔 오신 片紙 다시금 熟讀ㅎ니
> 무정타 ㅎ려니와 南北이 머러세라
> 죽은 後 連理枝 되여 이 寅緣을 이오리라
>
> — 유세신

편지는 기다림의 상징이다. 답장을 쓰고 답장을 받는다는 것은 사랑을 주고받는 행위이다. 우리는 부치는 순간부터 답장을 기다리게 된다. 사랑에는 기다림의 행복과 함께 고통이 수반되는 것을 '편지'로 잘 형상화 하고 있다. 거리상으로도 남과 북이라는 대치되는 방향을 제시하여 기다림이 길어질 것을 예시하고 있다. 종장에서 연리지가 되어 인연을 이을 것이라는 간절한 기다림의 소망을 보여주고 있다. 이렇게

---

36) 장경렬, 「시조 안에서, 시조를 뛰어넘어 — 권갑하의 시 세계 —」, 권갑하, 『세한의 저녁』(태학사, 2001), 108~112쪽 참조.

본다면 이 시조는 남과 북이라는 방향상의 대치, 연리지라는 한 나무 속에 다른 두 개 나무의 공생, 생과 사의 연결을 통해 사랑을 하나의 끊임없는 기다림으로 표현하고 있다. 죽어서도 연리지가 되어 임과 인연을 이어 나가겠다는 영원한 사랑을 노래하고 있다.

욕망과 마찬가지로 사랑의 편지 또한 회답을 기다린다. 그것은 은연중에 회답을 요구하며, 또 회답이 없을 경우 그 사람의 이미지는 변질되어 다른 것이 되어 버린다.[37] 이와 마찬가지로 '또 기다리는 편지' 속에 사랑의 기다림은 어떻게 표현되어 지고 있는지를 살펴보자.

지는 저녁 해를 바라보며
오늘도 그대를 사랑하였습니다.
날 저문 하늘에 별들은 보이지 않고
잠든 세상 밖으로 새벽달 빈 길에 뜨면
사랑과 어둠의 바닷가에 나가
저무는 섬 하나 떠올리며 울었습니다.

외로운 사람들은 어디론가 사라져서
해마다 첫눈으로 내리고
새벽보다 깊은 새벽 섬 기슭에 앉아

오늘도 그대를 사랑하는 일보다
기다리는 일이 더 행복하였습니다.
　　　　　　　　　　　－ 정호승, 「또 기다리는 편지」

저녁 해와 새벽달, 사랑과 어둠, 섬과 첫눈을 대치시켜 사랑의 기다

---

37) 롤랑바르트, 김희영역, 『사랑의 단상』, 233쪽.
어원: 변질되다를 뜻하는 프랑스어의 'alterer'는 라틴어 'alterare'에서 유래한 것으로 'aster'는 '다른 어떤' 것을 가리킨다.(역주) 인용.

림을 표현해 내고자 한다. 지는 해를 바라보는 일은 "오늘도" 라는 단어와 결합하여 긴 기다림의 연속을 암시한다. 섬은 육지와의 단절이다. '편지', '배' 라는 매개체가 없으면 소식을 들을 수 없다. 배가 들어오기만을 간절히 기다리는 삶 그 자체를 상징한다. 첫눈 역시 많은 사람들이 가슴 설레며 간절히 기다리는 것이다. 그렇다면 육지와의 단절된 섬에서 첫눈을 내리게 하여(좋은 일) 답장이 올 것이라는 암시를 해주고 있다. 고시조에서 생과 사를 이어주는 것을 '연리지'로 표현했듯이 위의 시에서는 첫눈으로 표현해 내어 하늘과 땅을 이어주는 다리 즉 생과 사를 이어주는 역할을 하게했다.

내 마음 처마 끝에 아름다운 밤비 소리

임이여, 하루 잠도 당신 손에 부치리다

지상은 한 채의 오두막

또
옥
똑

낙숫물 소리

— 김영수, 「봄밤에」

이 작품은 그리움의 서정을 자연서정으로 빚어낸다. "지상은 한 채의 오두막"이라고 노래하지 않는가. 지상을 한 동의 아파트로 표현하지 않고 "오두막"으로 드러내어서 얼마나 정겨운가. "내 마음 처마 끝에 아름다운 밤비 소리"에서는 자연서정을 표현하는 방법을 잘 보여주고 있기도 하다. 초가집 처마 끝에 또옥똑 떨어지는 낙숫물 소리는 물론 밤비 소리다. 또옥똑 하고 들리는 소리는 그리운 임이 예기치 않게 찾아와 문 두드리는 소리를 연상하게 한다. 이는 밤비 소리를 들으면서 마음의 처마 끝에 떨어지는 임의 인기척을 감각적으로 느끼고자 하는 심사의 반영이 아닌가. 그렇다면 정말, 지상은 그리움에 깊이 잠긴 화자에게 밤비 소리를 들으며 임을 기다리는 한 채의 오두막이 분명하다. 여기는 김영수는 모든 대상을 지워버리고 화자와 임과의 거리만 유지시킨 채 서정적 집중을 보여주면서 그리움의 서정을 효과적으로 드러내고 있는 것이다.[38]

이상에서 살펴본 것과 같이 고시조든 현대시조든, 혹은 현대시이건 사랑과 기다림을 주제로 표현한 작품은 있기 마련이다. 언급한 작품에서 알 수 있는 차이점이 있다면 현대시는 상대적으로 직설적이고 산문적이라면 고시조와 현대시조는 보다 압축된 표현, 절제된 표현, 여운이 있는 표현이라는 것이다. 이것은 기다림이라는 주제의식은 같을 지언정 그 표현 양식의 다름으로 인해 표현상은 상이한 점을 보이게 되는 것이다.

(3) 비현실 속 사랑 추구

사랑은 조선 시대의 기본 윤리인 충·효에 대치되는 것으로, 부차적인 충·효에게 그 주된 자리를 빼앗기고 말았다. 그래서 인간의 내부 본연의 일차성(一次性)의 사랑을 뒤로 한 채 가슴에 있는 사랑을 숨기고 억누르거나 그리움으로 괴로워하였다.[39]

---

38) 이상옥, 「자연에게 배우고 읽고 깨우치고」, 김영수, 『인연 』, 태학사, 2003, 179~180쪽.
39) 한춘섭, 『古時調解說』, 홍신문화사, 1985.
　　김종오, 『옛시조 감상』, 정신세계사, 1990.

양반사대부들은 유교 이념을 담는 그릇으로서 시조를 보았으며, 그들이 행세차로 갖추어야 하는 일종의 교양물로써 시조를 이해했다고도 볼 수 있다. 그렇기 때문에 남녀의 사랑을 노래한다 하더라도 남녀의 사랑이라고 하는 표면적인 의미 뒤에는 임금에 대한 충성심이라는 자기 신원이 숨어 있었던 것이다.[40]

이렇게 볼 때 단시조 속에서 사대부들은 이중적인 문학 장치를 통해서 자신들의 내면에 있는 남녀 간 사랑을 드러내어 임금에 대한 충성을 담았다. 사대부의 체면을 지키면서 두 가지(충, 남녀 간 사랑)를 동시에 만족할 수 있는 기쁨을 누렸던 듯하다.

> 숨에 돈이는길히 ᄌ최곳 날쟉시면
> 님계신 窓밧이 石路ㅣ라도 달흐리라
> 숨길히 ᄌ최업스니 그를슬허 ᄒ노라
>
> — 이명한

> 님 글인 상사몽이 실솔의 넉시 되야
> 추야장 깁푼 밤에 님의 방에 드럿다가
> 날 닛고 깁히 든 줌을 씨와 볼ㄱ가 ᄒ노라
>
> — 박효관

임이란 정애(情愛)의 대상이 되기도 하며, 있어야 할 현실 위에 물러가야 할 현실이 그것을 가리고 있을 때, 있어서 마땅한 그 당위의 현실을 우리는 실재하지 않는다는 의미에서 꿈이라고 부르기도 한다. 위의 두 시조는 꿈을 통해 현실에서 여러 가지 장벽으로 인해 이루지 못한 또는 이루려는 사랑을 노래하고 있다. 이명한의 시조 중장의 '님계신

---

40) 졸고, 『고시조의 본질』, 국학자료원, 1986, 127쪽.

창밧'은 님과 자신과의 사랑의 거리를 표현하고 있다. 이 거리는 주변의 환경일 수도 있고, 사랑의 변화일 수도 있으며, 시련과 역경의 표현이다. 실외는 항상 거센 바람과 비에 노출되어 있는 위험이 따른다. 사랑 역시 마찬가지지만 그러한 것을 뛰어넘어 꿈 속에라도 길이 있다면 돌길이라도 닳을 열정으로 사랑에 다가가고자 한다.

박효관의 시조에서는 임을 사랑하는 마음이 꿈속에서조차 '귀뚜라미의 넉시' 되어 님의 방에 들어가 임을 볼 수 있다면 좋겠다고 읊고 있다. 앞 서론에서 보았지만 이러한 사랑을 심리학자 J. A. Lee 는 사랑의 유형에서 열정적 사랑(eros)으로 보았다. 사랑하는 사람과 하나가 되고 싶은 욕망, 사랑하는 사람에 대한 과대평가나 우상화, 강렬한 감정을 수반하는 집착 등의 특징을 지닌다. 사랑이 영원할거라는 신념, 사랑하는 사람에 대한 계속적인 생각이다.

이러한 열정적인 사랑은 옛날이나 지금이나 시대를 초월해서 누구나 꿈속에서 한번쯤 이루어보고 싶어 하는 것이다. 이러한 관점이나 표현과는 사뭇 다른 영원한 사랑을 노래한 현대시 한 편을 살펴보면 다음과 같다.

> 영원히 사랑한다는 것은
> 조용히 사랑한다는 것입니다.
> 영원히 사랑한다는 것은
> 자연의 하나처럼 사랑하다는 것입니다.
> 서둘러 고독에서 벗어나려 하지 않고
> 기다림으로 채워 간다는 것입니다.
>
> — 유치환, 「영원히 사랑한다는 것은」

위의 시에서 사랑을 영원한 것으로 인식하고 있으며 그것은 자연스러운 것이라고 노래한다. 고독과 기다림으로 채워지는 것이 사랑이라고 읊고 있다. 고시조에서처럼 꿈 속에서 조차 현실 속 온갖 장벽을 허물고 사랑의 그리움과 아쉬움을 열정적으로 토로하지 않는다. 사랑은 자연을 대하듯 자연스럽게 다가오고 또 고독과 기다림 역시 자연스러운 것이라고 사랑을 대한다. 이것은 고시조(단시조)의 정형성에서 비롯된 것일 수 있다. 정형화된 틀에서 비유를 들어 설명한다면 단시조의 정형성을 벗어나 버린다. 때문에 사랑에 대한 직접적인 표현이 들어갈 수밖에 없다. 또한 시대적 상황에서 오는 차이라고 할 수도 있다. 고시조에서의 사랑이 더 열정적인 것으로 드러난 것은 그 당시 충·효라는 장벽 뒤에 사랑이 가려져 있었기 때문으로 추측해 볼 수 있다. 사랑이란 어떤 장벽이 두 사람 사이를 가로막고 있을 때 더 절실해 지고 열렬해 지기 때문이다.

　　　못다 푼 일 있다면 사랑으로 끝을 풀자.

　　　사랑이 모자라거든
　　　인정 어린 눈물로 풀자.

　　　눈물도
　　　다 푼 눈물이거든
　　　마음 푸른 강심(江深)으로 풀자.

　　　저 둑과 이 둑이
　　　만나지는 못하지만

　　　늘 건너
　　　건너보면서 서로 서로 의지하듯

우리들
깊은 愁心 속을
짚어가며 함께 살자.

- 박영교, 「江가에서」

   시인은 못다 푼 일도 사랑으로 풀려한다. 사랑이 그의 사람의 매듭을 푸는 가장 기본적인 방법이다. 하지만 이 방법이 먹혀들지 않을 때는 인정으로 풀고자 한다. 말하자면 사랑보다 정이 더 큰 가치를 부여받는 것이다. 시인에게 그것은 눈물로 나타난다. 그나마 이 눈물로도 안 되면 시인은 마음 푸른 강심(江深)에 의지하여 풀고자 한다. 강심(江心)이 아니라 강심(江深)이다. 강 중에서도 가장 깊은 곳의 마음인 것이다. 유유히 흐르는 마음이 아니라 우리에게 가장 소중한 것을 내놓을 수 있는 깊디 깊은 것에 숨겨놓은 그것을 의미한다. 말하자면 모든 것을 다 드러내놓고 풀어야 함을 말하는 것이다.[41]

   Erich Fromm은 그의 저서 『사랑의 기술』에서 사랑이란 인간이 자신을 타인들과 분리시키는 벽을 허물어버리는 데에 사용되는 적극적인 힘이라고 기술하였다. 사랑은 인간을 결속시키며, 인간으로 하여금 고립김과 격리김을 극복하도록 도와주며, 자기 자신의 본연의 모습과 고결한 모습을 유지하도록 해줄 수 있다고 지적하였다.

   이렇게 볼 때 영원한 사랑을 갈구하고 사랑을 자연스럽게 받아들일 수 있는 힘 역시 사랑에서 발휘된다는 것을 알 수 있다. 고독과 기다림에 맞서는 힘도 모두 사랑에서 출발한다.

---

41) 황인원, 『영혼과의 대화』, 박영교, 『징(鉦)』, 태학사, 161~162쪽.

3. 이별의 미학

(1) 극복 의지

삶은 이별의 연속이다. 만남과 함께 이별은 누구에게나 찾아오는 것이다. 또 철저히 준비할 수 없는 것이 이별이다. 특히 사랑하는 사람과의 만남에서 헤어져야 한다는 것은 감당하기 어려운 괴로움과 고통이 수반된다. 다음은 사랑하는 남녀 간의 이별에 대한 극복 의지를 잘 그려놓은 시조 두 편이다.

> 울며불며 잡은사미 썰썰이고 가들마오
> 그딕는 장부라 도라가면 잇건마는
> 소첩은 아녀자라 못닉 잇씀네
>
> — 작자미상
>
> 물은 가쟈울고 님은 잡고울고
> 석양은 재을넘고 갈길은 千里로다
> 져님아 가는날잡지말고 지는 히를 줍아라
>
> — 매창

위의 두 편 시조는 이별을 극복하려는 의지가 잘 나타나 있다. '울며불며 잡은 사미'에서는 '소매'는 손과 연관이 있으며, 손은 곧 일의 상징이다. 자신의 대의를 위해서 떠나가는 남자를 적극적으로 부여잡는 것이다. 또한 손은 인연을 의미한다. 우리는 사람과의 만남에서 악수를 하고 손을 부여잡는다. 악수라는 행위를 통해서 또 다른 사람과의 인연을 맺기도 하고 손을 흔들어 작별을 고하는 행동을 보인다. 이러한 인연의 끈인 손을 부여잡음으로써 사랑하는 사람과의 이별을 극복해 보려는 의지를 보여주고 있다. 또한 그러한 의지는 일부종사해서 열녀비를 세우던 조선조 여인들의 삶과 애환이 담긴 "소첩은 아녀자라 못닉 잇씀네” 로 함축되어 있다.

　“물은 가쟈울고” 에서도 ‘말’이 지니는 상징성은 일, 남성, 달리는 것으로의 움직임으로 진취적 기상을 나타낸다. 일을 위해서 천리 길을 떠나야 하는 임을 붙잡고 붙잡히면서 다른 자연물인 ‘해’를 통해서 이별을 극복하거나 지연시켜 보려고 노력하는 것이다. ‘해’는 변하지 않는 것이며, 언제라도 볼 수 있는 것이다. 하지만 말은 유한하며, 노쇠해지고 변하는 것으로 떠나가는 임과 같은 것이다. 그렇다면 현대시에서의 이별 극복의 의지는 어떻게 표현되고 있는지 박래식의 「이별한 이에게」라는 시를 한 번 보자.

세상에 이별함이 어찌 나 혼자뿐이랴

나무는 나무끼리 이별을 하고
꽃은 꽃끼리 이별을 하고
바람은 바람기리 이별을 하고
새는 새끼리 이별을 한다

세상에 슬픈 가슴이 어찌 나 혼자뿐이랴

나무는 낙엽 잃어 야위어가고
꽃은 꽃잎 잃어 생기를 잃고
바람은 갈 곳 몰라 서성거리고
새는 날지 않고 파닥거린다

이별한 연인들이여

별에서 다시 만나리
달에서 다시 만나리

아니, 세상 어느 모퉁이 작은 길목에서
다시 만나리

세상에서 이별함이 어찌 나 혼자뿐이랴

— 박래식, 「이별한 이에게」

위의 시는 이별 극복 의지를 군중심리 속에서 찾고 있다. 대부분 사람은 군중 속에 있다고 느낄 때 편안함을 느낀다. 이별 역시 혼자만 겪은 것이 아니며, 호흡하는 생물이라면 자연마저도 맞이해야 하는 순리라고 말하고 있다. 자연스럽게 받아들여야 하며 이별이 있으면 반드시 만남이 공존하고 있다는 것으로 극복의지를 자연스러운 것에서 찾고 있다. 위에서 사랑의 경우를 보았듯이 현대시 속에서는 이별 역시 자연스러운 현상으로 받아들이고 있다. 그만큼 남녀 간 사랑과 이별이 가지는 의미가 희석되어 가는 것으로 해석해 볼 수 있다. 복잡하고 다양한 사회인만큼 사랑의 형태도 복잡해 졌으며, 장애물 역시 많아서 사랑도 이별도 흔한 것이 되어버렸다.

"아무것도 하지 않고 조용히 앉아 있어도, 봄은 오고 풀들은 저절로 자란다." 비소유의 의지를 소유하지 않으며, 오는 것을(그 사람으로부터) 오도록 내버려두며, 가는 것을(그 사람으로부터) 가도록 내버려두며, 아무것도 소유하지 않고 아무것도 물리치지 아니하며, 받되 보존하지 않으며, 만들되 제 것으로 만들지 않는다.[42] 우리가 이렇게 생각할 수 있을 때 비로소 진정한 사랑과 이별을 대할 수 있을 것이다.

---

42) 롤랑바르트, 김희영 옮김, 『사랑의 단상』, 동문선, 2004, 153쪽

성에 낀
유리창을
지금쯤 닦고 있나

멀리서
그도 나를
생각다 내다보나

끌리듯
인적 없는 길
무심결에 나선다.

─ 노중석, 「인적 없는 길」

이 작품은 그와 나 사이의 교감을 그리고 있는 현대시조이다. 떨어져 있는 거리가 먼만큼 그리움은 더 애틋하다. 성에 낀 유리창을 닦다가 나처럼 그도 나를 생각하며 밖을 내다보고 있을 거라고 여기고 있다. 그래서 자신도 모르게 어떤 힘에 이끌리어 인적 없는 길을 나선다. 불가항력이다. 불가항력의 힘이 나의 발걸음을 무심결에 옮기게 한다. 그 어떤 힘으로도 결코 끊을 수 없는, 끊어지지 않을 은근의 정을 내장하고 있다.[43] 앞서 언급한 작품들과 함께 이별 상황이 작품의 모티프가 되고 있다. 비록 이별은 했지만 내가 상대방을 생각하고 있듯이 상대방도 나를 생각하고 있을 것이라는 기대감을 가지고 이별 상황을 극복하고 있다. 인용한 고시조, 현대시, 현대시조 작품의 공통점은 사랑하는 사람과의 이별 상황이 제재라는 것과 그러한 이별 상황을 체념한 것이 아닌 만남에 대한 의지를 보임으로써 극복하고 있다는 점이다.

---

43) 이정환, 「정형 천착과 단시조의 미학」, 노중석, 『하늘다람쥐』, 태학사, 2006, 115쪽.

(2) **체념의 경지**

 누구나 사랑하는 사람을 만날 때 이별 없이 그 사랑이 이어지길 바란다. 하지만 이별은 어쩔 수 없이 다가오고 임과 헤어져 보내는 동안 원망과 슬픔이 남지만 인간의 힘으로는 소용이 없다는 것을 알고 체념의 경지로 가기도 한다. 앞서 살펴본 작품들이 이별을 극복하고자 했다면 이번에는 체념하고 있는 작품들이다.

> 空山에 우는 뎝동 너는 어이 우지는다
> 너도 날과 갓치 무음 離別ᄒ엿는야
> 아무리 피나게 운들 대답이나 ᄒ더냐
>
> — 박효관

> 닷뜨쟈 빈 써나가니 이제 가면 언제 오리
> 萬頃蒼波에 가는 듯 단녀옴세
> 밤중만 지국총 소릐에 익긋는 듯 ᄒ여라
>
> — 작자 미상

 '공산에 우는 뎝동 너는 어이 우지는다'에서 피맺힌 소리로 구슬피 우는 두견새의 울음에 자신의 감정을 이입하고 있다. 그렇게 이별한 님을 못잊어 하는 자신을 두견새를 통해서 나무라며 이별의 슬픔에서 벗어나고자 하고 있다. 두견새는 진달래 꽃이 필 때 우는 새이다.

 중국 전설 「화양국지」에 두견새에 대한 전설이 나온다. 촉나라의 임금 망제는 이름이 두우였다. 두우는 위나라와의 싸움에서 망한 후 도망하여 복위를 꿈꾸었으나 뜻을 이루지 못하고 억울하게 죽어 그 넋이 두견새가 되었다 한다. 이러한 전설까지 지닌 접동새의 한스러움 만큼이나 이별에 대한 미련이 많지만 그러한 그리움이나 미련, 한스러움이 큰 만큼 체념의 의지도 굳다.

"닷 뜨쟈 빗 써나가니"에서 기약 없이 떠나가는 임을 바라만 보는 심정을 엿볼 수 있다. 끝없는 희생만을 강요당하고 그 희생을 미덕으로 여겼던 조선시대 여인들의 아픔이 잘 드러나 있다. 여기서 '닷'은 정착을 의미하며 사랑의 정착을 원했지만 닷을 들자마자 떠나가는 사람을 붙잡지 못한다. 또한 바다는 육지와 대치됨으로써 사랑을 갈라놓는 장벽으로 등장한다. '한밤중 노젓는 소리가 나의 애를 끊는 듯하여라' 라고 읊고 있다. 노젓는 소리는 임과 내가 육체적으로 합일되었던 순간의 소리이다. 그 소리는 점점 바다라는 장벽과 함께 이별로서 뚜렷하게 다가오는 것이다. 이러한 이별을 "가는 듯 단녀옴세" 라는 짧은 말 한마디로 함축하고 있다.

이별을 준비하며 슬픔을 체념하는 모습이 잘 드러나 있는 조병화의 시 한편을 아래에서 소개하고자 한다.

헤어지는 연습을 하며 사세
떠나는 연습을 하며 사세

아름다운 얼굴, 아름다운 눈
아름다운 입술, 아름다운 목
아름다운 손목
서로 다하지 못하고 시간이 되려니
인생이 그러하거니와
세상에 와서 알아야 할 일은
'떠나는 일' 일세

실로 스스로의 쓸쓸한 투쟁이었으며
스스로의 쓸쓸한 노래였으니

작별을 하는 절차를 배우며 사세
작별을 하는 방법을 배우며 사세
작별을 하는 말을 배우며 사세

아름다운 자연, 아름다운 인생
아름다운 정, 아름다운 말
두고 가는 것을 배우며 사세
떠나는 연습을 하며 사세

인생은 인간들의 옛집
아! 우리 서로 마지막 할
말을 배우며 사세

– 조병화, 「헤어지는 연습을 하며」

라이너 마리아 릴케는 자신의 시작 노트(1924. 10)에서 이별에 대해서 이렇게 읊었다. "이 세상 어디선가 이별의 꽃은 피어나 우리를 향해 끝없이 꽃가루를 뿌리고 우리는 그 꽃가루를 마시며 산다. 가장 먼저 불어오는 바람결에서도 우리는 이별을 호흡하나니." 소유하는 것이 사랑이 아니며 늘 이별과 부딪치게 된다. 그러한 이별이 자연스럽게 오는 것이라는 걸 인식하고 받아들일 때 이별에 대한 준비도 되며 체념 또한 빠를 것이다.

위의 시 에서는 태어남과 동시에 이별은 동행하는 것이니 자연스럽게 받아들일 수 있도록 마음의 자세를 갖추고 살아야 한다고 말한다. 사랑할 때의 모습도 아름다운 모습이어야 하겠지만 이별할 때의 뒷모습은 특히 더 그러해야 한다. 중요하게 생각했던 것에 대한 집착에서 벗어나 남겨두고 떠날 수 있는 모습이 이별을 대하는 참된 태도이다.

사람살이에 있어서 사랑과 이별은 늘 공존해 왔으며, 현대사회에서나 고대사회에서나 문학 속 주요테마는 결국 사랑이 바탕에 깔려있다.

고시조(단시조)속에 사랑은 충과 효를 바탕으로 한 유교의 이념에 가려져 '임'은 임금으로 이 임금을 모시는 충신은 시조 속에서 애첩이 되어 충성을 다짐하고 임금을 그리워하는 정이 사랑으로 그려지는 작품이 대부분이다. 이성 간의 사랑이 절실히 드러나는 것은 기녀들의 작품이며, 간혹 남녀 간의 사랑과 이별을 노래한 것들이 드물게 지어지기도 했다는 것을 알 수 있었다. 그러한 의미에서 여기서는 드물게 지어졌던 남녀 간의 사랑에 대해서 살폈다. 이러한 영원한 테마인 사랑이 고시조 속이나 자유시 속에서 왜? 라는 물음으로 시작한다는 것을 알 수 있었다. 사랑과 이별은 지극히 개인적인 성향이 강해서 그 명확한 해답을 모르기에 고전이나 현대에도 영원한 문학의 테마가 될 수 있었다.

목젖에 젖어 떨던 마지막 한마디가

날개 찢긴 나비 되어 퍼득이며 쓰러진 자리

신발도 못 벗은 채로 떠나버린 사람아

죽어서도 감지 못한 그대의 동공 속에

푸른 하늘 흰구름은 유유히 흐르는데

그 많은 미련을 두고 무슨 수로 떠났는가

아픔도 벗어 놓고 그리움도 벗어 놓고

이승의 무거운 짐 그도 마저 벗어 놓고

눈물빛 이승의 경계 넘어 버린 사람아

- 이해완, 「5·18 사진전을 보며」

현대시를 해석할 때 '화자＝시인'의 등식을 적용하는 것은 무리일는지 모른다. 현대시로 내려올수록 '화자≒시인'이나 '화자≠시인'으로 바뀐다. 하지만 라이트(T. G. Wright)가 말했듯이 '유형화된 화자(stylized persona)'는 그 시인과 불가분의 관계를 맺는다는 점을 염두에 둘 경우, 이 시인은 광주 민주화 항쟁에 참여했고, 그가 그리워하는 대상은 그 때 죽은 사람[44]들로 유추해 볼 수 있을 것이다. 이 시조는 죽음이라는 상황에 의해 가족, 혹은 친구, 넓게는 이웃, 민족과의 이별을 말하고 있다. 죽음의 장벽 앞에서는 이별은 극복할 수 없는 체념의 대상으로 다가오는 것이다.

앞서 살펴본 고시조가 다소 개인적인 차원의 이별을 다루고 있었다면 인용한 현대시와 현대시조 작품은 보편적이고 사회적인 차원으로 확장된 상황에서의 이별을 노래하고 있다. 이것은 사랑과 이별이라는 의미가 시대가 변함에 따라 확대해석되고 추상화되고 있다는 의미이다. 어떻게 보면 1:1, 남:여의 기본적인 사랑 관념이 퇴색되어 가고 있다는 의미의 반증인 셈이다.

사랑은 고요한 사람을 열정적이게도 만들 수 있으며, 조급한 사람을 느긋한 기다림으로 채울 수 있는 힘을 준다. 사랑과 이별이 현실적인 사람을 비현실 속에 살게도 만든다는 것을 고시조, 현대시, 현대시조 등을 통해서 간략히 살펴보았다.

---

44) 윤석산, 「분노와 절망과 용서와 평화의 역정」, 이해완, 『내 잠시 머무는 지상』, 태학사, 2000, 115쪽.

특히 고시조는 당시 드물게 지어졌던 남녀 간 사랑과 이별의 노래를 단시조의 정형성과 유교 이념에 억압된(장벽이 사랑을 가로막을 때 그 반대 급부의 현상) 감정의 표출로 더욱 더 직접적으로 표현했다. 사랑이 있는 한 이별 역시 공존할 수밖에 없다. 세상에 태어나는 순간 우리는 어머니의 자궁과 탯줄을 끊고 이별을 하는 것으로 자연스럽게 이별을 배운다.

오늘을 사는 우리에게 있어서 변함없이 사랑과 이별은 중요한 가치를 지닌다. 하지만 그 중요한 가치는 많은 부분 조금씩 예전의 것과는 다르게 때로는 부분적으로, 또는 갑작스럽게 변화되어져 온 것을 작품을 통해서 볼 수 있었다. 물질이 사람의 정신을 지배하고 물질적인 가치가 때로는 그 사람을 평가하는 잘못된 잣대로 이용되기도 하는 시대에 우리는 살고 있다. 이러한 시대 속에서 사랑과 이별을 담고 있는 고시조, 현대시, 현대시조 등을 함께 살펴봄으로써 변화되어 가는 사랑과 이별, 그것들이 가지는 의미를 다시 한 번 새겨봄직 하다.

V. 놀이로서의 시조

1. 문학과 색정(色情)

유교 이념이 지배하는 조선 시대에 들어와 시조가 크게 발전할 수 있었던 것은 정제된 형식을 갖춘 시조의 논리성이 신흥 사대부의 이념과 맞아떨어졌기 때문이다. 그런데 고시조에서 인간의 세속적인 욕망 ─특히 육욕을 바탕으로 하는 애정문제를 어떻게 표현하였을까를 살펴보는 것이 이 글의 내용이다. 사실 전체 시조문학사에서 애정의 문제를 표현한 작품은 더러 있다. 진동혁의 『고시조문학론』(영문출판, 1992년)을 보면 시조의 양상을 내용에 따라 어떻게 나누었는가를 고찰하고 있다. 그 내용을 보면『古今歌曲』에서는 단시조 294수를 19항으로 분류했는데 '염정(艶情)'이라는 항목을 찾을 수 있고 육당 최남선의『時調類聚』에도 '남녀류'라는 분류항목이 나옴을 알 수 있다.

그러나 이러한 구분에 따르면 일반적인 애정의 주제가 되어 범위가 넓어진다. 본고에서 볼 작품은 남녀(이성) 간의 애정, 특히 육욕에 바탕한 애정사를 표현한 에로티즘으로서의 시조를 논의 자료로 삼겠다. 전재강은 「고시조의 애정문제」(『문학과 언어』 제11집, 1995)에서 애정을 절대적 애정 관계와 상대적 애정관계로 나누고 있는데 그가 말하는 절대적 애정관계란 임금에 대한 충성을 노래했던 그전의 시조 관행과 당대 상황의 완고성에 기초하여 이성에 대한 사랑도 절대적 지향성에 기초한 것으로 그려진 작품을 말한다. 반면 임이 변하기도 하며, 약속을 어기기도 하고, 내가 유혹하고픈 대상이 되기도 하는 존재로 서정적 자아에게 인식된다면 그것은 상대적 애정관계라는 것이다. 이 글에서 다루고자 하는 '색정과 해학'45)과 관련된 주제를 가진 시조는 후자에 해당된다고 보아야겠다.

불교에서는 색(色)을 정신적인 것이 아닌 모든 물질적 형태를 띠는 것이라고 말한다. 색정이란 염정46)과는 구별되는 선정적인 것, 혹은 육체적인 것이다. 이러한 면이 아래 사설시조에 나타나 있다.

드립더 보득 안으니 셰허리지 ᄌ늑ᄌ늑 홍상(紅裳)을 거두치니 셜

---

45) 해학이란 한 마디로 풀이하기가 어려워서 어떤 때는 회극적인 것의 모든 형태나 요소, 즉 익살－골계(滑稽), 빗댐－(諷刺), 비꼼－(反語), 슬기와 재치－(機智)등 웃음꺼리 전반을 말하기도 하고 또 어떤 때는 오직 인생의 달관에서 오는 멋(風流, 韻致, 酒落)과 그 회심의 미소만을 뜻하기도 한다. 이상근,『해학 형성의 이론』, 경인문화사, 2002, 3쪽 구상,『한국의 해학』 재인용.
46) 염정(艶情). 艶은 곱다, 아름답다.

부지풍비(雪膚之豐備)호고

　거각준좌(去殼蹲坐)호니 반개한 홍모란이 발욱어춘풍(發郁於春風)이로다

　진진(進進)코 우퇴퇴(又退退)호니 무림산중에 수춘성(水春聲)인가 하노라

　우선 붉음과 하양의 색채 이미지가 뚜렷하게 대비된다. 붉은 치마 아래는 하얗고 푸진 여성의 살이, 그리고 그 하얀 것 속에는 봄바람에 반쯤이나 피어버린, 아까 그 치마보다 더 붉은 것이 숨어 있다. 매우 노골적인 정사장면을 유쾌하게 묘사한 것은 무성한 수풀 사이에서 나는 소리라는 점에서도 확인된다. 용(椿)은 절구질을 뜻한다. 절구질 소리도 그냥 절구질 소리가 아니라 水, 물기를 동반한 절구질이다. 굳이 프로이트의 해석을 빌리지 않더라도 이것의 상징은 분명하다.

　이 시조가 사람들 앞에서 읊조려졌다면 청자들의 반응은 어떠했을까? 언어로 매개되는 표상을 자신의 정서 속에서 다시 재구성했을 것이다. 그리고 그 상징하는 이미지가 웃음과 심미적 쾌감을 느끼게 할 것이다.

　음담패설을 듣는 사람은 이야기를 들은 이후에 자기 나름대로 해석을 한다. 이때 자신의 표상 속에서는 직접적인 음담패설로 재구성해내는데, 직접 표현되는 것과 듣는 사람이 알아챌 수 있는 것 사이에는 거리감이 있어야 한다. 노골적인 장면을 그대로 보여주는 것은 음란물이지 음담패설이 될 수 없는 까닭이다. 이야기 속에서 표현된 것과 재구성해내는 것 사이에는 불균형의 관계가 있다고 할 수 있는데 이때 내포적 의미와 외연의 거리가 멀수록, 불균형의 관계가 클수록 더욱 세련된 농담이 되는 것이다.

　모란과 절구질은 일상 언어로 볼 때 전혀 성적인 표현이 아니다. 그

러나 이것이 메타포로 사용될 때 서로 관련이 없던 것들이 성(性)적인 암시가 된다. 류정월은 이에 대해 옛날의 음담패설은 끊임없이 청자에게 '말 바꾸기'를 통한 재구성을 머릿속에서 하도록 요청한다고 하였다.

옛날 음담이 표방하는 '점잖음'의 비결은, 연관이 없는 두 항목, 즉 표현되는 것과 자극되는 것 사이의 '불균형'의 관계에 있다는 것이다. 즉 성적인 것을 표현하면서도 그 방식이 전혀 성적이지 않을 때, 다시 말해서 성적인 내용을 암시하는 표현 자체가 오히려 성적인 것과 아주 거리가 멀 때, 우리는 그 성적 농담 혹은 음담을 점잖은 것으로 느끼게 된다는 것이다. 포르노 잡지나 야한 동영상을 볼 때 우리는 머리 속에 뭔가 다른 것을 재구성할 필요가 없다. 그 표현 자체가 곧 자극물이 되어버리기 때문이다. 그러나 옛날의 음담패설은 머리 속에서 뭔가 재구성하기를, 그러니까 그 표현에서 무엇을 어떻게 말바꾸기한 것인지 찾아내기를 촉구하기 때문이다.[47]

성기나 성행위를 언급하는 것은 너무 본능적이고 천하게 여겨질 수 있다. 그러나 질적 가치가 높은 것으로 말바꾸기를 한다면, 그 유머는 품위있는 것이 된다. 그 언어가 함축하는 바에 따라 문학적인 성취를 이루기도 한다.

2. 두 편의 화답가

유기환은 『저주의 몫·에로티즘-조르주 바타이유』에서 심정적인 에로티즘과 육체적인 에로티즘을 구분하고 있다. 그는 육체의 에로티즘은 남자와 여자라는 불연속적 개체의 상대적 와해를 전제로 한다고

---

47) 류정월, 『오랜된 웃음의 숲을 노닐다』, 샘터, 2006, 90쪽.

하였다. 알몸과 알몸이 서로에게 몸을 열어 하나로 뒤섞이는 것은 교통을 갈망하는 인간의 욕망이라는 것이다.

> 알몸이 우리에게 긴장과 전율을 불러일으키는 것은 일상성, 정상성의 일탈을 의미하기 때문이다. 알몸은 존재의 불연속성, 폐쇄성을 포기하겠다는 선언이나 다름없다. 교통을 갈망하는 알몸은 존재의 동요를 야기한다. 동요는 알몸과 알몸을 서로에게 열어 하나로 뒤섞이게 한다.[48]

그와 비교해 심정의 에로티즘이란 쉽게 말해 사랑의 열정을 가리킨다. 연인이 나에게 소중하다면, 그것은 내가 오직 그에게만 나의 경계를 열 수 있고, 오직 그 만이 나를 위해 자신의 경계를 열 수 있다고 믿기 때문이다. 심정적이든 육체적이든 에로티즘은 서로가 사랑함으로써 타자와 소통하고 있다는 느낌을 갖고자 한다. 서로 연속성을 구현하고 있다는 느낌을 공유하고 싶은 것은 인간의 근원적인 욕망이다.[49] 옛사람이라고 해서 이러한 욕망이 없을 수는 없다. 고시조에는 남녀가 서로 노래를 주고 받으며 정욕을 대담하게 드러낸 예가 있다.

> 北天이 묽다커를 우장(雨裝)없시 길을나니
> 산의ᄂᆞ 눈이오고 들에ᄂᆞ 챤비온다
> 오늘은 챤비마즈시니 얼어줄가 ᄒᆞ노라

---

48) 유기환, 『저주의 몫 · 에로티즘－조르주 바타이유』, 살림, 2006, 168쪽.

49) 에로스(eros)라는 그리스 단어는 '원하다', '부족하다', '염원하다', '없는 것을 욕망하다', '사랑을 요구하다'는 의미를 갖고 있다. 헤시오도스의 번역자인 아타나자키스(Athanassakis)에 의하면, 카오스와 가이아와 함께 에로스가 삼위일체의 한 지위를 갖는 것은 세계창조에 있어 조물주의 촉매제로서 아주 근본적인 역할을 함을 의미한다. 랠프 에이브러햄 지음, 김중순 옮김, 『카오스 가이아 에로스』, 두산동아, 1997, 236쪽.

이것은 '한우가(寒雨歌)'라 불리는 백호 임제의 노래이다. 선조 때 풍류객이자 시인이었던 백호는 평양기생 한우에게 이 시를 추파삼아 읊었다 한다. 한우는 자기의 이름에 찰 한(寒)자를 쓸 만큼 도도하고 자존심이 강한 여성이었을까? 백호는 한우라는 이름을 빗대어 자신이 찬비를 맞았노라 한다. 그런데 비를 맞긴 맞았는데 그냥 맞은 것도 아니라 산에는 눈이 오고 들에는 찬비 오는 모진 날씨이다. 이 남자는 자신이 우장도 없음을 내비친다. 그 우장없이 나선 것의 원인은 북녘 하늘이 맑다는 말 때문이었다. 북천은 어디인가? 평양을 의미한다고 보아도 될 것이다. 바로 한우가 있는 곳이다. 결국 '너한테 홀려 이리 되었는데 네가 받아주지 않으면 난 얼어 죽을 수 밖에.'라는 은근한 협박을 하고 있다. '춥다, 그러니 네 품안에 들자.' 이것이 고전적인 유혹의 수법이기도 하려니와 은근슬쩍 '얼어잘까 하노라.'라는 말로 상대의 마음을 떠보려는 수작이다.

그러면 차가운 빗줄기는 이를 어떻게 받았을까? 풍류가객에게는 그에 걸맞은 고상함과 은근함이 깃든 풍류로 받아야 격이 맞는다. 그렇다고 여자 체면에 넙죽 감정을 내비치는 것도 멋이 없다.

> 어이 얼어잘이 므스일 얼어잘이
> 원앙침(鴛鴦枕) 비취금(翡翠衾)을 어듸두고 얼어자리
> 오늘은 춘비맛자신이 녹아잘까 ㅎ노라

한우의 이 시조는 『청구영언』과 『해동가요』에 전하여진다. "왜 얼어 자시렵니까? 무슨 일로 얼어 자시렵니까?" 하고 말을 떼더니 원앙침과 비취금을 이야기 한다. 원앙침은 원앙새를 수놓은 아름다운 베개이다. 이것은 운우지락을 나누는 사이에서나 베는 물건이 아닌가.

게다가 백호가 "얼어 잘까 하노라."라고 한 것에 대하여 "녹아 잘까 하노라."로 답하고 있다. 그 술자리에 있던 사람들에게는 이 대답이 너무나 재치있어서 신선한 충격으로 다가왔을 것이다. 왜냐하면 되받아쳐야 할 정확한 지점을 알고 하는 언사이기 때문이다.[50]

'얼어 잘이'를 남녀간의 육체적 사랑을 뜻하는 고어 '얼다'[51]로 풀이할 수도 있겠으나 그렇게 된다면 '녹아 잘까'와 펀치라인이 형성되지 않는다. 그러니 여기서는 몸이 차갑게 얼어서 잔다라는 말이 맞을 것이다.

'몸을 녹인다'는 것은 단순히 추위에 지친 심신을 위무한다는 것만은 아님이 분명하다. 왜냐하면 원앙금침의 주인이 바로 자신, 한우이기 때문이다. '찬비를 맞았다.'는 표현도 중의적이다. 찬비가 내리는 바깥의 풍경과 대비되는 따스한 이불 속. 특히 둘이 누워 살을 맞대는 풍경은 이성간의 애정이 싹틈을 표현할 때 많이 쓰이는 장면이다. 『소나기』에서 소년과 소녀는 비를 피해 들어간 짚더미에서 무릎이 닿는다. 많은 영화에서도 우산 속 연인을 표현한다.

또 다른 화답가를 하나 더 살펴보면 이 시조 또한 중의적인 표현을 써서 저의를 드러내고 있다.

> 玉을 玉이라커든 형산백옥(荊山白玉)만 여겻더니
> 다시보니 자옥(紫玉)일시 的實ᄒ다

---

50) 리처드 바우만이라는 미국의 설화연구가는 전문 이야기꾼이 말하는 동일한 우스개를 10년 가까운 시간차를 두고 연구하면서 핵심적인 부분은 아무리 오랜 세월이 흘러도 변하지 않는다는 사실을 입증한 바 있다. 이 핵심부가 빠지면 우스개는 김이 빠진다. 마치 한 대 얼어 맞은 것처럼 충격적이며, 반전이 일어나기도 하는 이 부분을 일반적으로 펀치라인(punch-line)이라고 부른다. 류정월, 앞의 책, 70쪽.

51) 황진이의 시조에 '얼오님 오신 날 밤이어든 구비구비 펴리라', 서동요에 '선화공주님은 남 그즈지 얼어두고'라는 표현이 보인다.

옥이라고는 저 먼 중국의 형산에서 나온다는 하얀 옥인 줄 알았는데, 다시 보니 자줏빛 옥이 분명하다. 이렇게 해석할 수도 있겠지만 여기서 자옥은 중의적으로 보아야 할 것이다. 앞에서처럼 기생의 이름이 자옥일 수도 있지만, 옥문(玉門)이나 자줏빛깔이라는 상징을 떠올리면 여성의 성기를 지칭하는 말일 수도 있다. 또 자옥이라는 말은 천상의 선녀가 부는 퉁소를 뜻하기도 한다. 여성의 입술이 직접적으로 닿는 천상의 악기 이름이 자옥인 것이다.

'적실하다'라는 말은 틀림없이 확실하다라는 뜻이다. 그런데 이 '的'이라는 것이 과녁 또는 표적을 의미한다고 할 때, 적실하다는 것은 '뚫어주어야 할 것'으로 변모한다. 그렇다면 자옥은 여성을 의미하는 자옥이 맞다.

그렇기 때문에 종장에서 때마침, 어쩜 그렇게 딱 맞게도 나에게 활비비가 있는 상황인 것이다. 활비비는 송곳의 옛말이다. 겉으로는 점잖고 완만한 표현이지만 그 주제는 실로 정열적인 욕망이 숨겨져 있다.

이와 유사한 내용의 시조가 정철의 '옥이 옥이라커늘'이다.

옥이 옥이라커날 번옥(燔玉)만 너겨떠니
이제야 보아하니 진옥(眞玉)일시 적실하다
내게 살송곳 잇더니 뚜러볼까 하노라

정철이 진옥이라는 기녀와 주고받았다는 시조이다. 앞의 시조들에 비하면 훨씬 더 노골적이다. 그냥 활비비도 아니고 살(肉) 송곳이 아닌가. 번옥은 燔, 즉 돌가루를 구워서 만든 옥이다. 이것은 사람이 인공적인 기술을 가해 만든 옥이므로 그 가치가 떨어질 것이 자명하다. '너를

별볼일 없게 여겼는데 아닌게로구나'라며 희롱하고 있는 것이다. 절제와 암시로 이쪽에게 주파수를 날린다면 이쪽 또한 그에 맞는 주파수를 되받아야 할 터이다.

다음은 진옥의 화답가이다. 진옥은 정철이 강계로 귀양갔을 때 함께 살림을 차렸던 기생이라고 전해진다.『병와가곡집』에는 진옥이라는 이름 대신 같은 내용의 시조 작가가 철이(鐵伊)라고 기록되어있다.

> 철(鐵)이 철이라커날 섭철만 여겼더니
> 이제야 보아하니 정철일시 분명하다
> 내게 골풀무 있으니 녹여볼까 하노라

섭철은 불순물이 섞여 순수하지 못한, 변변치 못한 쇠를 이른다. 그렇다면 정철은 무엇인가? 송강 鄭澈이요, 正鐵혹은 精鐵로서의 정철이다. 正鐵은 무쇠를 불려서 만든 쇠붙이이고 精鐵은 불순물이 섞이지 않은 잘 단련한 좋은 쇠붙이이니, 남성에 대해 이것만큼 애욕적인 찬사가 있을까.

이것을 송강의 인품이 높음을 표현한다고 보는 견해도 있는데 그것은 앞의 시에 대한 화답가로 적절치 않다.[52] 왜냐하면 뒤에 나오는 골풀무가 살송곳 못지않게 에로틱하기 때문이다.

혹자는 이것을 바느질할 때 손가락에 끼는 골무이며 그래서 남근을 품는 여성의 그것을 의미한다고 해석하였는데 이것 또한 잘못 파악한 것이다. 골풀무는 말 그대로 풀무질 기구, 불을 피우기 위하여 바람을 일으키는 기구의 하나이다. 그런데 왜 그냥 풀무가 아니라 골풀무인가?

---

52) 박광정,『역사와 함께 하는 옛시조 문학산책』, 청림, 1997, 149쪽.

골풀무는 땅바닥에 장방형(長方形)의 골을 파서 중간에 굴대를 가로 박고 그 위에 골에 꼭 맞는 널빤지를 걸쳐 놓은 것이다. 이것은 작은 바람을 일으키는 손풀무나 피스톤의 왕복운행을 통해 바람을 일으키는 나무상자형 풀무와는 다르다.[53] 골풀무는 널빤지의 두 끝을 두 발로 번갈아 가며 디뎌서 바람을 일으키는데 이것이 누워있는 사람의 다리를 연상시키지 않는가? 아기는 어디서 태어나느냐는 어린 아이의 질문에 '다리 밑에서 주워왔지.'라는 옛사람들의 농은 교량으로서의 다리가 아니라 사람, 특히 생산능력이 있는 여자의 다리인 것이다. 크기가 큰 골풀무의 경우는 세 사람씩 양편으로 올라서서 널을 뛰듯 발을 구른다. 그 리듬감과 요요(搖搖)함은 운우지락을 연상시키기에 충분하다. 그런데 단련된 쇠를 녹여볼까 한다니 그 화력이야 짐작하고도 남는다.

이것은 고도의 해학성을 가진 문학적 표현이다. 진옥은 해학이라는 수사를 씀으로써 능동적으로 정철의 언사에 대응한다.[54] 정철이 중의적인 표현을 써서 진옥을 떠보았다면 진옥은 그러한 정철의 중의적 수법을 거꾸로 차용하면서 더 저속하게, 더 능동적으로, 더 멋드러지게 우위에 올라섰다. 진옥은 정철의 살송곳에 '조종'당하는 것이 아니라 때로 '조롱'한다.

옛 음담에 등장하는 여성은 대부분 남성들의 유혹에 약하다. 당하다가도 즐기고 싫어하다가도 밝히고 아프다가도 병이 낫는다. 여성학에

---

53) 위의 책, 151쪽에서는 골풀무를 피스톤 운동으로 잘못 해석하였다.

54) 해학은 일반적으로 수동적 환경에서 능동적 환경으로 전환할 때 생기는 산출물이다. 물론 우호적인 분위기를 만들기 위한 경우도 있지만 대개가 공세를 당한 경우에 발생하는 경우가 더 많다. 따라서 비록 수세자가 되었다 하더라도 공세자로 전환하려는 적극적인 노력을 경주하여야 한다. 이상근, 『해학 형성의 이론』, 경인문화사, 2002, 596쪽.

서는 이처럼 여성이 남성의 성기에 의해 지배당하는 것을 '팔루스의 조종'이라는 표현으로 설명하기도 한다. 그러나 기생은 그런 관계에서 비교적 자유로운 여성으로 비쳐진다. 기생은 페니스에 의해 '조종'당하는 것이 아니라 때로 페니스를 '조롱'한다.[55]

위에서 살펴본 고시조들은 언어유희를 통한 기지와 해학이 드러난다. 해학은 말하는 사람이나 듣는 사람, 그리고 제 삼자가 모두 웃게 된다는 데 그 빼어난 예지가 있다. 우리의 익살에는 농(弄), 희(戲), 해(諧), 학(謔), 자(刺), 등의 모두 담긴 것이다. 해학(諧謔)이란 익살스럽고 품위 있는 농담이란 뜻으로 유머에 해당된다. 즉 해학이란 재미있고 우스꽝스러운 말이나 행동, 또는 그러한 말이나 행동을 할 수 있는 능력으로써 풍자(諷刺)와 함께 골계(滑稽)를 구성하는 요소이다. 그러나 해학(諧謔)의 대상은 신랄하게 비판하는 것이 아니라 너와 나, 그리고 제 3자까지 웃게 만드는 요소가 있다.

다른 의미를 암시하기 위한 말이나 동음이의어를 사용하는 언어유희는 단순한 말장난이 아니라 풍부한 기지와 날카로운 어조를 발견하게 한다.

시조가 성리학적 세계관을 바탕으로 한 신진사대부들의 것이었다면 색정의 해학을 다룬 작품이 드문 것은 당연할지도 모른다. 그러나 여러 작품들을 살펴보면 고시조 안에서도 다양한 층위의 문학적 비유와 형상화가 표현되었다. 색정의 해학을 다룬 작품들은 비록 수적으로 많지는 않지만 그것 또한 고시조의 여러 주제 중 한 자리를 차지함으로써 우리 문학의 토양을 풍부하게 해주었다.

---

55) 류정월, 앞의 책, 90쪽.

3. 시조의 놀이성

현대시조의 에로티즘은 고시조에 비해 자주 등장하는 소재이다. 강영환의 다음 연시조 역시 '개포댁'이라는 여성의 에로틱한 상상을 구체화하고 있다.

> 떠나간 지아비는 다시올 줄 모른다
> 혼자서도 긴 밤을 다독이며 지새는데
> 밀물은 큰 가슴으로 문지방을 넘는다
>
> 속 검은 개포 바다 앙가슴 적셔대고
> 유리창 두드리며 추근대던 물결들
> 한바탕 육신을 섞어 문신으로 남는다
>
> 윗목에 아직 남아 출렁이는 거친 숨결
> 새벽은 가까이서 기침하여 서 있고
> 안 잊힌 사내 품속에 곤히 잠든 개포댁
>
> — 강영환, 「개포댁」

앞서 살펴보았듯 고시조의 에로티즘은 사대부와 기생과의 놀이에서 비롯되기에 화답의 형태로 쓰여진 창작 당시의 정황이 고려되어야 한다. 이에 반해 현대시조에 나타나는 에로티즘은 시조의 미적 규율과 내적 긴밀성에 입각하고 있다는 점에서 차이가 있다. 다시 말해 고시조는 에로티즘문학의 기반이었던 기방(妓房)문화의 특성을 고려할 때 작품에 대한 보다 온전한 이해가 성립된다는 것이다. 반면에 현대시조의 에로티즘은 상대와 함께 노는 상황에서 화답의 형태로 이루어진 것이 아니라 개인 차원의 창작, 개인 차원의 놀이로서 이해해야 한다. 이러한 점에서 현대시조에서의 에로티즘은 작품 내부에서 발견할 수 있는 미적 구현체로 자리매김하고 있는 것이다. 위 시조에서 "개포댁"이 보여주는 성적 상상력의 내적 필연성은 그 한 예가 되기에 적절하다. "개포댁"이 "개포 바다"의 출렁거림을 통해 정사를 상상하는 데는 "지아비"가 현재 존재하고 있지 않다는 데서 기인하고 있기 때문이다. 다시 말해, "개포댁"의 성적 상상은 곧 "떠나간 지아비"에 대한 간절한 그리움을 형상화하는, 그래서 그의 성적 상상력이 강하면 강할수록, 그리움의 깊이까지 더해지게 된다는 사실을 보여주고 있다.

시를 포함한 문학이나 예술을 일종의 놀이라고 보는 호이징하의 견해는 이러한 작품을 이해하는데 유용한 단서를 제공해준다. 호이징하는 유례없이 풍부한 원전 자료에 근거를 두고 모든 문화가 놀이에서 발생했다는 사실에 대해 세세한 증거를 제시한다. 여기서 놀이란 간접적이며 실제적인 목적을 추구하지 않으며 움직임의 유일한 동기가 놀이 자체의 기쁨에 있는 정신적 또는 육체적 활동56)을 의미한다. 다음에 제시하는 호이징하의 주장은 이 같은 논리를 단적으로 뒷받침해준다.

> 고도로 조직된 형태의 사회에서는 종교, 과학, 법률, 전쟁, 정치 등이 문화의 초기 단계에서는 그렇게도 분명했던 놀이와의 연관성을 서서히 잃어버리는 반면, 시인의 기능만은 여전히 그 기능이 태어난 곳인 놀이 영역 속에 굳건히 남아 있기 때문이다. 시를 짓는 것은 사실상 놀이 기능이다. 그것은 정신의 놀이터 즉 정신이 그것을 위해 창조해주는 그 독자의 세계 속에서 진행된다.57)

위 인용문에 드러나듯 호이징하는 문학이나 예술, 특히 시를 언급하며 시의 놀이성을 강조한다. 시를 포함한 문학예술의 놀이성은 그 근

---

56) 요한 호이징하, 김윤수 역, 『호모 루덴스』, 까치, 1981, 317쪽.
57) 위의 책, 183쪽.

원을 고대에서부터 찾을 수 있다. 모든 고대의 시는 제의인 동시에 오락, 기예, 수수께끼, 신조, 마술, 점(占), 예언, 경기 등을 겸하고 있었다. 또한 고대 시인의 진정한 명칭은 라틴어로는 바테스(vates), 곧 악마에 홀린 사람, 신들린 사람, 헛소리하는 사람이다. 이런 측면에서 볼 때 문학이나 예술은 본래 놀이성을 내재하고 있는 형태인 것이다.

앞서 살펴본 임제와 한우, 정철과 진옥의 화답가들은 이러한 시의 놀이성을 극명하게 보여주는 예가 될 것이다. 근엄한 사대부로서의 체통을 벗어던지고 본능과 욕정을 지니고 있는 한 남성으로서 기생과 놀이 한 판을 벌인 것이다. 사대부라는 탈을 벗은 한 인간으로서 자유공간에서 농염한 대화를 주고받은 놀이를 즐긴 셈이다.

한편 현대시조에서도 이러한 놀이로서의 문학에 해당하는 작품이 있다.

주인 말 안듣는 개, 밥도 잘 안 먹는 개
음식은 가리면서 똥오줌 못 가리는 개
일일이 다 옳은 말씀 네놈 두고 한 말이라

개 주인 화나는 일 어찌 저리 잘 아는고
큰 개나 작은 개나 개란 놈은 다 산다며
덩치가 쬐끄만 놈도 헐값에 팔라는구나

어떤 이는 너 귀여워 산채로 좋다하고
어떤 이는 너 맛있어 죽은 걸 좋아하니
드높은 인기를 믿고 겁도 없이 날뛰느냐

이담엔 시장 가면 영악한 네놈 미워
뼈 없는 먹거리들
문어 낙지 잔뜩 살 터

다시는 저 앞강물에 붕어낚시 하나봐라

— 서태수, 「애완견愛玩犬 辭說사설·8 - 낙동강·263」 부분

　위 시조는 평시조의 연작 형태를 취하고 있으면서도, 그 내용적 층위에서는 도리어 장시조(사설시조)의 방향을 마련하고 있음이 주목된다. 형식상 조선조 사대부 시조 형태 그대로를 가져왔지만 그 내용은 사대부들의 관념성과는 달리 대단히 해학적이다. 이 시조에서 시적 자아는 집에서 기르는 강아지를 위협하고 있지만 화자의 말은 강아지에 대한 사랑을 번어적으로 표현한 것임을 어렵지 않게 눈치 챌 수 있다. 애완견을 시적 대상으로 희화함으로써 독자에게 웃음을 유발시킨다. 이러한 그의 시적 의도에서

　　　개를 여나믄이나기르되 요 같이 얄미우랴
　　　미운 님 오며는 꼬리를 홰홰 치며 치뛰락 나리 뛰락 반겨서 내닫고 고운 님 오며는 뒷발을 바둥바둥 무르락 나 오락 캉캉 짓는 요 도리암캐
　　　쉰밥이 그릇그릇 날진들 너 먹일 줄이 있으랴.

　라고 노래한 조선 후기 사설시조를 연상한다고 해서 지나치지는 않을 것이다. 사설시조는 조선 전기의 평시조와는 달리, 평민들의 소박한 생활감정을 노래한 파격형식이었다. 그런데 서태수의 시조는 평시조의 형식적 율격에, 사설시조의 해학적 내용을 담은 것이다. 평시조가 사설시조의 내용을 담고 있다는 이러한 역설은 우리의 통념을 배반하여 낯선 감정을 유발하게 한다. 평시조가 갖는 관념성의 시립자세가 아닌 사설시조가 노래하는 흥청거림과 흐트러짐이 그의 시조에서 새

로운 맥락으로 부활하고 있는 것이다.

이것은 평시조와 사설시조라는 고전시가의 장르를 패러디하면서 웃음을 유발하는 전략을 설득력있게 구사한 것이다. 이러한 점에서 단순하고 건조한 사물표현에 그치고 있는 현대시조의 한 상황을 타개하려는 의중, 나아가서 최근의 현대시·현대시조 전반에 걸쳐 팽배해 있는 대중유리적 관념성 대신 대중유화적 접근법을 택하고 있는 것이다. 다시 말해 여타의 시조가 갖는 경직성, 이를테면 세련된 표현과 우아함의 강조를 포기하고 생활시조의 한 단면을 내비치고 있다는 점에서 시조 활력에 새 길을 열고자 함[58]이 이 시조의 미덕이라 하겠다.

시조는 본래 노래, 창(唱)이었다. 음악도 호이징하에 의하면 놀이이기에 시조 또한 넓은 의미의 놀이에 해당된다. 음악적 형식은 논리적 개념을 초월하고 심지어는 보이는 것과 만질 수 있는 것에 대한 우리의 개념까지도 초월하는 가치에 의해 결정된다. 이런 음악적 가치는 우리가 그것들을 위해 사용하는 용어, 즉 리듬이니 하모니니 하는 특별한 이름들에 의해서 이해될 수 있는데, 이런 이름들은 또한 놀이나 시에도 적용될 수 있는 것들이다.

사실 리듬과 하모니는 완전히 똑같은 의미에서 세 가지-시, 음악, 놀이-에 모두 해당되는 요소들이다. 특히 음악은 절대로 놀이의 영역을 벗어나지 못한다. 시가 고대 문화에서 중요한 예배적, 사회적 기능을 했던 이유는 바로 시가 음악적 낭송과 밀접하게 결합되어 있었기 때문이었다. 모든 진정한 제의는 노래와 춤과 놀이로 이루어졌다. 시대가 흐를수록 제의와 신성한 놀이에 대한 감각을 점차 잃어가고 있으며 이러한 잃어버린 감각을 되찾게끔 도와 주는 데는 음악적 감성이

---

58) 졸고, 「애완견을 통한 일상과 일생, 그 변증법적 골계미학」, 서태수, 『사는 게 시들한 날은 강으로 나가보자』, 세종출판사, 113~124쪽 참조.

으뜸이다. 음악을 느끼는 가운데 우리는 제의를 느끼며 음악을 즐기는 가운데서 아름다움에 대한 인식과 성스러움에 대한 감각이 하나로 합치며 이 합치 속에 놀이와 진지함의 구분이 삼켜져 버리는 것이다.[59]

이상과 같은 호이징하의 견해를 종합해 보면 고시조는 태생적으로 놀이의 속성을 지니고 있었던 것이다. 고시조는 음악적 속성과 문학적 속성이 함께 있는 장르이기에 놀이성은 더욱 강화된다. 곡조로서의 놀이성과 가사에 함유된 놀이성으로 인해 놀이서이 배가되는 것이다.

앞서 언급한 화답 형태의 고시조들이 상대와 함께 주고 받은 놀이로서의 농(弄)이었다면 현대시조들은 혼자 한 놀이라고 볼 수 있다. 특히 내용 면에서도 예를 든 고시조가 숨겨놓은 본능을 솔직하게 표출했듯이 현대시조 또한 일상생활이나 예술의 형태로 함부로 말하기 힘든 내용들을 드러내고 있기 때문이다. 이것은 고시조에서부터 현대시조까지 시조는 놀이로서의 속성을 잃지 않은 문학 장르임을 보여주는 적절한 예에 해당될 것이다.

---

59) 요한 호이징하, 앞의 책, 239~240쪽 참조.

제3장 ────────

소망과 자기 연마

Ⅰ. 고향을 향한 집념

1. 고향의 개념

'고향'이라는 개념은 학문적으로 정확하게 정의된 채 사용되지 않았고, 다양한 관점에서 다양한 의미로 사용되어 왔다. '고향'은 복합적 내용을 담은 광범위한 의미 범주를 지니고 있는 것이라고 할 수 있을 것이다. 이를테면 '고향'은 '푸근함'과 '안정됨', 그리고 '평화로움'과 같은 인간의 내면적인 상태의 의미로 쓰이기도 했고, '삶의 질'의 표현으로 사용되기도 했다. 뿐만 아니라 '전통'과 '전통적인 것'을 의미하기도 했고, '이상향'이나 '유토피아'의 개념을 지니기도 했으며, 단순히 '출신지'를 뜻하는 지정학적 개념으로 쓰이기도 했고 현재적 선호(選好)와 관련해서 사용되기도 했다.

우리말에서의 '고향'이라는 말의 본래적 의미는 '옛 향리(鄕里)'라는 뜻을 가지고 있다. 이는 곧 '자기가 태어나고 자라난 고장'이란 뜻일 터이다. 이처럼 고향은 일반적으로 '시골', '고원(故園)', '고산(故山)', '향관(鄕關)', '향리', '향토(鄕土)', '향촌(鄕村)' 등의 낱말과 동의

어 내지 유사 개념으로 쓰이고 있다. 여기서 '고향'의 개념을 크게 다음 네 가지 지평으로 나누어 살펴본다면 그 뜻을 이해하는 데 도움이 될 것이다.

첫째, 고풍성의 지평이다. '고향'의 '故'는 '예' 내지 '오래됨'을 뜻하므로, 고향은 급변하는 시대에 따라 변모한 그런 새로움의 세계가 아니라 '예스러운 모습'을 가리킨다. 둘째, 회상성(回想性)의 지평이다. '고향'의 '故'는 또 '떠나보낸'이나 '떠나온'의 의미가 있으므로, 고향은 내가 떠나온 지나간 과거에서의 내 삶의 공간이다. 그래서 고향은 늘상 '추억' 및 '동심'과 결부되어 있다. 셋째, 은닉성(隱匿性)과 순수성(純粹性)의 지평이다. 고향은 일반적으로 '시골'과 바꾸어 쓸 수도 있을 정도로 도회지처럼 노출되는 때묻은 공간이 아니라 감춰지고 숨겨진 영역이다. 넷째, 풍경성(風景性)과 풍물성(風物性)의 지평이다. 고향은 어떤 곳이든지간에 대개 어린 시절 뛰어놀던 들녘과 강, 산과 바다가 있으며, 또 고유따라 물이 있는 것이다. 그래서 그것은 인위적 문화따라 저편에 있는 천연적 자연을 지니고 있으며, 그 나름의 고유성을 지니고 있다. 이러한 네 가지 지평은 우리에게서 '고향'이 무엇을 뜻하는지 그 의미를 드러내주는 요소가 된다고 할 수 있다.

인간의 삶의 공간으로서의 '고향'을 사회학적으로 연구한 대표적인 학자는 짐멜과 퇴니스이다. 짐멜은 '고향'을 그의 '공간의 사회학'의 범주에서 다루고 있다. 인간의 삶은 상징적 장소 결속 내지 속지성(屬地性)을 지니고 있는데, 이 고향은 그것과 결부된 사회적 내지 인격적 연대로서 언어·관습·풍속 등을 지닌 것으로 특징지어진다는 것이다. 그러나 그것은 어느 정도 가계적 형태와 근원적 조직의 요소를 가지므로 국가처럼 공간적인 원리만을 따르는 것이 아니라 초공간적 속성을 지닌다. 이익사회나 국가에 귀속되지 않고 자연스럽고 비좁은

'공동사회'에 속한다는 것이다.

　이런 본래적 의미에서의 '고향'은 자연 풍경과의 만남의 장소라고 할 수 있다. 인간은 다른 모든 피조물과 같이 자연 가운데 살고, 넓은 의미에서의 자연의 일부분을 이룬다. 하지만 그는 자연을 대상으로 하여 인식과 경험의 활동을 한다. 자연으로서의 고향은 자연관과 세계관이 형성되는 토대이며, 또 삶의 뿌리와 밑동이 자라는 터전과 못자리라 할 수 있다. 아울러 고향은 가계의 혈연 관계 속에서의 결속이 있는 장소이기도 하다. 고향에서는 도시화된 공동체에서와 같이 '군중 속의 고독'이나 '익명의 타자' 같은 것은 있을 수 없다. 대부분의 고향은 마치 가정의 연장이나 확대와 같은 것으로, 여기에서는 어떤 이해 문제로 인해 친소 관계가 형성되지 않고 사랑과 정, 그리고 혈연적 유대감이 지배하게 된다. 거기에서 우리는 가족에 대한 무한 책임을 배우는 것이다. 이뿐만 아니라 고향은 언어·관습·전통 등을 공유하고 있는 이웃들과의 공동체의 장소라고도 할 수 있다. 그런 이웃은 수평적 상호 체험의 또래 집단 뿐 아니라 상하적 체험의 어른들과 후배들도 해당된다. 이 이웃들과의 만남과 공동적인 삶의 장은 우리가 경험하는 최초의 사회인 것이다. 이렇게 고향은 자연·가족·이웃들과의 관계에서 삶의 뿌리가 착근(着根)되는 생활 공간인 것이다. 이렇게 볼 때 '고향'은 결국 자연적 측면과 인간적 측면의 두 요소를 지니고 , 이 두 가지 조건은 상보적으로 고향의 생활 공간을 만드는 것이다. 그리고 인간은 이 속에서 자기 정체성이 확립되고, 그 정체성에 대한 자기 의식도 싹이 트게 되는 것이다.[1]

　이처럼 고향의 개념과 본래적 의미에 따라 분류함으로써 '고향'이

---

1) 전광식, 『고향』, 문학과지성사, 1999, 24~31쪽.

가지는 복합적인 층위에 대해서 살펴보았다. 여기서 한 가지 주의해야
사항을 지적하는 것을 잊어서는 안 될 것이다. 그것은 '고향'이 '선험
적인 공간'임과 동시에 '구성된 공간'이라는 사실이다. 가령, 근대적
공간에서의 '고향'의 의미와 전근대적 공간에서의 '고향'의 의미는 서
로 겹치는 부분이 존재하지 않는 것은 아니지만 의미의 격차가 상당하
다고 할 수 있다. 따라'고향시조'라는 장르에서 구현되는 '고향'의 의
미는 후자의 측면에서 살펴야하는 것일 옳을 것이다. '고향'이라는 말
속에는 '선험적인' 정서의 힘이 강력하게 작동하고 있기 때문에 이와
같은 구분을 간과하기 쉽다.

2. 고향에 대한 매개물

고향이라는 개념은 근대 이후에 본격적으로 등장한 개념이기는 하
다. 그렇지만 그 이전 시대에도 난리나, 기근, 생계 등 다양한 연유로
집을 떠나 생활하는 경우가 더러 있었을 것이다. 이 때 떠나 있는 집의
의미가 바로 고향의 의미로 이해할 수 있을 것이다.

고향은 그곳으로부터 떠났을 때라야만 상기할 수 있는 정서라고 해
도 과언이 아닐 것이다. 따라서 고향을 그리는 사람이 있다면 그는 틀
림없이 그곳으로부터 떠나온 자이다. 근대적 질서 속에 놓여 있는 개
별자들의 삶은 '이동'이 본격화되고 지속되어가는 탓에 '실향'(失鄕)
은 피할 수 없는 것처럼 보인다. 그러나 전근대적 질서 속에서 삶의 터
전으로부터 떠난다는 것, 다시 말해 '실향'은 일상적으로 체험할 수 있
는 것이 아니었다. 대개의 사람들은 태어난 그곳에서 죽을 때까지 살
아갈 수밖에 없었던 탓에 '고향'이라는 개념을 각인하고 있었던 것은
아니다. 그런 점에서 볼 때, 고향은 이동이 자유로운 물적 기반 위에서

구성된 개념적 측면이 강하다고 할 수 있을 것이다. 다시 말해 철도나 연락선 등의 운송수단의 보급과 삶의 터전을 옮길 수 있는 사회적 여건 속에서 비로소 '고향'이라는 개념이 구축될 수 있었던 것이다. 그러나 '고향'을 그저 근대적으로 구성된 개념이라고 서둘러 규정지어서는 안 될 것이다. 전근대적 질서 속에서도 삶의 공간을 이탈하거나 이동해야할 상황에 놓일 수 있기 때문이다. 예컨대 관리가 되어 한양으로 가거나 지방행정관으로 부임하는 일, 또 중국이나 일본 등 타국으로 연행하는 일을 통해 조상의 묘가 묻혀 있는 영역으로부터 이탈, 다시 말해 이향(離鄕)의 계기가 존재한다는 것이다. 이뿐만 아니라 전쟁 시 포로나 벼슬에서 좌천되어 유배될 때 또한 '고향'이라는 표상이 구성될 수 있는 조건을 가진다고 하겠다.

고시조든 현대시든, 현대시조이든 고향에 대한 그리움을 표현할 때에는 주로 매개물을 활용해 드러낸다.

北海上 便紙傳튼 蘇中郞의 기러기야
千里에 期約을 두고 너는 슈이 오거니와
우리도 날릭곳 빌일진딕 님의 곳에 가리라

－ 호석균

金風이 부는 밤에 나무닙 다지거라
寒天明月夜에 기럭이 우러녈제
千里에 집쩌난 객이야 좀못일워 ㅎ노라

－ 송종원

고시조에서 '고향'을 그리는 작품은 그리 많지 않은데, 흥미로운 것은 타향살이에 대한 서러움이나 고향을 그리워하는 화자의 마음을 달래주는 매개물이 '새'로 형상화 되고 있다는 점이다. 고시조에서 자연과 조화를 이루고자 할 때 사용된 주요한 제재는 '새'와 '꽃'이었음은 이미 잘 알려져 있다.2) 특히 '새'는 상고시대 기록물에서부터 널리 사용된 소재이기도 했는데 이들 기록에서 '새'는 성스러운 이미지와 속세의 이미지를 동시적으로 지니고 있어서 자연의 원리를 인간에게 전달하는 매개자의 역할로 나타난다. 설화에서도 이러한 양상은 비슷하게 전개되며 원시종교인 샤머니즘에서도 '새'는 자연의 원리와 인간의 세계 사이의 간극을 좁히거나 일치시키는 기능을 부여받는다.3) 보다 가까운 시기의 문학기록인 고시조의 제재로도 빈번히 사용되는 조류는 기러기, 백구, 두견, 봉황, 학, 가마귀, 꾀꼬리, 닭, 매종류, 기타 새 종류로 나눌 수 있는데 총 66종 이상의 새가 등장하고 있지만 가장 빈도수가 가장 높은 조류는 '기러기'라고 한다.4) 이는 기러기가 전통적으로 통신수단으로 사용되고 있었기 때문이기도 하고 자연과 서정적 자아의 관계를 가장 명백하게 표현할 수 있었기 때문으로 여겨진다.

고시조에 나타난 제재로서 조류는 다양한 면모를 보이고 있지만 주제적으로 큰 테두리를 벗어나지 않는데, 인용한 시에 나타나는 것처럼 이별과 연정, 은일과 부귀영화, 충군과 애국, 고향에 대한 그리움에 관한 주제로 거의 요약될 수 있다.5) 고시조에 나타나는 새는 시적 자아가 놓여 있는 상황과 달리 공간을 자유롭게 탈피할 수 있는 이미지로 형상화 된다. 전답과 공동체에 한정된 삶을 영위해야만 했던 대다수 조선의 백성들에게 장소를 탈피하는 행위는 존재가 위험에 노출되는 상황에 처할 것임은 분명하다. 그런 점에서 "집써난 객"이 "줌못일워

---

2) 김흥규, 「새를 소재로 한 고시조연구」, 고려대석사논문, 1982.
3) 권민진, 「고전문학에 나타난 새의 의미와 그 변천」, 부산대석사논문, 1982, 22~40쪽.
4) 김흥규, 앞의 논문, 6~9쪽.
5) 위의 논문 참조.

흥”는 이유는 역설적으로 ‘장소’에 부착되어 있기 때문이다. 그러한 상황 속에 놓인 시적 자아와 달리 ‘새’는 지금 — 여기를 벗어나 ‘저기 — 너머’ 다시 말해 잃어버린 것(곳)을 복원할 수 있는 장소로 이동할 수 있는 매개물의 역할을 하고 있음을 확인할 수 있다. 가령, 다음과 같은 시조에서도 ‘새’가 갈 수 없는 곳을 향한 시적 자아의 열망을 실현시킬 수 있는 매개물로서 기능하고 있다는 것을 확인할 수 있다.

> 露天에 우려녜는 기러기 瀟湘으로 갈쟉시면
> 太平 城都을 應當이 지날쩌니
> 우리의 望鄕消息을 傳ᄒ여줄가 ᄒ노라

한데서 우는 “기러기”는 시적 화자가 처해 있는 상황을 “城都”에 전해줄 수 있는 매개자의 역할을 하고 있다. 이때의 ‘기러기’는 단순히 소식을 전하는 ‘메신저’(messenger)의 역할에 국한되는 것이 아니라 시적 자아가 가지고 있는 소망과 염원이 투사된 형상물이라고 할 수 있을 것이다. 이처럼 ‘새’라는 형상물이 시적 자아의 열망을 드러내는 매개물로만 기능하는 것은 아니다. ‘새’는 떠나온 자의 표상으로 기능하기도 한다.

> 기러기 다 나라가고 셔리는 몃변 온고
> 秋夜도 김도길샤 客愁도 하도하다
> 밤즁만 滿庭月色이 故鄕본듯 ᄒ여라
>
> — 조명리

“고향의 까마귀만 봐도 반갑다”는 말이 있듯이 외지에서 고향의 정에 향수를 느끼는 것은 인간의 상정일 것이다. 흔히 달 밝은 밤이면 중

천의 달을 매개로 하여 멀리 떨어진 이의 안부를 궁금해하고 그리워함
은 예로부터 풍아의 도의 상식이다. 인용한 시조 역시 고향에 두고 온
부모·형제를 그리며, 나그네로서 외딴 타향에서 잠 못들어 전전반측
(輾轉反側)하는 모습을 그리고 있다. 이때의 기러기는 별다를 역할을
하고 있지 않은 것처럼 보이지만 "기러기 다 나라가고 서리는 멋변 온
고"와 같은 구절에서 알 수 있는 것처럼 '기러기'는 고향으로부터 멀
어진 시적 화자의 이탈감이나 본원적 장소로부터 떨어진 거리감을 가
늠할 수 있는 지표로 작용한다는 것을 알 수 있다. 다만 이 작품에서 고
향에 대한 시적 화자의 열망을 형상화하는 것은 '뜰 가득히 비치는 밝
은 달을 보니 고향에 있는 듯한 착각마저 든다'는 구절에서 확인 할 수
있는 것처럼 '밝은 달'이라고 할 수 있다. 이 때의 밝은 달은 앞의 '기
러기'와 유사한 기능을 하고 있다는 것을 쉽게 확인할 수 있다.

逍遙當 둘 볼근밤에 룰爲ᄒ여 안ᄌᄂ고
솔바람 시늬쇼릐 듯고지고 내草堂에
這달이 故鄉에 빗최거든 이늬消息 傳ᄒ렴

하늘 위에 떠 있는 밝은 달은 '새'라는 매개물보다 시공간의 제약에
서 더욱 자유로워 보인다. 고향을 떠나온 시적 화자가 보고 있는 '달'
은 고향 하늘 위에도 똑같이 떠 있을 것이므로 그것을 바라보며 고향
을 그리워하고 있는 자신의 심경을 전해줄 수 있는 메신저의 역할을
할 수 있는 매개물의 역할을 할 수 있는 것이다. 이처럼 '고향'에 관한
시조는 대체적으로 고향을 떠나온 화자가 '지금 - 여기'(이향의 공간)
를 벗어나 '저기 - 그곳'(시원의 장소)으로 가고자 하는 열망을 표출하
며 '새'와 '달'과 같은 형상물이 그것을 매개하는 역할을 하고 있음을

확인할 수 있다.

3. 현대문학과 고향

고시조가 추구하는 완결된 삼장(三章)형식의 세계는 1920년대에 이르게 되면 더 이상 제대로 유지되지 못한다. 시조부흥운동이 진행되고 전통과 자유시에 대한 질문이 계속되는 와중에 시조는 명백히 반동적인 지점으로 돌아서버린다[6]. 시조의 세계에 안착한다는 것은, 삼장구조의 완결된 세계를 승인하는 것이므로 식민지 현실을 그대로 수긍해버리는 사태와 다를 바 없었던 것이다. 식민지 현실은 이미 기계와 전기가 장악한 전혀 낯선 세계로 진입하고 있었으므로 고시조의 새처럼 자연의 연장으로서 자아와 관계맺는 것은 불가능해진다. 여기에 도달하기 위해서는 다른 전략이 요청되는데 특히 김소월의 시에서 나타나는 새는 철도와 매체에 의해 생산된 공간이 전통, 자연에 파국을 일으킨 흔적을 보관하고 있어서 흥미롭다.

어제도하로밤
나그네집에
가마귀 가왁가왁 울며 새엿소.

오늘은
또몃十里
어듸로 갈까.

---

6) 임재서는 자유시가 조선에 등장하기 시작하면서 전개된 형식의 문제 가운데서 시조부흥운동이 율격에서 보다 자유로웠던 사설시조에 주목하지 않고 엄격한 음수율을 지닌 평시조에 주목한 것도 민요시 운동의 연장선상에서 펼쳐진 형식 찾기의 한계로 지적한다. 임재서, 「민요시론 대두의 의의」, 『한국 현대시론사 연구』, 문학과지성사, 1998, 84~91쪽.

山으로 올나갈까
들로 갈까
오라는 곳이업서 나는 못가오.

말마소 내집도
定州郭山
車가고 배가는 곳이라오.

여보소 공중에
저기러기
공중엔 길잇섯서 잘가는가?

여보소 공중에
저기러기
열十字복판에 내가 섯소.

갈내갈내 갈닌길
길이라도
내게 바이갈 길은 하나업소

—김소월, 「길」

김소월의 시에서 나타나듯 장소에 대한 감각은 현존하는 장소가 아니라 소멸한 장소에 대해 집중하는 것처럼 보인다. 사람이 다니는 '길'을 아무리 걸어도 시적 화자가 길의 목적지로 설정할 수 있는 곳은 주어지지 않는다("님게신곳 내고향을 내못가네 내못가네", 「山水甲山」, 218쪽). 길은 더 이상 특정한 장소로 화자를 이동시켜주는 방향제시의 역할을 할 수 없다. 근대적 길은 장소를 표준화함으로써 시적 화자가 지녀야 할 방향감각을 도리어 상실하게 해버린다("집도 없는 몸이야", 「제비」, 51쪽). 뿐만 아니라 시적 화자의 상황자체가 시적 화자를 중심으로 사방으로 길이 뻗어나가고 있지만 어떤 길도 선택하기 어려운 상황("열十字복판에 내가 섯소")에 놓여 있다는 것을 알 수 있다. 근대적 공간으로 재편되면서 자율적 공간을 폭력적으로 균질화한 결과 어떤 장소에서도 머무를 수 없음이 강제되고 있다는 것을 알려주고 있는 셈이다. 다시 말해 근대적 교통수단을 통해 빠른 시간 내에 목적지에 도달할 수 있었지만 이는 공동체를 파괴시켜 얻은 부산물에 불과할 따름이다. 전통적인 장소가 "갈내갈내 갈"려 근대적 공간이 되자 "오라는 곳이 업서 나는 못"간다는 표현이 이를 적실하게 증명해주고 있다.

그런데 여기서 주지해야 할 지점은 "내집도 (…) 車가고 배가는곳"이지만 고향에 갈 수 없게 되었다는 상실감 자체에 있지 않고 도리어 사멸하고 있거나 파괴되고 있는 어떤 것을 불러들이려고 한다는 점이다. 김소월의 시에 자주 나타나는 부재의 존재가 '민족'이라는 지적을 참조[7]하더라도 이 때 김소월이 불러들이고자 하는 것은 동일화과정에서 대상화된 '자연'이 아니라 전통적인 시가에서 보이는 자아와 결합된 바로 그 '자연'이다. 「길」의 시적 화자가 "내게 바이 갈 길은 하나 업"다고 우울하게 읊조리는 대목은 상실했거나 지속적으로 상실되고 있는 그러한 자연을 내면에 유지하고 있기 때문에 가능해진 표현이라는 것이다. 그러므로 "기러기"와 시적 화자 사이에 벌어진 간극("써가는져기러기/ 알을까두고/ 색기를치지못[하]고가노랍니다", 「제법인전」, 423쪽)을 극복하는 것은 시적 화자의 내면에 상실된 대상을 '애도'하여 떠나보내지 않고 '무덤' 속에 보관하면서 지속적으로 불러들임으로써 가능해진다. "가신님 무덤까엣 금잔듸"(「金잔디」, 198쪽)라고 부르거나 "불녀도 主人업"(「招魂」, 145쪽)음에도 계속 부를 수 있는 힘

---

7) 정우택, 「한국 근대시 형성과정에서 '님'의 위상」, 《문학교육학》 6, 2000.

을 얻는 원인이 이런 점에서 비롯된다.[8]

이처럼 식민지 시기의 자유시에서(김소월이라는 특정 시인에 국한 되기는 했지만) 형상화되는 '새'가 화자의 상실감을 확인케 하는 형상 물에 불과한 반면 고시조의 '새'는 자연의 연장으로 화자와 합일의 관계를 이룸으로써 소망과 염원을 실현시켜주는 매개물의 역할을 하고 있다는 점에서 주목할 필요가 있다.

현대시조 시인 중에서 고향을 주로 노래한 대표적인 시인은 白水 정완영이다. 일반적으로 문학작품에 나타난 고향회귀의식은 크게 두 가지 의미로 분석해 볼 수 있다. 첫째는 자신이 태어나서 어린 시절을 보낸 장소, 단순한 물리적 공간으로서의 고향[9]을 찾아가는 의미에서 고향회귀이고, 둘째는 단순한 공간적 의미를 초월한, 관념적이고 이상적인 공간으로서의 고향을 갈구한다는 의미에서 고향회귀이다. 전자에 속하는 작품은 일종의 귀향심, 애향심, 혈육애 등을 포함한 의미인 사향(思鄕)으로 읽을 수 있고, 후자에 속하는 작품은 근원적 향수로부터 이상향 추구까지 포괄하는 탄력성 있는 해석을 할 수 있는 경우이다. 다음에 인용하는 시조는 이 두 가지를 모두 포괄하는 의미를 지닌 작품이다.

> 고향에 내려가니 고향은 거기 없고
> 고향에서 돌아오니 고향은 거기 있고…
> 흑염소 울음소리만 내가 몰고 왔네요.
>
> — 정완영, 「고향은 없고」

---

8) 김만석, 「철도와 근대시의 상상력─김소월 시의 경우」, ≪동남어문학회≫, 2006.
9) 일반적으로 고향의 지시적·사전적 의미는, 첫째, 자기가 태어나서 자란 곳, 둘째, 조상 때부터 대대로 살아온 곳, 셋째, 어린 시절의 추억이 담긴 곳, 넷째, 오랜 세월 정이 들어 그리운 곳 등이다.

이 작품은 역설적 상황을 생각하게 하고, 또 나아가 색즉시공 공즉시색(色卽是空 空卽是色)을 떠올리게 한다. 인간은 본질적으로 모순된 존재이기에 손에 쥐면 딴 것을 바라보고, 잃고 나면 그것을 그리워하게 마련이다. 그래서 인간이 인간다워지는 거라고도 하지만, 알면서도 깨달음에 이르기는 좀체로 어려운 경지라서 부처의 말을 떠올리게도 되는 것이다.[10) 이 시조에서 화자는 존재와 삶의 근원이었던 고향의 상실을 의미하면서 산업화 이전의 고향, 근원적 삶의 공간으로서의 고향을 동경하고 있다. 고향에서 소외된 자이면서 애초 향유했던 동심적 공간, 문명의 이기와 거리가 멀고 삶 자체가 순수했던 삶의 공간을 그리다가 급기야는 여기서조차도 벗어나 인간이 살 수 없는 꿈의 거리에 고향을 설정한 것이다.

정완영의 시조에는 현실 초월 공간에 고향을 설정하고 있음을 알 수 있다. 여기에 고향은 두 가지 방향으로 해석이 가능할 것인데, 현실을 초탈하면서 마음 속에 담아둔 세계, 인공이 가미될 수 없는 공간을 고향이라 부르기도 하고, 문명을 거부하면서 물질화된 세계관으로부터 이탈한 원시적 세계를 고향이라 부르기도 한다.'[11)

Ⅱ. 소망과 염원, 그리고 한(恨)의 정서

1. 세계에 던져진 존재

존재에 의해 세계는 구성된다는 인식은 그 자체로 근대적이다. 데카르트는 이러한 인식의 근거를 정립했다고 알려져 왔다. 너무나도 유명

---

10) 김대행, 「따뜻한 법어에 이르는 길」, 김제현 외, 『한국현대시조작가론I』, 태학사, 2002, 250쪽.
11) 졸고, 「동양적 사유에서 본 백수 정완영 시조」, 앞의 책, 20~22쪽.

한 탓에 이제는 식상해져버린 '코기토(Cogito)', 다시 말해 '나는 생각한다, 고로 존재한다'는 명제는 세계가 존재의 자기 확신에 의해 구성되는 것임을 증명하는 것이라고 할 수 있을 것이다. 세계는 존재에 의해 구성되는 것일까? 그렇다면 현실에 존재하는 무수한 갈등을 어떻게 설명해야 할까? 삶이 세계와의 갈등 속에서 벗어날 수 없으며 그 갈등의 대부분이 결코 해결할 수 없는 속성을 가지고 있는 것이면 존재에 의해 세계가 구성된다는 명제는 이성을 최고의 가치로 삼고 있는 근대적 주체의 오만이라고 할 수 있지 않을까? 사정이 이러하다면 이렇게 말을 바꿔보는 것은 어떨까? 존재가 세계를 구성하는 것이 아니라 그저 세계에 던져진 것이라고. 존재에 의해 세계가 구성된다는 저 오래된 근대 주체의 자기 확신은 존재는 그저 세계에 던져진 것일 뿐이라는 말로 바꿔 불러야 할 것이다. 문학이야말로 존재가 세계에 던져진 것임을 명증하게 보여준다고 할 수 있다. 따라서 존재와 세계는 언제나 불화할 수밖에 없으며 문학은 그 불화를 통해 승화의 방식을 끊임없이 고민하는 실천적 운동이 아닐까.

그런 점에서 볼 때 '소망과 염원'은 문학의 존재 방식과 긴밀히 연결되어 있는 주제라고 할 수 있다. 그것은 우선적으로 정서적 측면부터 살펴볼 수 있을 것인데, 가령 정서란 모순되는 충동의 갈등에서 비롯되는 것이므로 정서를 유발하는 갈등의 성격이 어떠한가를 살펴보는 일이 선행되어야 할 것이다. 갈등은 외적인 요인에 의해서 생기는가 하면 자기 내적인 요인만으로도 올 수 있다. 그런가 하면, 마땅히 그러해야 할 당위나 그렇게 되어야 할 현실이 실제는 그러하지 못하기 때문에 올 수도 있다. 그러나, 대체로 갈등은 외적 자극에 의해서 내면 세계의 지적·감정적 평형이 깨질 때 나타난다.

대표적인 것으로 이별을 들 수 있는데, 이별이라는 상황은 어느 경우에나 갈등의 요소가 된다. 함께 있고자 하는 욕망과 함께 있지 못하는 현실은 모순된 상황이기 때문이다. 이별은 자신으로부터 비롯되는 것이 아니고 밖에서 던져지는 충격이다. 그런데, 개인적 가치나 욕망의 갈등은 대체로 밖으로부터 오는 반면에 공공적 가치나 명분상의 갈등은 안에서 비롯되는 구분을 보이는 점이 흥미롭다.

가마귀 눈비 마자 희는닷 검노믹라
夜光明月이 밤인들 어두우랴
님 향훈 一片丹心이야 變할 줄이 이시라
— 박팽년12)

님 향한 일편단심은 물론 작자 개인의 것이지만 이는 개인적 욕구라기보다는 공공적 이념으로 설정된 것이다. 이는 욕구에 관련된 문제라기보다는 가치관이나 윤리관에 기초를 하고 있는 것이기 때문이다.

귀먹은 소경이 도여 산촌에 들어시니
들은 일 업거든 본 일이 이실손냐
임이야 살앋노라만는 말 못하야 ㅎ노라
— 이항복

말을 하고 싶은 것은 물론 개인적 욕구이지만 그러지 못하는 상반된 상황은 밖으로부터 나에게 부여된 현실이다. 그러나, 여기서의 현실은 박해하거나 제한하는 현실과는 거리가 있다. 다만, 그런 현실이라 할

---

12) 박팽년(朴彭年 : 1417~1456) : 자는 인수(仁叟), 호는 취금현. 사육신 중의 한 사람. 세종 때 성삼문 등과 집현전 학사였으며 벼슬은 충청도 감찰사에 이어 형조참판이 되었으며 성삼문, 하위지, 유성원, 유응부, 이개, 김질 등과 단종의 복위를 꾀하였으나 김질의 밀고로 발각되어 형장의 이슬로 사라짐.

지라도 모순으로 받아들일 것인가 하는 문제는 개인적 태도의 문제다. 세상 일을 알고 싶은 욕구와 그러지 못하는 현실 사이의 상반된 문제인 것이다. 바른말을 하는 것이 옳다고 믿는 가치관이나 윤리 의식과 님을 향한 일편단심을 버려서는 안 된다는 공공적인 가치관의 추구가 부딪혀 갈등이 되고 있는 것으로 보아야 할 것이다.

이렇듯 공공적 가치를 추구하는 도덕론적인 갈등은 대개 내적인 갈등으로 생겨나고 개인적이고 본능적이 갈등은 밖으로부터 오는 갈등으로 출발한다. 전자는 당위와 현실 사이의 갈등이라면 후자는 욕구와 현실 사이의 갈등으로 분류할 수 있을 것이다. 시조에는 이 두 가지 유형이 두루 나타나는데, 이는 시조가 명분론적이며 선언적 어투를 갖는다는 것과 함께 인간의 본능적 일반성에서도 그리 멀리 벗어나 있는 것은 아니라는 징표가 된다.[13]

2. 가치의 전이를 통한 갈등의 해결

시조에 있어 '소명과 염원'이라는 주제는 갈등의 해소 방식으로부터 출발하지 않을 수 없다. 따라서 일차적으로 문학 행위가 갈등의 해소 방식인 점을 전제하면서 그 다음의 단계로서 작품 내에서의 해결 양상이 어떠하며, 그 특징과 유형 그리고 그 의미는 무엇인가를 헤아려 보는 순서로 진행되는 것은 필연적인 것으로 보인다.

작품 속에 담겨 있는 갈등 즉, 모순된 충동은 해결이 제시될 수도 있고 미해결인 상태로 남아 있을 수도 있다.

人生이 꿈인 줄을 져나다 아노라ᄂᆡ

---

13) 김대행, 『시조유형론』, 이화여자대학교출판부, 1986, 272쪽~280쪽.

아노라 ㅎ오시나 아ᄂ 니를 못 불너고
우리는 眞實로 아오미 醉코 놀녀 ㅎ노라

— 송종원

人生이 긔 언마오 白駒之過隙이라
어려서 헴 못 나고 헴이 나쟈 다 늙거다
어즈버 中間 光景이 씩 입슨가 ㅎ노라

인생이 덧없다는 것을 화제로 삼은 점에서 두 편의 시조는 같다. 나아가, 오래도록 살고 즐기고자 하는 본능적 욕구와 그러할 수 없는 현실 사이의 상반되는 충동에서 갈등이 시작되는 점에서도 같다.

그러나 그 해결의 방식은 다르다. 앞의 것은 취해서 논다는 태도 즉 어찌할 수 없는 갈등이므로 체념한다는 전환으로 이를 해소하고 있다. 반면에 뒤의 시조는 갈등이 여전히 갈등인 채로 머물러 있음을 보여준다. '어즈버'라는 감탄사 이하의 탄식이 그러하다. 탄식을 함으로써 속에 맺힌 갈등을 쏟아냈다는 일차적 효용으로서의 해소는 했다 하더라도 작품 속의 갈등은 여전히 갈등인 채로 머물러 있는 것이다.

갈등이 갈등인 채로 작품 속에 그대로 남아 있는 시조는 '그를 슬허 하노라'라든가 '나도 몰라 하노라'라든가 '오락가락 하노라' 같은 감탄사도 이런 유형의 전형성을 이루는데 시조에는 이런 유형이 대다수라는 점이 특색으로 지적될 수 있다.

시조가 갈등을 해결하는 것보다는 그대로 머금고 있는 것으로 대종을 이룬다는 사실은 시조의 정서를 이해하는 데 중요한 단서가 될 것이다. 언어적 해결이 비록 현실적인 해결에는 미칠 수 없는 것이라 하더라도 미해결인 상태로 둔다는 것은 대단히 특색 있는 태도인 것이다.

그렇다면 정서적 해소를 표출하고 있는 경우는 어떠한가? 그 유형을 몇 가지로 나누어 생각할 수 있다. 먼저 갈등을 수용하고 조화시켜 버리는 태도다.

> 궃득이 저는 나뉘 채 주어 모지 마라
> 西山 히 지다 둘 아니 도다 오랴
> 가다가 酒幕의 들면 갈동말동 ᄒᆞ여라

바삐 가고자 하는 욕구와 해가 지기 때문에 더는 갈 수 없는 상황 사이의 갈등에 대하여 아무 곳에서나 머물 수 있는 여유를 보임으로써 갈등의 상황을 수용함으로써 갈등을 해소해버린다. 이 같은 조화와 수용의 태도는 그 구체적 방법으로써 가치의 전이를 방어기제로 채택하고 있음을 확인할 수 있다. 갈등이 벌어지는 상황은 가치의 포기라는 좌절을 강요하게 되지만, 문제가 되고 있는 가치로부터 다른 가치로 전이를 해버림으로써 갈등으로부터 벗어나게 되는 것이다. 시조에 나타나는 소망이나 염원 또한 이러한 가치의 전이와 긴밀한 연관을 가지고 있을 것임에 틀림없다.

> 님의게셔 오신 片紙 다시금 熟讀하니
> 無情타 ᄒᆞ려니와 南北이 머러세라
> 죽은 後 連理技 되어 이 因緣을 이오리라
>
> — 유세신[14]

'괴로움이 수반되지 않는 사랑은 쾌락적이 거짓 사랑'이라고 한 괴

---

14) 유세신(庾世信 : 연대 미상) : 호는 묵애당(黙駭堂). 영조 때의 가인으로 시조 6수가 전한다.

테의 말을 떠올리지 않더라도 사랑은 절망과 허무감의 원천이기도 하다. 그렇기에 사랑을 지혜롭게 가꾸고 아름답게 결실시킨다는 것은 결코 쉬운 일이 아니다. 보고픈 임이건만, 오매불망(寤寐不忘)하는 임이건만, 올 뜻은 없고 편지만 보내주니 얼마나 무정하고 야속하였을 것인가? 그러나 돌이켜 생각하면 남북으로 멀리 덜어져 있는 몸이니 어쩔 수 없는 일인지도 모른다. 차라리 죽어서 연리기(連理技)가 되어 영원히 헤어지는 일이 없었으면 좋겠다고 새삼다짐하는 작자의 심경을 확인할 수 있다. 임에게서 온 편지를 읽고 또 읽지만 임 계신 곳과 내가 있는 곳의 거리가 너무도 멀기에 살아서 만나기는 쉽지 않을 법하다. 하여 살아서 만나지 못하고 그리워만 하는 임이라면 죽은 뒤는 화목한 부부가 되어 인연을 잇겠다는 소망은 이승의 가치를 저승의 가치로 전이하여 갈등으로부터 벗어나는 양상을 확인할 수 있다.

세츠고 큰아큰 물쎄 이내 실음 등재게 실어
酒泉바다헤 풍들윗쳐 둥둥 두골아쟈
眞實로 글어곳 홀양이면 自然 삭아 지

— 이정섭[15]

벼슬을 저마다 ㅎ면 農夫되리 뉘 이시며
醫員이 病 곳치면 北邙山이 져러ㅎ랴
아희야 殘ㄱ득 부어라 나 쑷대로 ㅎ리라

— 김창업[16]

---

15) 이정섭(李廷燮 : 연대 미상) : 자는 계화(季和), 호는 저촌(樗村). 종실 임원군 표(杓)의 아들. 조상의 덕으로 벼슬이 저랑(正郞)에 이르렀다.

16) 김창업(金昌業 : 1658~1721) : 자는 대유(大有), 호는 노가제(老稼薺) 또혼 석교(石郊). 숙종 7년에 진사에 급제, 동교에 집을 짓고 농사로써 생애를 꾀했으며, 그 집을 노가재라 이름함. 숙종 38년에 맏형인 김창집을 따라 중국에 다녀왔으며, 경종 1년에 맏형과 함께 해도(海島)에 유배되었다가 그 곳에서 죽음.

인간의 우수고뇌(憂愁苦惱)는 한없이 많다. 그것을 몽땅 말에다 실어다 술바다에 둥둥 떠워 버리면 내 마음이 가벼워질 것이라는 것이 첫 번째 시조의 주내용이다. 이는 곧 자신이 술에 빠짐으로써 모든 고뇌를 망각해 보려 하는 것이다. 그래서 이 노래는 은둔할 수도 없는 현실적인 삶의 괴로움을 술로 달랠 수밖에 없다는 술에 대한 예찬의 뜻을 담고 있다고 보아도 좋을 것이다. 결국 이 노래는 현실이 아무리 부조리해도 거기에서 떠날 수 없는 인간의 숙명과, 그 부조리를 이겨내는 길이 술에서 밖에 찾지 못하는 인생고의 표현인 것이다. 이에 반해 두 번째 시조는 작자의 소탈한 풍류와 인명이 재천이라는 깨달음과 남아다운 자기 의지의 주체성을 유감없이 발휘하여, 작자 자신의 체념과 달관의 높은 경지에서 비롯되는 것이기 때문에 도학자의 풍모까지 느끼게 한다. 하지만 또 한편으로 감상적 허무주의인 듯 보여, 무기력하게 보이기도 한다. 선의지(善意志)와 악의지(惡意志), 이성과 본능, 대아와 소아, 영(靈)과 육(肉)의 이원적 투쟁의 장소가 바로 인간의 마음 아니던가. 극기(克己)란 바로 내가 나를 이기는 것에 다름 아닐 터이다. 곧 나의 의지의 힘으로 나의 본능, 욕망, 감정, 충동의 과도한 발동을 억압하고 통제하는 것이다.

하여 이 두 시조에서 갈등의 해결을 통한 가치의 실현은 술이라는 매개에 의지하지 않고서는 도달할 수 없는 것이고 그 도달의 지점 또한 결국 세계와의 갈등을 해소하는 것이라기보다는 가치의 전이를 통한 갈등의 해소에 다름 아니다. 이런 점에서 본다면 시조에서 나타나는 '소망과 염원'은 현실을 구체적으로 변화시키거나 변혁하는 것이 아니라 이처럼 미해결의 방식으로 남겨지되 그것을 다른 방식으로 수용하여 현실과의 조화를 꾀하는 것이라고 할 수 있을 것이다.

3. 소망과 염원의 종착지, 한(恨)의 정서

이처럼 대부분의 시조에서 갈등이 해소되지 못한 상태로 머물러 있다는 것은 무엇을 뜻하는가? 그리고 이와 연관해서 거치의 전이나 체념의 방식 혹은 차원을 달리하는 꿈에 의탁함으로써 문제를 해결하려 하고 있다는 것 사이에는 어떤 상관관계가 있는 것인가? 여기서 중요한 것은 체념의 방식이 방어기제에는 포함되지 않는다는 점이다. 체념은 일체의 갈등에서 도피하는 방식이며 심리적으로도 가장 소극적인 해결 방식이다. 기억에 남아 있는 한 그것은 갈등의 양상으로 상존하기 때문이다. 바로 여기에 해석의 단서가 있을 것이다.

갈등을 어떤 양식으로든지 해결하려는 태도와 그냥 그대로 두는 태도 사이에 차이가 있듯이, 신념을 표방함으로써 갈등을 잠재우는 방식과 체념해버리거나 가치를 다른 곳으로 전환해버림으로써 해소하는 방식 사이에는 차이가 있다. 전자들이 적극적인 해소의 방식이라 한다면 후자로 묶이는 것들은 소극적인 해소의 방식이다. 그런데, 시조에 나타난 갈등 해소의 방식은 소극적인 방식이 주로 선택된다는 특성을 보이고 있다.

이러한 소극성이 이른바 한(恨)의 정서를 형성하는 태도적 요인이라 할 것이다. 한은 그 속성으로서 갈등의 수용이라는 태도를 가지며 돌이킬 수 없다는 의식과 함께 해결할 수 없다는 의식이 자리잡고 있기 때문이다. 인간은 모든 것을 극복하고 초월할 수 있는 존재인가 하는 문제에 대한 철학적 해석은 따로 할 일이지만, 적어도 시조가 보이고 있는 정서적 해결의 방식은 갈등의 원인을 내적인 자신의 문제로 파악하고 있음을 보여주며, 그 자연스런 결과로, 해소의 방식도 자신의 문제로 해결하고자 하는 지향을 보이는 것이다. 극복과 초월의 논리보다는 순응이라는 합리성의 결합은 갈등을 그대로 표출하거나 가치 전이 혹은 체념을 통해서 해소함으로써 한의 정서에 이르는 것이다.

그러므로 시조에서 나타나는 소망과 염원이라는 주제는 한의 정서와 불가분의 관계에 있다고 할 수 있을 것이다. 이를 두고 시조라는 장르의 한계를 지적할 수도 있겠지만 다른 측면으로 생각할 때, 이러한 '잉여의 정서'야말로 시조라는 장르에서만 확인할 수 있는 것이라고 한다면 그 나름의 의의를 망각해서는 안 될 것이다. 해결되지는 않으나 끊임없이 해결하려는 의지가 투영된 흔적의 적층을 우리는 한(恨)이라고 불러도 좋을 것이다.

하늘빛에 끌리어
오를 만큼 오른 동네
바람만 시나브로 겨운 풍경 집적이더라
쭉정이 낱낱이 까며
투정부리는 소리로.

비 오는 날 구멍가게마다
모여드는 처진 어깨들
세상에 섞이지 못한 날품팔이의 하루
한숨을 고함과 바꾸더라
막소주의 힘으로.

군데군데 짜깁기한
골목길 막아선 똥차
그 사이로 용케용케 이삿짐 들고 나고
황급히 달아나더라
길 잘못 든 휘파람 하나.

— 서우승, 「달동네 인상(印象)」

위 현대시조는 굳이 한의 정서로 나타나 있다고 말하기는 어려워보인다. 그러나 한의 정서가 현실과 이상 사이의 괴리, 그 괴리에서 배태되는 비애, 그 비애를 자책하는 주체의 자기 비판과 반성, 폭압적 세계에 대한 소극적 대응 방식이 조건이 되는 것이라면, 위 시조에서 나타나는 "처진 어깨들"이 보여주는 센티멘털리즘은, 그들의 "한숨"과 "고함"은 한의 정서와 크게 다르지 않다고 여겨진다. 다만 고시조의 화자가 자신의 정서를 직접 표현함으로써 자기 동일성에 기반한 시적 위치를 차지한다면, 위 시조의 경우에는 이를 객관화시켜 상황을 묘사하는 데 치중함으로써 그들의 한과 슬픔, 비애를 좀 더 거시적인 안목에서 바라볼 수 있는 위치를 확보하고 있다는 점에서 차이가 있다. 즉 "달동네"의 특정 인물이 겪는 "세상에 섞이지 못한" 일상을 구체화하기보다는 익명으로 살아가는 이들의 개별화되고 파편화된 이미지들을 시인이 취사선택함으로써 시적 여운을 남기고 의미의 객관성을 확보하게 된 것이다. 한의 정서를 '엿들어지는 독백'의 형태로 나타내는 것이 고시조의 방식이라면, 현대시조에서는 이러한 방식 외에도 제3자적 위치를 내세워 객관화하고 있는 것이 차이로 지적될 수 있는 것이다.

Ⅲ. 회고(懷古)와 우국충정(憂國衷情)

1. 고시조의 정서

시조는 우리의 고전문학으로 풍성한 유산을 남겨 준 문학형태이다. 오늘날 우리에게 감명을 줄 수 있는 것은 그 속에 담겨있는 내용이 우리민족의 전통적 사상과 감정을 반영하고 있으며, 선조들의 생활이나 인생관 가치관 등이 우리 삶의 지침이 될 수 있기 때문이다.

　시조의 다양한 작품세계를 살펴보면 거기에는 우리의 고유의 情興을 표현한 것이 많다. 고시조 속에서의 회고와 우국충정은 '지난날의 자취가 현재까지 지속되지 못했을 때 나타나고, 고시조의 충(忠)사상은 주로 역사상 인물들의 행적을 끌어와 시상을 전개한 것들이 많이 나타난다.

> 　우리나라 고전문학이 시가나 소설이나 다 중국의 영향을 많이 받았다는 것은 매양 느끼는 일이다. 그 영향은 형식면에도 있고, 내용면에도 있겠으나, 내용면에서 한층 더한 것 같다. 작품의 배경을 이루는 사상성의 영향도 영향이려니와, 우선 작품에 접하는 허다한 중국 문화적 요소들의 나열에 놀라지 않을 수 없다. 그리하여 고전의 감상에는 이런 중국 문화에 대한 이해가 선행될 수밖에 없는 형편이다. 그렇다면 어떤 요소가 어느 정도로 어떻게 혼입되어 있는가 하는 데 대한 의문인 것이다. 이런 문제를 부분적으로마 밝히는 일은 고시조를 올바르게 이해하기 위해 필요한 것이며 나아가 우리고전을 이해하는데 도움이 되는 일이다.[17)]

　이처럼 우리 시조 작품에는 중국적 요소가 많이 혼재 되어 있다. 회고란 '지난날의 자취를 돌이켜 생각해본다는 뜻'이다. 여기에는 몇가지 조건이 개입될 수 있다. 먼저 현재는 과거와 동일하지 않을 것이다. 그렇기에 현재를 바탕으로 과거를 곰씹어 꺼내 보는 것이다. 현재를 바탕으로 돌이켜 본 과거는 현재에 충분한 의미와 가치를 절절히 내포하고 있을 것이다. 그렇기에 고시조에 나타난 회고의 정을 살펴보는 것은 작가가 현재의 창작 시점을 기준으로, 과거에 일어났던 사건이나 그 당시 화자가 느꼈던 감정과의 차이를 보다 선명하게 파악할 수 있

---

17) 최동원, 『고시조론』, 삼영사, 1986, 345쪽.

을 것이기 때문이다. 이를 통하여 작가의 창작배경이나 작품을 통해 추구하고자 했던 가치를 보다 잘 감상할 수 있기 때문이다.

> 오백년 도읍지를 필마로 돌아드니
> 산천은 의구하되 인걸은 간데 없네
> 어즈버 태평연월이 꿈이런가 하노라
>
> — 길재

　고려 말의 충신들에 의해 불려진 회고가 중 대표적인 작품이다. 고려의 500년 도읍지인 송도를 말을 타고 돌아들여다 보니 자연은 변함이 없으나 사람은 간 곳이 없구나! 지난날의 태평스러웠던 세월이 다 꿈만 같구나! 라고 노래하고 있다. 변함없는 자연을 통해 인간사의 무상을 대비시켜 나타낸 작품이다.[18]

　이 작품에서 과거는 태평연월이었고 현재는 그렇지 않다는 것을 알 수 있다. 작가는 세계와의 대결을 통해, 지향을 이루기보다는 과거에 천착하여, 과거는 태평연월이었고 그것이 현재에 존재하지 않기에 과거를 돌이켜 그리워하고 모습으로 나타나고 있는 것이다.

> 흥망이 유수하니 만월대도 추초로다
> 오백년 왕업이 목적에 붙였으니
> 석양에 지나는 손이 눈물겨워 하더라
>
> — 원천석

　흥망성쇠라는 것이 다 운수에 달려 있는 것이어서, 고려 왕조는 이미 망하고 그렇게도 화려하던 왕궁은 지금 터만 남았구나! 그 왕궁 터

---

18) 이태극, 『고시조 해설』, 홍신문화사, 1988, 41쪽.

인 만월대의 지난날의 번영은 어디가고, 지금은 쓸쓸히 시들어 가는 가을 풀만 엉성하게 우거져 있구나. 고려 500년 왕업이 이제와서는 목동의 구슬픈 피리소리에 담겨져 남아 있을 뿐이니, 해질 무렵에 이곳을 지나는 길손이 눈물겨워하는 구나!

호화롭던 궁전이 사라지고 쓸쓸한 터만 남아 있고, 500년 왕업의 권위는 찾아볼 길이 없고 한낱 목동의 구슬픈 피리 소리만 들려오니, 그가 비록 고려의 유민이 아닐지라도 감회에 젖지 않을 수 없을 것이다.

이 작품에서는 작품 내적으로 대조의 형식을 통해 망한 나라에 대한 감회에 젖는 심정을 보다 절실하게 나타내었다. 이 작품에서 석양에 지나는 손은 화자라고 볼 수 도 있고 때마침 지나는 길손이라고 볼 여지도 있다. 원천석이 고려의 유민이 아니기에 충분히 객관적 거리감을 줄 수도 있을 것이다. 그러나 지나는 손이 누구라고 볼 지라도 눈물겨워 할 수 밖에 없다는 안타까움이 잘 묻어나 있다.[19]

> 선인교 내린 물이 자하동에 흐르르니
> 반천년 왕업이 물소리뿐이로다
> 아이야 고국 흥망을 물어 무엇하리오
>
> — 정도전

선인교 밑을 흐르는 물이 변함없이 자하동으로 흘러 내려가는 구나! 그런데 개성이 서울이던 고려는 이미 망하고 말았으니, 그 500년 동안의 왕업이 이제 물소리뿐이로다. 그러나 이미 망한 나라. 그 옛나라의 흥망을 이제 새삼스럽게 생각해서 무엇하랴?

망국에 대한 슬픔이나 분함보다는 잊어버리려는 느낌이 강하게 풍

---

19) 김종오, 『옛시조감상』, 정신세계사, 2003, 301쪽.

긴다. 이성계의 오른팔로 개국의 일등 공신인 지은이의 입장에서는 당연한 이야기이다. 그러나 고려인으로서 일말의 애수가 마음속에 남아 있는듯이 느껴진다.

2. 시조와 우국충정

고시조에 표현된 충의 사상을 살펴보면 충을 신하가 임금에게 바쳐야 하는 정성으로 보고 있다. 충(忠)을 말한 경전(經典)을 보면 "인군을 섬기되 능히 그 몸을 바치며(事君能致基身)[20] "충신을 주장하며(主忠信),"임금은 임금노릇하며, 신하는 신하노릇하며, 자식은 자식노릇하며(君君 臣臣 子子)"라고 하였다. 즉, "군자는 충에 전심(專心)하며, 그 몸을 다해 왕(또는 上位子)을 받들며 또한 군(君)·신(臣)·자(子)가 각각 직분과 책임을 서로 존중하고 침범하지 말 것을 이르고 있다. 이러한 가운데 진정한 사회질서와 평화가 유지되고 왕을 중심으로 한 인정덕치(仁政德治)도 발전할 것" 이라는 뜻으로 왕에 대한 진정한 충은 이러한 정신에서 이루어 졌다고 볼 수 있다.

충에 대하여 『논어』에서 "사람을 대할적에 충성되게 하여야 한다(與人忠)", "남을 위하여 일을 도모해 줌에 충성스럽지 못한가(爲人謀以不忠乎)", "말은 충성함을 생각하며(言思忠)", "신하는 임금을 섬기기를 충성으로써 해야한다(臣事君以忠)" 라 하여 모두 충성심, 즉 성실을 가리키는 뜻으로 쓰였음을 알 수 있다.

시조 작품에 충을 대표하는 인물로는 諸葛亮, 關羽), 伯夷, 叔齊, 南霽雲, 屈原 등을 말할 수 있다.

고사 속의 인물의 충과 관련된 시조를 제시하면 다음과 같다.

---

20) 성낙은, 『고시조 산책』, 국학자료원, 1996, 23쪽

五仗原 秋夜月에 에엿블쓴 諸葛武候
竭忠報國다가 將星이 떨어진이
至今히 兩表忠言을 못내 슬허 ㅎ노라

- 곽여

皇天이 不吊ㅎ이 武鄕候인들 어이 ㅎ리
젹읏덧 사돗씀연 漢室興復 홀는거슬
至今히 出師表 닑을제면 눈물계워 ㅎ노라

- 이정보

제갈량은 촉한의 정치가로서 漢의 멸망을 계기로 유비가 제위에 오르자 제상이 되었다. 유비가 죽은 후는 後主 유선(劉禪)을 보필하여 재차 吳와 연합, 魏와 항쟁하였으며, 생산을 장려하여 民治를 꾀하고, 雲南으로 진출하여 개발을 도모하는 등 蜀의 경영에 힘썼으나 위와의 국력의 차이는 어쩔 수 없어, 국세가 기울어가는 가운데, 위의 장군 司馬懿와 오장원에서 대진중 병몰하였다. 위와 싸우기 위하여 출진할 때 올린 <前出師表>, <後出師表>는 千古의 명문으로 이것을 읽고 울지 않는 자는 사람이 아니라고 일컬어졌다.

위와 두 작품과 관련된 <出師表>는 제갈량이 출병할 때 그 뜻을 적어서 임금에게 바친 글로서 마디마디 그의 至誠至忠이 넘쳐 사람의 눈물을 자아냈다는 고사이다.

明燭達夜ㅎ니 千秋에 高節이요
燭行千里ㅎ니 萬古에 大義로다
世上에 節義庚全은 漢壽亭侯신가 ㅎ노라

- 작자 미상

千古에 意氣男兒 壽亭侯 關雲長

山河星辰之氣요 忠肝義膽이 與日月淨光이로다
至今히 麥城에 깃친 恨은 못니 슬허 ᄒᆞ노라

－ 이정보

河東 大丈夫ᄂᆞᆫ 威風도 凜凜홀샤
華容에 義擇ᄒᆞ고 七軍을 水葬홀지
뉘라서 麥城受困을 쏘인들 ᄒᆞ여서라

－ 작자 미상

　관우는 삼국시대 촉나라의 무장으로서 후한말의 동란기에 탁현에서 유비를 만나 장비와 함께 의형제를 맺고, 평생 그 의를 저버리지 않았다. 赤壁戰 때에는 水軍을 인솔하여 큰 공을 세우고, 유비의 益州 공략 때에는 荊州에 머물러, 촉나라의 동방방위를 맡는 등 그 무력과 威風은 조조와 손권마저 두려워하였다. 그러나 형주에서 촉나라 세력의 확립을 위하여 진력하다가 조조와 손권의 挾擊을 받아 마침내 사로잡혀 죽음을 당하였다. 위 작품의 밑줄친 부분에서 볼 수 있듯이 인물들의 충성스런 마음이 잘 드러나 있음을 확인할 수 있겠다.

1)
首陽山 나린 물이 夷齊에 怨淚ㅣ 되야
晝夜 不息ᄒᆞ고 여흘여흘 우는 쯧즌
至今에 爲國忠誠을 못니 슬허 ᄒᆞ노라

－ 홍익한

2)
首陽山 ᄇᆞ라보며 夷齊를 한ᄒᆞ노라
주려 주글진들 採薇도 ᄒᆞᄂᆞᆫ것가
비록애 푸새엣 거신들 긔 뉘 짜헤 낫ᄃᆞ니

－ 성삼문

위의 작품에 인용된 백이와 숙제는 은나라 제후 고죽군 두 아들로서 문왕의 아들인 무왕이 주를 치려는 것을 말리다가 실패하였으므로 주나라 곡식 먹는 것을 부끄럽게 여기어 수양산으로 들어가 고사리를 캐어 먹으며 살다가 죽었는데, 이들의 행적은 유가들의 충절의 본보기가 되어왔다.

1)에서 夷齊는 은나라를 위하여 끝까지 지조를 지킨 忠義志士로 보고, 작가자신도 병자호란 때 화의를 반대했고, 마침내 청나라에 끌려가 죽임을 당한 義士이다. 특히 종장에서 자신의 爲國忠誠이 부족함을 개탄하였고, 2)에서 성삼문은 사육신의 한사람으로서 이제가 진실로 절개를 지킬 양이면 그 고사리마저 먹지 않고 죽어야한다고 도리어 꾸중하고 있다. 그것은 절개를 지킨 것으로 유명한 이제보다도 더 굳은 절개를 지키겠다는 자신의 충의심을 나타낸 것으로 보인다.

3)
南八兒 男兒ㅣ 死已연졍 不可以不義屈矣여라
웃고 對答ᄒ되 公이 有信敢不死아
千古에 눈물 둔 英雄이 몃몃 줄을 지올고

- 김상헌

4)
睢陽城 月煇中에 누구누구 男子ㅣ 런고
秋霜은 滿春이요 烈日은 霽雲이로다
암으나 英雄을 뭇거든 이 긔러라 ᄒ리라

- 작자미상

남제운은 당나라 사람으로 절개를 잘 지키는 인물로 위의 3)에서 "南八"은 당나라의 남제운이다. 형제의 배행이 第八이었으므로 이름하였다. 안녹산의 난에 휴양성이 함락되자 張巡이 남팔에게 "南八男兒死

耳 不可爲不義屈"이라고 격려하여 끝내 적에 굴하지 않았다는 고사에서 절개 있는 사람을 일컫는다. 4)의 작품에서 "휴양성"은 안녹산의 난에 張巡, 남제운 등이 죽음으로 지키던 성으로 이 성을 지키다 여섯 개의 화살이 얼굴에 박혀도 꼼짝하지 않았다는 절개를 지킨 인물들이다.

이 외에도 여러 부류의 충을 노래한 작품들이 많아 열거하기 힘들 정도이다.

이백의 시 등「금릉봉황대」의 마지막 두 구에서 보면 간신들에 의하여 임금의 총명이 가리워졌고, 따라서 자기가 쫓겨난 채로 임금을 받들어 모시지 못함을 한탄하고 안타까워하고 있는 것이다. 이 부분은 가사의 작품인 정철의 관동별곡에서도 찾아볼 수 있는데 제시하면 "아마도 녈구름 근처에 머믈셰라. 詩仙은 어디가고 희타咳唾만 나맛느니 천지간 장흔 긔별 즈셔히도 홀셔이고"에서도 나타난다.

> 구름이 無心탄 말이 아마도 虛浪ᄒ다
> 中天에 써이셔 임의로 ᄃ니며셔」
> 구틔야 光明흔 날빗츨 짜라가며 덥ᄂ니
>
> — 이존오

이존오의 시에서도 볼 수 있다. 여기서 '구름'은 신돈(申旽)을 비유하고 '날빗'은 공민왕을 가리킨다. 간신이 신돈이 공민왕의 총명을 흐리게 하여 국정을 어지럽힘을 한탄하여 지은 작품이다.

> 赤兎馬 술디게 먹여 豆滿江에 싯겨 셰고
> 龍泉劍 드ᄂ 칼을 선뜻 쎅쳐 두러메고
> 丈夫의 立身揚名을 試驗헐까 ᄒ노라
>
> — 남이

이 작품의 내용은 '중국 삼국시대의 관운장이 탔다고 하는 적토마를 살지게 먹여 두만강 물에 씻겨 타고, 용천검 드는 칼을 선뜻 뽑아 둘러메고, 사나이 대장부가 출세하여 이름을 떨침을 시험해 볼까한다'라고 노래하고 있다.

관우는 삼국시대 촉나라의 무장으로서 유비를 만나 장비와 함께 의형제를 맺고 평생 그 의를 저버리지 않았던 인물이다. 남이 장군 역시 젊은 장군으로서 호기와 포부를 잘 드러낸 인물이다. 이 작품에서도 볼 수 있듯이 국란을 평정하고자 하는 무장으로서의 포부를 드러낸 노래이다

고시조에 나타난 회고의 정과 충의 사상에 대해 살펴보았다. 고시조의 충의 사상은 주로 역사상 인물들의 행적을 끌어와 시상을 전개한 것들이 많이 나타난다.

최미정에 의하면 용사의 개념에 대해 "용사(用事)로 쓴인 전고(典故)는 모두 본래의 의미가 아닌, 비유된 의미로 쓰인다. 즉 작가는 원전의 그것을 변용(變容)하여 새롭게 자신의 작품에 사용한다."[21] 라고 지적하였다. 주로 한시에서 전고를 많이 인용하고 있는데 우리의 고시조에서도 많이 확인할 수 있다.

그것은 송대 수사학의 영향을 크게 받았던 고려나 조선에 있어서 당시 유행처럼 번져 있었을 것이다. 또 중국문예의 영향으로 중국문학에 심취했던 것으로 보인다. 특히 이백, 도연명, 굴원, 두보, 소식 등의 작품이 많이 인용되었음으로 확인할 수 있다.

고시조의 사유체계를 통해 충의 사상은 주로 고사의 회고나 인물의 행적을 끌어와 자신의 처지에 맞게 변용하여 작품에 사용한 것으로 확

---

21) 최미정, 「한시의 고전수사에 대한 고찰」, 국문학연구회, 1974, 17쪽.

인할 수 있다.

> '열려라 참깨'하고
> 닫힌 석문 앞에서
> 기다리면 된다는
> 통일은 있을까
> 누구 집 애 이름 부르듯
> 부르면 오는 것
>
> 너나 없이 불러대는
> 손쉬운 이름이지만
> 주제넘게 앞서 가던
> 생각은 막혀 있고
> 사람들 석문 틈으로
> 틀린 주문만 보낸다
>
> — 강영환, 「통일은」

현대 시조에서 고시조의 '충'의 정신이 그대로 이어져 있는 작품을 찾을 수는 없다. 현대적인 '충'은 임금이 아닌 국가에 대한 '충'으로 변형·계승되었다. 고시조에서 이어져 내려온 '우국충정'의 메시지는 현대 사회의 부조리를 올곧게 들여다보고 이에 대한 비판 정신으로 계승되고 있다. 위 시조에서 제시하고 있는 내용은 이와 맥을 같이 한다. 시인은 "통일"을 말하는 것은 "매우" 손쉬운 일이지만 이를 실현하는 사람들의 "생각은 막혀 있고", "틀린 주문만 보"내서 아직까지 통일이 이루어지고 있지 못한 것이라 비판한다. 그것은 시적 화자가 통일에 대한 당위적인 생각이 전제되어 있는 데서 비롯되는 것이다. 통일이 되지 못한 조국에 대한 우국충정이 통일의 실현을 방해하고 "틀린 주문만" 생산하는 자들에게 가하는 일침인 것이다.

Ⅳ. 학문연마와 도덕성의 함양

1. 시조문학과 유교 학문

고시조에는 학문의 연마와 도덕성의 함양을 노래한 것들이 많다. 이 것은 신진사대부들이 유교사상을 확고한 자기들의 신념으로 삼았던 탓이다. 유교는 요순시대와 같은 이상사회를 현실에서 이루는 것이 목 표였다. 그렇기 때문에 개인과 사회와 국가의 실천적인 덕목을 중요시 하였다. 따라서 "실천"이 중요한 학문의 목적이자 방법이다.

훈민가류의 시조는 충효, 오륜 등을 가르쳐 유교이념을 실현하려 하 였고 풍류와 한가함을 노래한 것도 선비들의 생활을 통해 유교이념을 드러내려 한 것이다. 특히 유교적 학문 활동은 선비들의 생활 중에서 도 중요한 것이었기에 시조의 중요한 주제가 되었다.

그것을 좀더 세부적으로 나누어 보면 시적 자아들이 대상 학문과 일 체가 되어 심성 수양이나 도의의 구체적 실천에서 얻었던 기쁨을 주된 정서로 나타낸 것들이 있고, 선현의 가르침이나 훌륭한 인물을 제시하 여 배우고자 하는 것, 또 현실의 어려움에도 굴하지 않고 유교사상의 가르침을 지키려는 의지를 노래한 것들이 있다. 전재강은 「시조 문학 에 나타난 유교학문과 시적 자아의 성격」에서 학문을 주제로 한 시조 가 주체의 측면에서 훈민시조와는 다르다는 점을 지적한다.

훈민시조가 교시 대상인 타자의 실천을 요구하는 것이라면 유교 학 문의 시조는 시적 자아가 스스로 실천을 추구하기 때문이다. 유교 사 상을 노래한 사대부 작가들이 유교 학문에 있어서는 스스로가 주체이 지만 유교 덕목에 있어서는 교시하는 주체이다.[22]

---

22) 전재강, 「시조 문학에 나타난 유교 학문과 시적 자아의 성격」, 『어문학』, 한국어문
　　학연구회 , 2006, 290쪽.

　즉 학문연마와 도덕성 함양을 주제로 한 시조들은 시적 화자인 선비의 자기고백이자 자기의식인 것이다. 여기서 조선시대의 대표적인 철학자이자 시인이었던 퇴계 이황의 「도산십이곡」을 먼저 살펴보자. 이황은 2천 수가 넘는 시를 남겼고 그의 철학사상은 곧바로 문학으로 이어졌다.

　　　愚夫도 알며ᄒ거니 긔아니 쉬운가
　　　聖人도 몯다ᄒ시니 긔아니 어려운가
　　　쉽거니 어렵거낫듕에 늙ᄂ주를 몰래라

　이 시조는 「도산십이곡」 언학 6곡이다. 우부, 즉 어리석은 자도 알며 하거니 얼마나 쉬운가라는 말은 학문이, 혹은 도를 깨닫기가 쉽다는 말이다. 또 성인도 다 못하였으니 그 얼마나 어려운가라고 말한다. 대부분의 사람은 자신을 성인의 대열에 넣지는 않는다. 그렇다면 우부의 처지와 자신의 처지를 같이 놓고 볼 터인데 왜 퇴계는 성인에게도 학문을 이루기가 어렵다는 것을 지적하였을까? 성인은 그 학문의 어려움을 극복한 자라고 해주어야 하는 게 아닌가. 퇴계가 진정 말 하고자 한 뜻은 종장을 보면 짐작이 간다. 학문을 연마하는 것은 쉽든지 어렵든지 기쁜 것이다. 학문을 연마하는 중에는 늙는 줄을 모를 정도로, 다시말해 세월이 흘러가는 것을 잊을 정도로 지극한 기쁨이 있다는 것이다.

　　　솔개 날고 고기 뜀을 뉘라서 시켰던고
　　　활발한 그 움직임 소와 하늘 묘하도다
　　　강대에 해지도록 맘과 눈이 열렸으니
　　　명성 한 큰 책을 세 번 거듭 외우련다

이것은 퇴계의 「천연대」인데 초장에 보면 '솔개 날고 고기 뜀'이 나온다. 『시경』에 나오는 '연비어약(鳶飛魚躍)'이라는 구절은 솔개가 날고 물고기가 뛴다는 뜻으로, 온갖 동물이 생을 즐김을 이르는 말이다. 즉 이 말은 유학적 도의 자연스러움과 일상성을 대표한다.

조화가 도덕이라는 생각이 「도산십이곡」의 기저에 놓여있는 전제다. 「언지6」에서 춘풍과 추야의 질서와 사시와 사람의 가흥, 연비어약의 조화와 「언학6」의 우부와 성인이 공통으로 수행해야 하는 과제는 같은 내용이다. 그것은 이황이 소리개는 하늘에서 날고 고기는 연못에 있고, 수레는 육지로 다니고 배는 물로 다니는 것이 사람의 일상생활에서 부부와 성인이 모두의 길인 인류의 理라고 이해하는 것과 같다. 「도산십이곡」은 자연과 인사(人事)어느 한편에 치우치지 않고 똑같이 배려하고 있는데 그것은 자연이 바로 도덕적 원리라고 이황이 말했던 바 "자연의 사실적 세계를 인간의 시각에서 가치를 투사하여 해석"하는 그의 철학적 성향에 맞물려 있다.23)

어리석은 필부인 우부는 늘 문제가 어렵기만 하고 고고한 성품을 지닌 성인에게는 늘 모든 문제가 쉬울 것이라는 생각을 하기 쉽지만, 사실은 각자의 품위에서 수양을 하려는 노력이 요구되는 것이다. 이것은 유교에서 말하는 학문이 궁극적으로 지식의 함양에 있지 아니하고 자신과 세계에 대한 도덕적 완성에 있기 때문일 것이다.

2. 성리학적 세계관

「도산십이곡」과 쌍벽을 이루는 것이 율곡 이이의 「고산구곡가」일 것이다. 그 중 한 수를 보자.

---

23) 신연우, 『이황 시의 깊이와 아름다움』, 지식산업사, 2006, 203쪽.

고산구곡담(高山九曲潭)을 사롬이 모로더니
주모(誅茅) 복거(卜居)ㅎ니 벗님닉 다오신다
어즈버 무이(武夷)를 상상(想像)ㅎ고 학주자(學朱子)을 ㅎ리라

율곡은 죽기 7년 전에 황해도 해주 고산으로 은퇴하여 서당을 열고 『학규』와 『격몽요결』을 지어 후학을 길렀으며 주자의 사당을 세우고 퇴계와 조광조를 배향하였다. 위의 시는 『고산구곡가』의 제 1연으로서 序詩의 성격이 강하다. 즉 시를 짓게 된 취지와 동기를 밝히면서 동시에 학문연마에 대한 자신의 결의를 드러내고 있다.

황해도 해주의 고산에 아홉굽이 계곡은 아직 뭇사람들이 모르는 곳이다. 그러니 속세의 홍진(紅塵)이 묻지 않은 청정한 곳이라 하겠다. '卜'은 점치다, 헤아리다의 뜻이니 '卜居'는 집터를 가려서 잡았다는 뜻이다. 이곳에 내가 풀(茅－띠풀)을 베어내고 집터를 가려잡아 살아가니 벗들이 모두 찾아온다로 해석할 수 있다. 또한 율곡의 일생과 관련하여 확대해서 해석해보면 내가 발견한 명승지에 정사(精舍)를 여니 후학들이 찾아온다는 뜻이 맞을 것이다. 武夷는 성리학의 시조인 주회가 학문을 연구하고 후학을 교육시켰던 구곡닉 곳 연구무이잰 청말 가려서, 이때 주회가 지은 「무이구곡가」를 본받아 읊은 시가 「고산구곡가」이다. 그러니 '학주자를 하리라'－성리학을 연마하리라 한 것은 당연한 귀결이다.[24]

---

24) 주자학에서 말하는 리가 도덕적이고 실천적인 성격을 갖는다는 것은 그 리가 자연의 객관적 리가 아니라는 것을 뜻하며, 나아가 그 리에 대한 탐구가 자연에 대한 직접적 관찰과는 일정한 거리가 있다는 것을 함축한다. 이러한 사실은 이이도 인용하고 있는 정이의 언급에서도 확인되는데, 그가 리를 인식하기 위해 공부해야 할 대상으로 거론한 것은 책과 인물, 실천 속에서 만나는 대상이었지 인간과 무관하게 존재하는 객관 사물 그 자체가 이니었다. 그리고 그러한 공부를 통해 인식해야 하는 리 역시 몰가치적인 자연 법칙이 아니라 의리, 시비, 마땅함과 같은 유가적 가치

사대부들에게 학문의 의미는 단순한 지식의 습득이 아니었다. 송대의 정이천은 "마음이 道에 통한 다음에 是非를 가리 수 있다."고 말했다. 이 말은 몸과 마음에 의한 공부의 실천을 합리적 이성에 의한 체계적인 앎의 구성보다 중요하게 여기는 것이다. 이것이 '학문 수양' 혹은 '수양으로서의 학문'의 의미이다. 사대부들이 쓴 시조에는 이러한 학문연마의 즐거움이 종종 도덕성의 함양과 자기 수양의 의지로 나타나는 까닭은 동양철학의 전통과 맥이 닿아있다.[25) 이러한 주제는 또 다른 시조에서도 드러난다.

> 명명덕(明明德) 실은 수레 어디메를 가더니고,
> 격물(格物)치 넘어들어 지지(至知)고개 지나더라
> 가기야 가더라마는 성의관(誠意館)을 못 갈네라

위 시조는 명조·선조 때의 문신이었던 노수신의 것이다. 노수신은 이언적과 학문을 토론하였으며 성리학과 양명학에 조예가 깊었다고 전한다.

이 시조의 내용은 사서의 하나인 『대학(大學)』의 어구를 이용하여 마음을 수련하는 것을 마치 길을 떠나 가는 것에 비유하고 있다. 즉 수

였다. 주자학의 리는 자연에 대한 직접적 관찰을 통해 파악되는 자연의 리가 아니라 인간의 바람직한 삶의 방식에 대한 리였던 것이다. 한국사상연구회, 『조선유학의 개념들』, 예문서원, 2002, 358쪽.

25) 동양 학문의 공부론 가운데 가장 포괄적인 것이라 할 수 있는 주자의 공부론에서는 禮에 따라 자신의 몸을 단정하게 하는 小學을 바탕으로 하고 그 위에서 마음을 수렴하는 거경(居敬)과 공부와 경서의 강독을 주로 하는 궁리(窮理)의 공부를 말한다. 그리고 소학과 거경과궁리 세가지 공부를 하나로 꿰뚫는 공부의 방법이 경(敬)이다. 경은 주자의 '공부의 이론'을 하나의 '체계 아닌 체계'로 만들고. 또한 그의 '공부의 체험'에 하나의 실천적 중심점이 된다. 강영안, 「수양으로서의 학문과 체계로서의 학문」, 『철학연구』 제47집, 철학연구회, 1999, 61쪽.

레가 지나가고, 고개를 넘어가며, 종국에는 여관에 닿고자 한다는 것이다. 잠시 대학의 내용을 보자.

> 大學之道는 在明明德하며 在新民하며 在止於至善이니라
> 대학지도　　재명명덕　　　재신민　　　재지어지선
> (대학의 道는 명덕을 밝히는 데 있으며
> 백성을 새롭게 하는 데 있으며 지선(至善)에 머무름에 있다.)

　명명덕은 '밝은 덕을 밝힌다'로 해석할 수 있다. 주자는 "이를 天賦의허령불매(虛靈不昧 — 비고 신령스럽고 어둡지 않음)한 것으로 모든 이치를 갖추어 온갖 일에 응(應)해 가는 것"이라고 했다. 노수신은 『대학』의 첫 구절에서 '명명덕'을 뽑아서 주 모티프로 삼았다. 이 덕목을 실은 수레가 '어디를 가느냐?'라고 물음으로써 주제를 드러내려고 한다. 중장에 보면 '격물'을 넘어서 '지지'고개를 지난다고 되어있다. 사실 '격물치지'에 대한 해석 문제 때문에 이후에 주자학과 양명학이 나뉘는 등 많은 학파의 분화가 생겨난다. '格物'과 '致知'는 유학에서 인식론과 수양론, 나아가 실천론을 관통하는 철학적 개념이다. 격물치지에 관한 보편적인 해석은 그저 '사물의 이치를 밝히는 단계'라고 격물을 해석할 수 있다. 그러나 이 작품의 창작시기에 비추어 보았을 때, 이때 격물이 의미하는 바는 성리학적인 것이 될 것이다. 주자는 격물을 "사물의 이(理)를 궁구하여 그 사물의 이(理)에 이르는 것"으로 해석하였고 이를 따라, 이황은 "이(理)는 사물에 있으므로 나의 마음이 사물에 나아가 그 이(理)를 궁구하여 그 극처까지 이르는 것."이라 하였다. 또 이이는 "대개 온갖 일과 온갖 물에는 이(理)가 있지 않음이 없고 사람의 마음은 온갖 리를 관리하므로 궁구할 수 없는 리는 없다." 고 하였다.26) 즉 객관도덕질서에 대한 주지주의적 접근법을 취하게 되는 것이다.

이렇게 사물의 이치를 밝히고 난 연후에 지극한 앎의 단계인 '至知'에 이르게 된다는 것이다.

이렇게 학문을 연마하는 과정이 수레와 고개의 비유를 통해 나타나는데 그렇다면 도달하고자 하는 곳은 어디인가? 그것 또한 대학의 구절에서 빌려와 '성의', 즉 뜻이 성실해지는 단계를 이야기한다. 그러나 이 성의관이라는 목적지를 "못 갈네라"라고 하여서 학문을 연마하고 자기를 수양하는 길이 그만큼 어려운 일이라는 것을 토로한 것이다.

이 시조의 지은이는 주자의 문학관에 영향을 받은 듯 하다. 주자는 "文이 道를 실어야 함은 마치 수레가 짐을 실어야 하는 것과 같다. 수레를 만드는 사람은 수레바퀴와 필요한 장식을 갖춰야 한다. 文을 하는 사람은 말씨를 다듬어 보는 이로 하여금 애용토록 해야 한다. 아무리 장식을 하더라도 사람들이 이용하지 않는다면 허식에 불과하므로 無實하다. 수레가 짐을 싣지 않고 文이 道를 싣지 않는다면 아무리 멋진 장식이 있어도 쓸모가 없어진다"27)라고 하였기 때문이다. 성현의 이론을 창작에 접목시킨 경우라 하겠다.

3. 현대시조와 학문

사람이 살아가는 도리를 말해주는 것으로 공명과 부귀에 사로잡히지 말고 덕을 쌓는 것이 가치있는 삶이라는 사실을 노래한 시조를 하나 더 보겠다.

---

26) 한국사상연구회, 『조선유학의 개념들』, 예문서원 — 한국철학총서 20, 2002, 351쪽.
27) 『朱子語緣』通書解 · 이동영, 『儒家文學觀과 詩世界』, 부산대학교 출판부, 1997, 89쪽에서 재인용.

공명에 눈 뜨지 마라 부귀에 심동마라
인생궁달이 하늘에 매였으니
평생에 덕을 닦으면 향복무강(享福無疆) 하느니라

『해동가요』를 편찬한 김수장(金壽長)의 시조이다. 심동은 마음이 이리저리 흔들리고 움직이는 것이다. 화자는 강한 어조로 공명과 부귀에 흔들리지 말라고 단언한다. 사람살이의 빈궁함과 영달, 즉 곤하게 살거나 풍족하게 사는 것이 모두 하늘의 뜻이라는 것이다. 그렇다면 인생의 참 뜻은 어디에 있는가하면 평생의 덕을 쌓는 것이라는 것이다. 향복무강은 끝없이 복을 누리는 것이니 어찌 덕을 쌓는데 힘쓰지 않겠는가 하는 것이 이 시조의 주제이다.

고시조를 '학문연마와 도덕성의 함양'에 비추어 살펴보았을 때 이러한 주제를 다룬 시조들은 지극한 기쁨을 노래한 것임을 알 수 있다. 그때의 기쁨은 학문의 주체인 시적 자아가 일상생활 속에서 자신을 점검하고 독서를 함으로써 삶과 학문을 일치시켜나가는 실천으로서의 기쁨이다. 이것이 관념적이었든 행동실천적이었든 도의를 실천하고자 하는 의지적인 표현으로서 작용하였다.

토굴 밖 새벽 하늘에
화석(化石)같은 새 한 마리

달 따라
빈 산 넘어와
거룩한 전설일적에

산에는
산바람 소리

가슴에는
그윽한
법음(法音)

— 민병도, 「불이(不二)의 노래·2」

성리학적 질서로 재세이화(在世理化), 이도여치(以道與治)하려는 숭고한 뜻을 가진 유학자들의 시조를 현대시조에서 발견하기는 매우 어렵다. 대신 오늘날 현대시조시인들은 다른 사상적·철학적 기반에 근거해 세계와 교섭하고, 물성을 파악하며, 자신의 존재를 반성하고 이를 객관화시킨다. 위 시조의 제목에 불이(不二)라는 단어가 들어 있는 이유도 이러한 점에 근거한다. 불가(佛家)에서는 불이(不二)와 하나(一)는 서로 다르다고 말한다. 눈에 보이는 사물이 존재한다면 하나라고 할 수 있겠지만, 진리란 꼭 집어 특정한 그 무엇이라 말로 표현할 수 없는 것이기에 하나라고 단정 지을 수 없다는 것이다. 그렇다면 선(禪)이란 그것을 자신의 온 존재를 걸어 깨치는 것이라 할 수 있다. 위 시조가 현상에 대한 단정 없이 심심해보이기까지 하는 외관 묘사로만 그치고 있는 것도 이와 같은 이유이다. "법음(法音)"의 "그윽"함 속에서 '찰나적 깨달음'을 얻는 시인에게, 나와 사물, 존재와 우주는 둘이 아니며, 그렇다고 하나라고 단정지을 수도 없는 어떤 초월적 경지의 상태는 위와 같은 시조의 형식이 아니면 그 적실성을 얻을 수 없을 것이다.

이처럼 현대시조는 성리학적 질서를 구현하는 고시조와 달라진 양상을 보여주면서도 참된 인간이 되기 위한 부단한 자기 수양의 과정으로서 여전히 적극적으로 사유되고 있다. 현대시조에서는 과거 유교적 사유에서 비롯된 학문의 중요성이나 도덕성 함양을 일개우는 작품들은 찾기가 어렵다. 현대사회의 다양성에 힘입어 현대시조에서의 학문이나 사상의 수용 양상은 다양화되어 있다. 유가는 물론 불교, 도가를 비롯한 전통사상에서부터 낭만주의, 실존주의, 초현실주의 등 현대철학 사조나 문예사조 등을 수용한 다양한 형태의 작품들이 창작되고 있다.

제4장 ━━━━━━
현대시조의 반성과 전망

Ⅰ. 고시조와의 차이

1. 집단시조와 개인시조

시는 대상을 언어화한다. 대상을 언어의 영역 안에 용해시킨다. 이 것을 다르게 말하면 사물의 命名이라 할 수 있다. 사물에 대한 명명이 있기 전에는 사물은 존재하지 않았거나 존재했다 해도 현재 명명된 대로는 존재하지 않았다. 그러므로 시의 언어는 사물을 적절한 방식으로 지시한다고도 하고 그 사물성(thingness)을 드러내는 일을 하므로 창조한다고도 할 수 있게 된다.

그런데 시가 대상을 언어화했을 때 그 언어가 나와 대상과의 연관성을 기호화한 개인어(personal speech)인지 비개인어(impersonal speech)인지 하는 것이 문제가 된다. 전자를 극대화하면 비의적(秘義的) 시(Das hermetishe Gedicht) 즉, 전문가의 해석에 의해서만 판독되는 시기가 되고 말지만 후자를 극대화하면 선전문구 같은 통속적 취미의 시로 전락한다.

개인시는 개인언어의 시적 변용이다. 개인시는 시인으로서의 전문성과 그것으로 인하여 취득되는 사회적 보장을 노리는 시이므로 독자의 성숙하고 고상한 취미에 기여하려 든다.

집단시는 비개인어의 시적 변용이다. 그것은 집단이 지향하는 이념을 노출시키거나 집단이 암묵적으로 요구하는 사고의 틀을 시의 형식으로 바꾸어 놓은 시이므로 독자로 하여금 어느 방향으로의 지향을 유도하거나 어느 방향으로의 자각을 촉진하고자 하는 시라고 할 수 있다.

고시조(여기서는 단시조를 이름이다)는 주로 사대부들이 지은 노래다. 그러므로 그들이 지은 시조 속에는 사대부로서의 사회적 책임, 사대부로서의 자세 확립 같은 것이 잘 드러나 있다. 곧 고시조는 대부분 집단의식을 내포하고 있는 집단시조인 셈이다.

1)
出ᄒ면 致君澤民 處ᄒ면 釣月耕雲
明哲君子는 이룰사 즐기ᄂ니
ᄒ믈며 當貴危機ㅣ라 貧賤居를 ᄒ오리라

— 권호문

2)
ᄆ올 사름들하 올ᄒ일 ᄒ쟈스라
사름이 되어나셔 올티곳 못ᄒ면
ᄆ쇼를 갓고갈 스워 밥머기나 다ᄅ랴

— 정철

3)
술도 머그려니와 德 업스면 亂ᄒᄂ니
춤도 추려니와 禮 업스면 雜되ᄂ니
아마도 德禮를 딕희면 萬壽無疆ᄒ리라

— 윤선도

1)에서 보듯이 사대부란 출하면 致君澤民하여야 하는 책무가 주어진 신분이다. 다른 말로 하면 經國濟民을 해야 하는 신분이다. 그래서 그들은 2)와 같은 시조를 지어 警敏하기도 하고, 3)과 같이 스스로를 다스리거나 입회하고 있는 이들에게 그들이 지향하는 정신세계에 대해 경각심을 불어넣으려 하였다. 때로는 삶의 현장의 심각함을 無化시키기 위해서 또는 극복하기 위해 江湖閑情 安貧樂道를 자처하였다. 그런데 당시 사대부들이 느끼고 있었던 사회적 책임과 자기들이 행할 자세는 지극히 한정적임을 알 수 있다. 그것은 모순된 현실국면의 타개를 위한 개혁의지를 보이기보다는 현실에 대한 적응과 조화의 길을 택하거나 현실로부터의 도피를 택하였다. 가령 丁茶山의 飢民詩에서 보듯이 관가의 돈 궤짝을 남이 볼까 쉬시하는데 우리를 굶게 한 것은 이 때문이라(官篋惡人窺豈非我所羸)고 하여 현실의 모순을 고발하고 있는데 시조에서는 이와 같은 작품들이 극히 드문 것도 사대부들의 현실관과 통하는 일면이라 하겠다.

조선조시대에는 道가 行해지면 나아가 兼善하고 道가 行해지지 않으면 물러나 獨善한다는 儒家風에 따라 자신을 修己하기 위함이라는 현실도피의 합리적으로 설명될 수도 있었다. 그래서 사대부들의 시조 속에는 주제가 다양하게 나타나고 있는 것 같지만 작품의 밑바탕을 관류하는 정신면에서 살피면 사대부로서의 신념체계의 옹호 즉, 자기들 나름대로 해석된 주자적 이념세계의 옹호에 있음을 알 수 있게 한다.

한 특정한 계층 또는 집단을 규정짓는 신념체계를 이데올로기라고 한다면 사대부들은 지배층이라는 특정사회에 속함으로써 그들 집단의 이데올로기에서 벗어날 수 없었다.

그들의 사고는 사회적 조건으로부터 발전하거나 개인적 조건으로부터 변화한다기 보다는 사회집단에 근거를 둠으로써 이념의 고착성을 가지게 되었던 것이다. 그리고 그들 집단의 지향성이 문학으로 나타났을 때에는 그들 계층의 옹호를 위한 변명일 수도 있었던 것이다. 대신 고시조 작가들 중 지배계층에서 소외된 중인계층이나 기녀들의 시조 속에는 사대부층에서 보여주었던 의식은 희미해질 수밖에 없는 것이다.

4)
압록강 흐진 날에 애엿뿐 우리님이
燕雲萬理를 이듸라고 가시는고
봄풀이 푸르거든 即時 도라 오소셔

- 장현

5)
冬至ㅅ돌 기난긴 밤을 한 허리를 베혀내어
春風 니불 아래 서리서리 너혓다가
어론님 오신 날 밤이여드란 구뷔구뷔 펴리라

- 황진이

4)는 역관의 작품이고 5)는 기녀의 작품이므로 이들은 지배층과는 거리가 있는 신분이었다. 4), 5)에서는 사대부연하는 말투인 '아희야, 두어라, 어즈버' 등의 표현도 보이지 않고 종장 끝에도 '하노라'하는 행세투의 표현도 보이지 않는다. 4)는 연가풍의 시조인데 사대부시조에서는 임금에 대한 신하의 다함없는 충심을, 사랑하는 임에 대한 다함없는 애정으로 위장하여 나타냈다. 남녀 간의 순정을 노래한다는 것은 사대부들 체면에 용납되지 않았던 모양이다. 그러나 중인신분, 기녀신분이고 보면 자기의 감정을 굳이 위장하면서 나타낼 필요가 없었던지 4), 5)같은 사랑노래가 등장하고 있다. 그리고 그들 신분들은 주

자적 이념의 시조화는 체질적으로 맞지 않았고, 또 군에 대한 충을 이야기하기에는 자기 신분에 걸맞지 않을 뿐더러 연회석상에서 여흥을 도와야 하는 역할담당자가 이성적 논리로서의 진지성으로 일관한다는 것도 어색한 일이었다.

어쨌든 4), 5)는 계급적 이데올로기나 집단의 집합화를 의도하지 않는 개인감정의 시조화라고 할 수 있게 된다. 즉 개인시로서의 시조다.

개인시는 인간의 내부에 잠복하고 있는 보편적 정서를 보다 인상깊게 전달함으로써 인간성의 평등을 일깨우는 시의 세계인 것이지 어느 특정 계급 또는 어느 특정 부류를 내포적 독자로 가지지는 않는다.

4), 5)는 사랑에 대한 열망, 사랑하고 싶은 대상에 대한 호기심을 자극하는 시조다. 인간의 보편적 정서를 개인적 차원으로 발화한 작품이다.

현대시조는 4), 5)와 같은 보편적 정서의 개별적 체험을 나타내고자 하는 시적 세계다.

6)
가다가 주춤
머무르고 서서
물끄러미 바래나니

산뜻한 너의 맵시
그도 맘에 들거니와

널 보면 생각히는 이 있어
못 견디어 이런다

— 조운, 「野菊」

고시조에서의 국화는 傲霜孤節의 대명사였다. 孤節이라는 유교적 관념세계를 말하려다 보니 이것의 대치물로서 국화가 발견된 것이고 그래서 국화는 四君子 중의 하나로 지칭되게 된 것이다. 그러나 6)은 관념의 대치물로서의 국화가 아니라 국화는 그리운 이의 매개물로서의 역할일 뿐이다. 현대시조가 고시조에서 벗어나 시조를 현대화하고자 했을 때 제일 먼저 궤도수정을 해야 했던 것은 개인시로써 세계관을 펼치는 것이었다.

2. 듣는 시조와 읽는 시조

시조는 초·중·종의 3장으로 구성되어 있다. 초·중·종이라는 말은 애초 시조창에 쓰던 음악용어였는데 이것이 그대로 문학용어로 쓰이고 있다. 시조창이 3장으로 불리우는 것과 시조는 3장으로 구성되어 있다는 것은 창과 창사의 조화로운 만남이 이루어지고 있음을 의미한다고 하겠다.

시조가 3장으로 그리고 각 장은 4음보로 이루어져 있는 것은 음악과 밀접한 연관을 가진다. 음악적 휴지(musical pause)와 문학적 휴지(logical pause)가 잘 들어맞음으로 인하여 결과된 것이 시조 형식이라는 말이다.

시조창의 경우 초장 다음에는 긴 휴지가 오므로 唱者가 여기서 잠시 쉬게 된다. 중장 다음에도 긴 휴지가 온다. 그렇기 때문에 唱詞의 초장이나 중장은 다음 장이 계속되기 전에 歌意가 정리되어 있어야 한다. 각 장의 끝이 연결어미나 종결어미로 끝맺어 있는 것도 唱에 있어 章이 끝나는 자리에 오는 음악적 휴지와 연관된 결과다. 논리상 연결어미나 종결어미는 쉼을 의미한다.

연결어미는 종결어미에 접속사를 더한 형태다. 이를테면, 하니 →
하였다. 이러하니, 하면 → 하였다. 그러면, 하므로 →하였다. 그러므
로 등등에서 보듯이 연결어미는 그 자체가 종결어미의 뜻을 가진 형태
라 하겠다. 이것은 앞서 말했듯이 음악상의 휴지와 문학상의 휴지가
조화롭게 만나게 하기 위한 노력 때문에 일어난 현상이다.

고시조가 창사였다는 사실은 창하는 이의 입장에서 보면 창사를 쉽
게 알아듣도록 하는 장치가 들어 있어야 한다. 창하기에 편리한 장치
의 일부로서는 앞서 말한 음악상의 휴지와 문학상의 휴지가 잘 들어맞
는 경우여야 함을 의미하겠는데(이것은 동시에 청자의 편리를 위한 장
치일 수도 있다) 듣기에 편리한 장치로는 다음의 몇 가지를 들 수 있겠
다.

> 1. 창을 듣는 청자의 지적 수준과 기호 및 의식세계에 알맞은 말의
>   선택이 창사 속에 포함되어 있을 수 있다.(말의 선택)
> 2. 청자가 쉽게 예측할 수 있는 구조적 연결형태가 창사 속에 포함
>   되어 있을 수 있다.(구조적 연결형태)
> 3. 관습화된 통사적 공식구(syntactic formula)가 창사 속에 포함되
>   어 있을 수 있다.(통사적 공식구)
> 4. 청자에게 의미를 잘 전달하기 위하여 반복구조가 창사 속에 포
>   함되어 있을 수 있다.(반복구조)

고시조가 이같은 장치를 내재해야 하니까 시로서 가져야 할 함축적
의미를 덜 가지게 되거나 시적 상상력이 미약하게 나타나는 경우가 많
게 되었다. 현대시조는 이와 같은 장치들을 굳이 가질 필요가 없어졌
기 때문에 시조 속에 보다 풍부한 상상력과 함축적 의미를 가질 수가
있어서 시조 작품을 감상할 때 독자에게 다양한 해석으로 아기자기한

맛을 느끼도록 해준다.

현대시조의 특징 중 하나는 들어서 금방 이해가 되는 시조보다는 읽어서 의미를 따져봐야 하는 시조들이 많다는 점이다. 이 점은 시조가 창사에서 벗어나 있다는 의미를 내포하고 있다. 즉 듣는 시조가 아닌 읽는 시조임을 의미하게 된다.

> 7)
> 一擧手 一投足에도
> 왜? 왜? 왜?「왜」의 화살들
>
> 따짐없는 새와 짐승의
> 저 純粹가 無知로라면
>
> 人間을 汚染한 知識
> 말끔 씻고 말고지라
>
> — 이호우,「왜? 속에서」

7)은 이미지에 중점을 두지 않고 의미에 중점을 둔 시조이므로 곰곰이 의미를 캐들어가야 하는 시조인 셈이다. 여러 번 읽어서 따져봐야 하는 '생각하게 하는 시조'라는 말이다.

7)은 현대시조가 창을 목적으로 하는 시조가 아닌 읽는 시조임을 의미하는데, 현대시조가 창을 목적으로 하지 않기 때문에 연작을 위주로 창작하고 있음도 설명되어야 하겠다. 시조를 창하는 방법으로는 크게 가곡창과 시조창의 두 방법이 있는데, 이들의 하위범주에는 또 여러 창법이 있지만 가곡창에서 갈래된 창은 가곡창의 박자, 시조창에서 갈래된 창은 시조창의 박자에서 어긋나지 않는다.

어느 창이든 시조 한 수를 창하고 나면 긴 시간의 휴식이 필요해진다. 긴 시간의 휴식은 결국 시조를 단수 위주로 발전시키는 데에 기여를 했다. 긴 휴식은 결과적으로 앞서 진행된 가사의 의미와 뒤에 진해될 가사의 의미를 통합한 보다 큰 의미체를 구성시키는 데에 방해가 된다. 그것은 긴 휴식이 의미의 통합을 어렵게 만들기 때문이다. 창을 목적으로 한 것이 아니라 吟詠을 목적으로 한 시조인 경우엔 사정이 달라질 수 있다. 가령 高山九曲歌, 陶山十二曲 같은 것들은 9폭 혹은 12폭 병풍에 써 놓고 읊조리기에 편리한 형태다 이것들은 여러 명이 돌아가며 창하지 않고 혼자 창한다면 너무 긴 시간이 소요되어 힘들 뿐 아니라 듣는 이도 휴식 너머 진행되는 한 수 한 수의 의미를 연결시켜 나가기에 무리가 있을 수 있겠다.

현대시조는 듣는 시조가 아니고 읽는 시조라고 하는 측면이 연작시조를 가능하게 한 것이다. 이때의 연작시조는 각 수 끼리의 유기적인 연결이 이루어져서 시조 한 편 전체가 큰 하나의 의미체로 묶여진 시조를 의미한다.

8)
낙동강 빈 나루에 달빛이 푸릅니다
무앤지 그리운 밤 지향없이 가고파서
흐르는 금빛 노을에 배를 맡겨 봅니다

낯익은 풍경이되 달아래 고쳐보니
돌아올 기약없는 먼 길이나 떠나온 듯
뒤지는 들과 산들이 돌아 돌아 뵙니다

아득히 그림 속에 淨化된 초가집들
할머니 趙雄傳에 잠 들던 그날밤도
할버진 律 지으시고 달이 밝았더니다

미움도 더러움도 아름다운 사랑으로
온 세상 쉬는 숨결 한 갈래로 맑습니다
차라리 외로울망정 이 밤 더디 새소서

– 이호우,「달밤」

첫 수에서는 달밤에 낙동강 나루에서 배를 띄우는 장면, 둘째 수에서는 달빛에 고쳐보이는 풍경, 셋째 수에서는 과거 달밤과의 대비, 넷째 수에서는 달밤의 정취를 탐닉하는 것으로 되어 있어서 각 수는 '낙동강변의 달밤에 연유한 서정'이라는 큰 테두리 안에 부분으로 놓이게 된다. 그러므로 연작시조의 각 수는 전체에 통합하기 위한 유기적 파편이라 할 수 있게 된다.

3. 개혁을 위한 몇 개의 노력

첫째, 파형시조를 통한 새로운 시조형을 시도하였다. 이러한 경향은 개화기시조에서 쉽게 발견된다. 개화기는 대내외적 모순을 제거하기 위한 민족운동이 활발히 진행되었던 시기였기 때문에 이 시기에 전개된 사상이 시가형태로 많이 표출되었다.

사상의 전개를 시가형태로 나타내고자 할 때에는 시가가 갖는 율문의 규칙 때문에 산문에 비해 사상 전개가 구체성을 띠지 못하지만 사상이 정서와 융합하거나 리듬과 융합함으로써 산문에서보다는 특별한 효과가 있을 수 있다는 측면에서 당시의 개화기 지식인들은 개화기 시가를 많이 지었던 것이다.

9)
사랑ᄒᆞᄂᆞᆫ우리정년들　　오놀날에셔르맛나니
반가온뜻이 慇懃ᄒᆞᆫ중　　나라생각더욱깁헛네

언제나언제나
獨立宴에다시맛날가

정년들이죠상나라를   亡케흠도니責任이오
홍케흠도니聯分이라
소원을소원을
성취할날이머지안네

—「相逢有思」 전5연 중 1·5연

이것은 大韓每日申報(1909.8.13)에 실린 작품이다.

이러한 작품들은 시조형을 변개한 작품들인데, 이렇게 함으로써 새로운 내용을 담을 수 있는 가능성을 실현함과 동시에 독자들에게 새로운 형태를 통한 신선미를 제공하려 의도한 것 같다. 이러한 실험의식은 개화기시조의 한 특징이 되고 있는데 이러한 특징의 분명한 예로서 다음과 같은 민요적 분위기의 시조화를 들 수도 있겠다.

10)
이燈을잡고흐응 방문을박차니흥
魑魅魍魎이 줄힝낭 ㅎ노나아
이리화조타흐응 慶事가낫고나흥

— 逐邪經

11)
건너산 띠펑이흐흥 콩밧츌녹일제흥
우리집 슈監이 눈씽긋ㅎ노아
어리화됴타흐응 知和者도큐나흥

— 射雉目

12)
將ㅎ도다흐응 每日申報흥
臺心公道로 前進을 ㅎ노라흥

어러화조타흐응 獨立基礎라흥

- 頌祝每日

　　이것들은 앞에서보다 더 파격을 보이는 작품들이다. 이것은 민요인 흥타령형식과 시조형식을 결합시킨 것으로 보아 시조와는 거리가 먼 것 같지만 공식화된 반복구를 빼버리면 시조의 3장 구성과 유사하다든가 1, 2행이 시조의 초, 중장과 닮아 있음을 알 수 있다.

　　둘째, 고시조에서의 탈피를 위한 노력을 보인 육당시조를 들 수 있겠다. 육당 최남선은 고시조 작가인 박효관, 안민영, 이세보를 이은 시조작가였는데 그는 시조의 현대화를 위해 첫걸음을 놓은 작가로 알려져 있다. 그의 시조의 특징을 간단히 요약하면 다음과 같다.

① 고시조가 거의 제목을 붙이지 않은 반면 육당시조는 제목을 붙이고 있다.

② 고시조는 줄글내리박이식 표기였으나 육당시조는 3행 단연식 또는 6행 3연식 표기를 하고 있어 시조 표기의 다양한 면을 보여주었다.

③ 고시조는 단수 위주의 창작인데 비하여 육당시조는 연작 위주의 창작이었다.

④ 종장 첫 음보와 끝 음보에 고시조의 투어를 쓰지 않음으로써 종장 처리에 혁신을 보였다.

　　이러한 점으로 미루어 육당시조는 고시조와 현대시조와의 완충 역할을 하고 있음을 알 수 있다.

　　셋째, 시조 혁신을 위한 가람시조를 들 수 있겠다.

　　가람은 시조의 시문 구성과 시어에 대한 각별한 노력을 보였던 시인이었는데, 이점에 대해서는 두 가지 측면에서 설명이 된다. 하나는 리듬과 작품과의 조화로운 만남을 위하여 특별한 관심을 보인 점이다.

13)
「나라」의 골시모여
이太陽을 지엇고나.　　　　　　　[나라]新羅國

頑惡한 어느바람
고개들놈 업도소니.　　　　　　　[바람] 海上의 걱정

東海의 조만물결이　　　　　　　[조만] 하치안흔, 蕞爾眇薎
거품다시 지리오.　　　　　　　[거품] 泡沫
　　　　　　　　　　　　　　　　　　　　　　　　－「石窟庵에서」其三

14)
담머리 넘어드는 달빛은 은은하고
한두 개 소리없이 나려지는 梧桐꽃을
가려다 발을 멈추고 다시 돌아보노라

　　　　　　　　　　　　　　　　　　　　　　　　－「梧桐꽃」

　13)은 육당의 『百八煩惱』에서, 14)는 『嘉藍時調集』에서 뽑은 것이다. 13)은 인위적인 노력이 겉으로 드러나 있는 작품이라 할 수 있는데, 이것은 자수 배열이 억지스럽다는 점에서 쉽게 파악된다. 글자의 자수를 억지로 맞추려다 보니 언어의 생략이 심하게 나타나버렸고, 이렇게 되고 보니 詩文의 의미가 잘 전달되지 않을 것 같아 옆에다 해설을 붙일 필요까지 생긴 것이다. 가람은 14)와 같이 시조 형식을 인위적으로 형식화한 시문 구성을 아주 싫어한 시인이었다. 14)에서 보듯이 비록 자수율에 따른 시문 구성이기는 해도(그는 자수율로서 시조형식을 설명한 학자다) 시문 구성에 따른 억지스러움이 없어 보인다. 이 점

이 바로 嘉藍과 六堂과의 시적 거리라 할 수 있다. 또 글자의 자수 구속에 따르면서도 자수 구속을 독자가 느끼지 않을 만큼 자연스럽게 리듬과 작품 내용을 조화시킴으로 해서 당시 시조문단에서의 가람의 위치가 돋보이게 되었다.

다른 하나는, 시조 문장은 되도록 쉬운 우리말을 부려쓰고 흔히 쓰이는 일상어를 시어화 하였다는 점을 들 수 있다.

15)
바람이 서늘도 하여 뜰앞에 나섰더니
서산 머리에 하늘은 구름을 벗어나고
산뜻한 초사흘 달이 별과 함께 나오더라

달은 넘어가고 별만 서로 반짝인다
저 별은 뉘 별이며 내 별 또한 어느 게오
잠자코 호올로 서서 별을 헤어 보노라

― 「별」

고전주의시대의 詩語에는 두고 쓰는 상투어 또는 대체되는 형식어(이를테면 woman을 fair lady로, girl을 nymph로, bird를 airy ― nation으로)가 많이 그리고 자주 등장 하였다. 그렇기 때문에 사람들이 일상생활에서 두고 쓰는 일상어의 상당부분은 시 속에 등장하지도 않았던 것이고, 그렇게 되다 보니 시와 대중과의 거리는 가까울 수가 없었던 것이다.

古時調 속에서의 詩語도 이와 비슷한 사정이었다. 고시조 속에는 주자적 노장적 세계관을 나타내는 觀念語가 자주 등장할 뿐더러(일상어와 거리가 멀 뿐더러) 상투어가 너무 심하게 나타나고 있는 것이다.

당시의 시조작가들은 시조를 그들 특수한 신분(양반 사대부층)의 전유물로, 또 그들이 지향하는 세계관에 대한 공명을 얻기 위한 문화적 전략물로 인식하고 있었던 모양이다. 그래서 일반대중이 두루 쓰고 있는 일상어와는 거리가 먼 말들, 이를테면 자기의 身元을 알리는 행세투의 말들을 등장시켰던 것이다. 다르게 말하면 일반대중의 대중적 기호, 취미, 의향 같은 것과는 되도록 거리를 두어서 자기들식의 의식공간을 확보한 시조라야 시조답다고 생각하였던 모양이다.

가람시조의 현대성을 그의 詩語에서 찾는다면 우선은 고시조적인 관념어와 상투어를 근절시키고 대신 일반대중들이 두루쓰는 일상어를 詩語化한 점이라 할 수 있는 것이다.

이것은 시조가 어느 특권층이거나 그들만의 향유를 위한 문학이 아니라는 점을 남보다 먼저 시어로서 보여줬던 것이라 할 수 있고, 또 한편으로는 현대시조나 현대시에 자주 보이는 漢字語나 外來語의 남용과는 달리 가람시조의 시어로서의 독특성을 보장받는 근거가 된다고도 할 수 있다.

넷째, 입체적 감각적 시풍을 통한 시조의 현대화를 추구한 이호우, 김상옥 시조를 들 수 있겠다.

우리 시의 전통 중의 하나로는 논리와 이념보다는 景物의 묘사가 치중되는 소위 處士詩를 들 수 있는데 가람시조에서도 이점이 나타나고 있지만 가람이 문단에 배출한 이호우, 김상옥의 초기 시조에서는 시어가 감각에 호소하여 독자에게 직접적인 정서 전달을 추구하는 작품 세계가 분명하게 보인다. 다르게 말하면 시는 관념보다는 이미지를 중시해야 한다는 시조관이 나타난 것이다.

앞서 이호우의 작품 8)에서도 이점이 잘 나타나고 있지만 다음의 김상옥의 작품은 이미지 중심의 시조로서는 빼어난 작품이라 하겠다.

16)

찬서리 눈보라에 절개 외려 푸르르고
바람이 절로 이는 소나무 굽은 가지
이제 막 白鷄 한 쌍이 앉아 깃을 접는다

드높은 부연 끝에 풍경소리 들리던 날
몹사리 기달리던 그린 임이 오셨을 제
꽃 아래 빚은 그 술을 여기 담아 오도다

갸우숙 바위 틈에 不老草 돋아나고
彩雲 비껴날고 시냇물도 흐르는데
아직도 사슴 한 마리 숲을 뛰어든다.

불 속에 구워내도 얼음같이 하얀 살결
티 하나 내려와도 그대로 흠이 지다
흙 속에 잃은 그날은 이리 純朴하도다.

– 김상옥, 「白磁賦」

이 외에도 현대시조는 많은 발전적 모색이 진행되었지만 일일이 예를 들 수가 없다. 다만 현대시이면서 그것도 형식이 뚜렷한 정형시이고 또 과거 고시조가 가졌던 시조의 속성을 포기하지 않는 시조가 현대시조라 할 때 현대시조는 앞으로도 그 나름대로의 많은 진통이 예상된다고 하겠다.

4. 다매체 시대의 시조문학

(1) 정형시로서의 시조

지구상에는 약 3천 가지의 말이 있지만 문자를 가진 말은 78개뿐이다. 말은 생활의 도구다. 그러나 같은 시간 같은 장소에서 두 사람 이상의 대화자가 있어야하고 그들과의 대화를 할 수 있어야만 한다. 인간은 말의 한계를 극복하기 위해 글을 만들었다. 글을 통해 인간은 시간과 공간의 제약에서 해방되었고 보존할 가치가 있는 인간의 기억과 노력을 무한정으로 저장할 수 있었다.

인간은 말을 기본으로 하여 보존할 가치가 있는 것은 기억 가능한 사고방식에 의해 저장하고 또 재현될 수 있도록 강렬한 리듬화, 균형 잡힌 패턴, 반복구, 대구, 압운법, 한정적인 수식어, 전형적인 표현, 표준화된 주제, 인습적 통사구 등을 활용하여 구술 문화를 창조하였다.

정형시는 운율적인 담론으로 자신의 심사와 가치 개념을 타인에게 전달하고 전달된 내용을 쉽게 저장할 수 있고 이것은 독자가 다시 재생하도록 하는 장치를 가지고 있다.

정형시는 구술문화의 잔재다. 정형시가는 민요 같은 구술 문화 속에서도 발견되지만 정형시는 문자문화시대를 돌입하고 난 뒤에 구술문화의 그 구술성을 잔존적 가치로 향유하면서 시작되었다. 그러므로 정형시는 전달 매체가 문자화하더라도 정형시로서의 실현은 음성이어야 한다. 다시 말해 눈으로 읽었을 때엔 시일뿐 정형시로서의 출현은 아닌 것이다. 그러므로 일단 정형시는 성조(pitch)의 규칙성을 가져야 한다. 19세기 이전의 영시는 음보의 규칙화를 나타내는 정형시가 대종을 이루었다.

영시의 음보는 말의 강음과 약음을 유형화한 단위를 말하고 이 음보가 시의 행마다 규칙적으로 내재할 때에 비로소 정형시라고 하는 것이다.

漢詩는 平音과 仄音이 일정한 자리에 놓여야하고 이렇게 놓일 때 이것 자체가 악보처럼 고정된 형식미를 발휘하게 된다. 그러나 한시도 平仄을 따져 읽지 않으면 정형시에 미달된다.

우리말은 영어나 중국어처럼 聲調에 의해 규칙화를 만들 수 없기 때문에 영시나 중국시처럼 성조에 의한 정형시를 만들 수 없다. 그럼에도 시조를 정형시라고 하는 이유는 무엇인가.

시조에서의 음보란 어절 중심으로 배분한 단위이면서 한 행 전체의 균형을 확보하여(3음절이나 4음절을 기준으로 하여) 만들어진 음길이의 단위이다. 그러므로 한 음보의 시간적 길이는 똑같지만 성조는 읽는 이에게 재량을 부여하고 있다. 그런데 시조를 짓는다고 3장으로 각 장은 4음보로 만들었다해도 정형시로서의 시조가 되려면 몇 개 더 규칙성에 따라야한다.

첫째, 한 章 자체가 하나의 文으로서 의미가 정리되어야만 章이라고 한다.

둘째, 한 章은 두 개의 구로 이루어져 있고 한 구는 2음보로 만들어진다.

셋째, 종장에서 시상이 마무리되어 3장으로서 완결성을 확보해야 한다.

(2) 다매체 시대의 시조

문학의 위기란 말이 유행하고 있다. 이런 말이 가능해진 이유는 영상매체의 발달과 인터넷이라는 사이버 세계의 발달 때문이다. 인쇄매체에 의존해있던 문학이 영상매체의 사이버 세계의 출현을 만나 이들과 견주기에는 역부족일 수 있다.

할머니가 들려주던 옛 이야기는 영상매체를 통해 이미 익히 알고, 동화책의 읽기도 영상매체가 꾸며내는 시각화, 청각화의 재구성 앞에 효력이 없다.

이런 시대에 구술문화의 잔존인 정형시 시조가 과연 어떻게 존립할 수 있는가.

고시조는 문자문화시대 속에서도 구술문화가 가졌던 한정적 주제, 낯익은 소재, 통사적 공식구의 활용을 중심으로 작품화되어 왔고, 일부는 구전으로, 일부는 문자화로 전해왔던 것이다. 그러나 현대시조는 고시조가 보여준 이같은 구술문화의 흔적들을 지우고 새로운 의미의 시조를 창작하기 시작하였는데 이러한 작업도 한 순간에 이룩된 것이 아니었다. 그런데 느닷없이 영상매체와 사이버 세계의 대두로 인해 시조는 존재의 위협에 직면하였다. 물론 아무리 영상매체나 사이버 세계가 위협한다해도 인쇄매체는 그것대로 강점과 장점을 갖고 있는 한은 사라질 수는 없는 노릇이다.

문제는 시조가 부흥하기 위해서건 생존을 위해서건 노력해야 할 일들이 예전보다 많아야 한다는 것이다. 이럴 때 먼저 적응의 논리를 개발할 필요가 있다고 하겠다. 시조작품을 청각화, 시각화, 음악화하는 일이다. 작품을 사이버 세계에 올려놓기만 할 것이 아니라 시상과 연결되는 그림을, 정서에 맞는 배경 음악을 곁들여서 문자화 할 때, 인쇄매체의 단순성을 극복할 수 있지 않을까 한다. 그리고 시조창 형식을 현대음악에 조응하는 창 형식으로 바꾸어 창과 결부한 시조로 가꾸는 일이다. 다음으로 시조의 율독법을 개발하여 정형시로서의 아름다움을 청자가 느끼도록 하는 일이다.

Ⅱ. 새로운 국면의 전개[1]

1. 자연에 대한 인식의 확대

자연은 복잡하고 번거로운 세속과는 구별되는 無爲의 세계다. 그러므로 시인들은 현실에 대한 부정과 불만을 토로할 때, 자연에 기대고 자연을 동원하여 왔었다. 이런 경우에 시조 시인들은 자연을 인식하는 방법이 있어 왔는데 현대시조에 나타난 두 경우만 예를 들면

첫째, 자연에 대한 주관적 해석을 배제하고 자연 가운데에 行遊하면서 인간을 위무하는 행락의 여유공간으로 인식한 경우다.

1)
볕살도 살이 올라
장독대에 고인 한낮

솜병아리 서너놈이
봄을 문 채 조올고

花信은
속달로 와서
南窓에 앉음이여.

― 김사균, 「春景」

2)
비온 뒤
안개에 묻혀
꿈을 꾸는 해운대는

동백섬과 갈매기도

---

1) 졸고, 『현대시조탐색』, 국학자료원, 2004, 37~50쪽 참조.

자장가 없이 잠을 자고

목청을 가다듬은 파도도
깊은 꿈길 헤매고 있다.

— 민홍우, 「안개에 묻힌 해운대」

이것들은 둘 다 우리 시가의 전통이라 할 수 있는 賞自然하는 山水詩의 족보를 이은 작품이라 할 만큼 자연 속에 行遊하는 모습을 보여주고 있다. 그러면서 작중 화자의 위치는 한 정경의 보고자(narrator)로서 냉정을 기할 뿐, 자연과 합일하거나 자연을 自己하지도 않고 일정 거리를 유지하면서 스쳐지나가고 있을 뿐이다. 마치 과거 우리의 竹林之士가 자연을 보고 감격할 뿐 자연을 소유하지 않으려 했던 태도와 삶이 있다.

둘째, 자연에 대한 抒景化, 즉 寫生寫實을 가볍게 처리하면서 자연을 빌려 天地萬物의 所當然之則과 所以然之故를 밝히려 드는 理致的 自然詩가 보인다는 점이다.

3)
산으로 들난 길은 어디에나 한결 같다.
곡예의 허물 벗는 도시는 위태하고
거대한 공룡의 발끝 스물스물 앓고 있다.

산성 마을 몇 굽이쯤 돌아돌아 들어서면
앓는 듯 그리움이 돌아앉아 나래 접고
세상일 들나지 않는 얘기들도 숨어 있다.

억새풀 흩던 자리 모두 비워 닫던 문을
차리리 빗장을 풀어 예비된 듯 맞는 가슴

마침내 다시 사는 아픔 깨어나는 너를 본다.

— 이성호, 「겨울산에 들어서며」

4)
기쁨이 한송이 꽃이 되기 까지는
탐스런 그 만큼의 사랑이 필요한 법
척박한 토양 속에선
잔뿌리를 뻗어야지.

기쁨이 한알의 열매가 되기까지는
잎과 뿌리는 늘 땀흘려야 한다는 것
물관은 젖어 있어도

그리움이 있어야지
우리가 진실로 살고 있다는 그 명징성
내 살갗 밑 가녀린 실핏줄의 흐름같은
삶이란 꽃과 물의 고리
바람이 불어 온다

— 박옥위, 「꽃과 물」

일체의 세속적 판단 근거를 배제시키고 자연을 한 섭리대상으로만 인식하고 있다. 또한 자연을 物活的 世界로 보면서 작중화자의 심경과 먼 거리에 놓여있지 않음을 보여주고 있다. 이것은 자연에다 주관적 해석을 가한 경우다. 自然의 自己化라 해도 좋다. 1), 2)에서처럼 賞自然의 外景을 중시하지 않고 자연의 이치를 중시했다는 점에서 구별된다. 그러나 어느 경우든 고시조에서 흔히 볼 수 있었던 심리적 갈등의 해소처로 자연을 바라보고 있다는 점. 淨化의 공간, 규범적 정신세계의 실재로서의 자연을 바라보고 있다는 점에서 멀리 떨어져 있지 않다.

이것은 우리의 정신문화의 한 단면을 무섭게 노리고 있다는 측면에서도 또 시조대로의 인식을 자연을 통해 구하려고 한다는 측면에서도 매우 긍정적이다.

문제는 과거 고시조의 작품세계에서 보여주었던 심미적 대상으로서의 자연 또는 정감의 직설대상으로서의 자연의 작품이 보이지 않고 있다는 점을 지적할 수 있다.

5)
낙화방초로의 깁치마를 쓰럿시니
風前의 니ᄂ 꼿치 玉顔의 부딋친다
앗갑다 쓸어올리지언정 밥든마라 ᄒ노라

— 안민영

6)
社鵑의 목을 빌고 꾀꼬리 사설 꾸어
공산월 만수음의 지져귀면 우럿싀면
가슴에 돌갓치 미친 피를 푸러볼가 하노라

— 안민영

5), 6)은 동일인의 작품이다. 그렇지만 자연에 대한 인식 태도는 다르게 나타내었다. 그만큼 다양하게 자연을 인식하였고 작품세계의 단순화를 거부하려 했기 때문에 時調名人으로 지목받은 것이리라.

5)는 자연은 다만 심미적 대상일 뿐이다. 이렇게 자연을 심미적으로 바라보았던 시각들이 고시조에서도 漢詩에서도 흔하게 볼 수 있다. 이것은 道學者의 다음과 같은 시조와는 크게 다름을 알 수 있다.

7)
靑山은 어찌하여 萬古에 푸르르며
流水는 어찌하여 晝夜에 긋지 아니는고
우리도 그치디 마라 萬古常靑호리라

— 이황

8)
靑山은 萬古靑이오 流水는 晝夜流라
山靑靑 水流有 그지도 읍슬시고
우리도 긋치지 마라 山水갓치 하오리라

— 신지

7), 8)은 모두 동양의 美意識을 대변하고 있다. 동양에서의 미는 至高의 가치체계를 수반하는 것으로 감각적 차원을 초월한 정신세계로서의 사색이어야 한다.

靑山은 萬古靑, 流水는 晝夜流로 인식한 恒存的 價値가 곧 동양의 美意識의 한 갈래다. 그러니까 7), 8)은 미적 가치체계의 존재물로서 자연을 보았을 뿐 자연의 실상과는 거리가 있는 셈이다. 다르게 말하면 자연을 찾아나서 자연을 발견한 것이 아니라 미적 가치체계의 논증적 실재를 찾아나서 보니 자연을 발견하게 된 것이므로 자연은 하나의 수단에 머물러 있다. 곧 심미적 대상도 정감의 직설을 위한 토로대상도 아닌 셈이다. 그러나 5)는 자연을 다만 완상물이고 감상물이므로 理致詩가 아니다.

6)은 심정의 호소처로서의 자연이고 자연으로 치환하고 싶은 자신의 심정을 나타내었으므로 5)와도 다르고 7), 8)과는 더욱 다르다. 6)에서와 같이 자신을 향한 위안물로서의 자연도 아니고 자기 삶의 敎示體로서의 자연도 아니면서 자연을 향한 同一視를 꿈꾸는 작품세계도 고

시조에는 흔하게 보인다.

여기까지 오면서 고시조를 여러 편 예로 든 이유는 현대시조시인들의 고시조 작품세계에 대한 인식이 부족함을 지적하고자 함이다. 현대시조는 고시조의 세계관을 능가하고 초월하는 것만으로 존재당위가 있는 것은 아니다. 고시조대로의 세계관을 오늘날에 다시 정립하고 계승하는데에서도 의미성을 가져야 한다는 것이다.

자연을 자연 그대로 보고 즐기고 자연을 심정의 토론대상으로 하여 자연에 기탁하여 감정을 해소하는 작품들이 이즈음 보기가 어려워졌다는 점을 지적하지 않을 수 없다. 이것은 전통을 중시해야 하는 시조의 입장에서는 중대한 문제라 아니할 수 없다.

또 하나 특기할 것은 이치적 자연관을 나타낸다고 할 때에도 7), 8)에서처럼 동양시나 그림에서 보여주었듯이 骨法의 경지를 보여주는 작품 또한 보기 힘들다는 것이다.

骨法이란 살을 배제하고 난 뒤의 몸의 형체가 뼈의 연결이듯이 사물의 기본적 형체를 동원하여 동력적 요소, 생동적 기운을 얻고자 하는 예술기법이다. 존재의 형식을 최소화하고 의미의 형식을 최대화하고자 하는 노력이 骨法의 경지다.

7), 8)에서는 일체의 수식과 비유어를 삼가고 자연에 대한 인간을 일대일로 맞서게 하였다.

앞에서 例로 든 현대시조 작품들에서는 비유가 많고 수식이 많다. 이것도 현대시조가 고시조와 다른 점으로서 충분하게 긍정되어야 할 점이다. 그러나 7), 8)에서 보듯이 非存在의 의미에 의해 지지되는 존재의 가장 간단한 형체를 드러냄으로써 의미심장함을 깨닫게 하는 고시조의 作風도 폐기되어서는 안된다는 것이다.

멀리 갈 것 없이 이호우 시조가 꿈꾸었던 作風은 骨法이고 그것으로서 이호우 시조의 독보적(사실 고시조의 측면에서 보면 그렇지 않지만) 현대시조를 보여주었음을 상기할 필요가 있다는 것이다.

고시조를 우습게 보지 말고 의미있게 감상하다 보면 현대시조의 나아갈 길이 새로 보일 수 있음을 지적하고자 하는 것이다.

2. 단수(單首)와 연작(連作)

단수로서의 시조작품은 연작시조에서 느끼지 못하는 간결미와 소박미가 있다. 반면, 형체의 기본적 골격만 전달할 뿐 세세한 외적사실, 미묘한 감정세계를 그릴 수 없기 때문에 연작시조에서처럼 이미지의 풍만함과 정확성을 느낄 수는 없다.

고시조는 주로 단수였다. 이것은 고시조의 시정신(詩精神)이 '詩言志歌永言'의 '志'를 중시한데서 비롯된다. 옛 시인들은 시조 연작이 志를 극단화하기 어렵고 의미의 집중을 방해한다고 생각했을 것이다.

현대시조에서도 단수로서의 작품화를 시도하는 분들이 있어왔다.

9)
어머니 찾아서 종일 헤맸어요
찾아도 찾지 못한 어머니 생시 모습
눈물로 어리는 모습 산빛 물빛 하늘 빛

　　　　　　　　　　　　　　　　　　　　－주강식, 「어머니」

10)
감들이 불을 켜니
가을이 익는 갑다

바람소리 물소리가
예전과 같지 않고

머리쉰 마음 한켠이
산그늘로 졸고 있다.

- 강기주, 「감나무 나무」 전문

9)는 어머니를 여의고 슬픔과 허전함을 읊은 것인데, 여기서 연작으로 시도되었다면 슬픔에 대한 박진감과 어머니 죽음에 대한 애절함이 선명화되지 않을 것이다. 감정이 북받칠 때는 말보다 울음이 앞서는 법이다. 말의 주술적 전개를 통해 슬픔을 나타낼 때는 슬픔에 대한 여유가 생긴 이후이다. 슬픔이 강인하면 할수록 말 수가 적어지는데, 9)에서도 슬픔이 아직 생생히 남은 작자의 입장에서는 슬픔을 길게 구술할 여유가 없고, 설사 여유가 있다고 해도 슬픈 시를 슬프게 묘사하는 데는 말 수가 적어야 박진감이 느껴지는 법이다.

10)은 가을 감나무를 보면서 靑春을 소진하고 있는 자신을 발견하게 되었다는 것인데, 여기서도 가을 감나무를 닮은 자신의 발견에 대해 부연해서 설명하는 것은 긴장미를 이완시키는 효과를 가져오게 된다.

사물과 사물의 연첩을 시도해서 순간적인 직감의 시적 표현을 노린 작품일수록 짧아야만 시적 긴장이 팽배해진다.

11)
낯선 배 우는 말은
누렁이 생각난다

깨밭골 감나무골
그립다 울어쌓던

오늘은 메아리 되어
먼 水天에 집니다.

- 전탁, 「뱃고동」

11)은 뱃고동소리와 황소의 울음 소리를 오버랩시킨 작품이다. 배가 항구를 닿거나 떠날 때 길게 내뿜는 뱃고동소리, 황소가 정든 자리에서 떠나거나 돌아올 때 우는 울음소리를 묘하게도 대질리게 하여 놓았다. 지금은 존재하지 않는 황소의 그날 울음이 뱃고동소리로서 顯現되었거나 뱃고동소리라는 자극물에 의해 회고되었다 해도 뱃고동소리와 황소 울음소리는 서로의 조응적 관계가 성립된다.

이렇게 순간적 사실의 시적 표현은 단수가 제격이다.

가람은 일찍이 連作時調를 주장하였고 그것이 시조의 현대화인양 설명하였지만 이 말에는 다소의 모순이 있다.

시조의 생명은 3장 구성의 완결미를 통해 함축된 의미를 순간적으로 느끼게하고 이것인 寸鐵殺人의 기운으로 독자의 폐부를 찌를 때에 비로소 시조로서의 진가가 발휘된다는 입장에서 본다면 연작은 나태한 감정 처리의 소산으로밖에 인정되지 않고 말 것이다.

12)
장마철 중참 때쯤
조선솥에 콩 밀 볶아
세월 절어 손때 묻은
바가지에 치면히 담아
'順이야!'
토담 너머로 불러
넘겨주던 우리 情아.

― 서재수, 「情(1)」

12)는 우리 마음 속에 잠복되어 있는 유년기의 추억과 유년기에 감당할 수 있는 이성에 대한 정을 읊었다. 한 순간에 일어난 사건의 정서적 고양을 느끼게 하기 위해서는 길어야만 유효하다고 할 수 없다.

12)는 동시적인 분위기에서 멀리 떨어져 있지 않다. 차라리 동시조라고 해야 옳을 것이다. 동시조는 어린이 심정의 시조화를 의미한다고 할 때 시간적으로 과거에 놓여있지만 시적행위는 유년기라는 의미에서 동시조라 함직하다는 것이다.

동시조는 더더욱 長詩化해야할 이유가 없다. 어린이의 감정세계가 단순하다는 의미에서도 그렇다.

왜 이렇게 장황하게 단수에 대한 설명을 하는가 하면 현대시조의 작품경향이 시상의 응축 보다는 나열에 힘쓰고 이 作風이 시조의 본령인 양 인식되고 있는 것 같아서이다.

13)
이것은 소리없는 아우성
저 푸른 해원을 향하여 흔드는
영원한 노스탈쟈의 손수건
순정은 물결같이 바람에 나부끼고
오로지 맑고 곧은 이념의 푯대 끝에
애수는 백로처럼 날개를 펴다

- 유치환, 「깃발」

이것은 한국의 名詩로 소개되고 있는 「깃발」의 일부이다. 깃발이 아우성, 손수건, 순정, 백로 등으로 비유되고 있어 이미지의 난립이 일어나고 있다. 이미지의 집중화가 일어나지 않고 오히려 이미지의 분산을 획책하고 있는 작품이다. 이것은 이것대로 구체적 사물을 추상적 사상으로 나타내어 이미지의 복합화를 꾀한다는 점에서 의미가 없는 것은 아니다. 오히려 자유시는 이런 작풍이어야 한다는 주장도 있어왔으므로 이것대로의 의미확보가 되어있는 셈이다. 그러나 시는 복잡하고 소란스럽지 않아야 한다는 전통시법의 고수가 낡고 고루하다고만 치부될 수 없다는 말을 하고자 하는 것이다.

단수는 구체적 사물의 추상적 事象化로 나아갈 수가 없는 단수 그것 대로의 완결미학을 보장받아야 하기 때문에 이미지가 단순할 수밖에 없어야 한다.

시상의 나열이라고 하더라도 상황전개가 바뀌는 경우는 필연이다.

> 14)
> 버스표 한 장으로
> 산복도로를 돌아가면
>
> 산번지 오두막집
> 옹기종기 모여 사는
>
> 산새들 어여쁜 눈빛
> 고운 인정도 만나 본다.
>
> 차창 밖 바다를 보며
> 망양로를 돌아가면
>
> 어느새 내 마음은
> 삼월 하늘 삼월 햇살
>
> 실버들 물어른 가지
> 연두빛도 만나 본다.
>
> — 김필곤, 「버스표 한 장으로」

14)는 일차적으로 버스를 타고 산복도로를 돌아가는 국면과 이차적 으로 망양로를 돌아갈 때의 두 국면을 전개시켰으므로 두 상황을 전달

하기 위해서는 連作일 수밖에 없다. 前景詩(panoramic poetry)는 전경을 펼쳐보여야 하기 때문이다. 그런 경우라 해도 14)는 번다한 수식과 비유를 삼가고 있다. 담백한 심상, 고체감을 주는 심상이기 때문에 잡다한 느낌을 받도록 하지 않는다.

시조가 자유시의 방만함을 흉내내려 하지 않고 시조대로의 이 같은 모색을 추구하는 것은 시조다움의 맛을 확보하는 데에도 기여하리라 본다. 무언가 시조가 자유시의 作風에 기웃거리고 있는 것 같아서 14) 같은 작품을 다시 읽게 한다.

개화기를 지나오면서 선배 시조시인들은 현대시조의 진로에 대해 많은 고민을 하였다. 현대시조는 고시조로부터 어떤 식으로 해방되어야 하는가 하는 문제를 놓고 제일 먼저 착안한 것이 고시조가 가졌던 관념 위주의 철학적 분위기를 벗어나서 자기중심적 서정세계를 펼쳐보이는 길이었다. 이것의 현실화는 연작(連作)을 통해 발휘되었는데, 이것은 상당 기간 시조단의 주류로 나타났었다.

이호우는 고시조의 현대화를 단수(單首)에 두고자 하였고 고시조에서처럼 관념적 시조를 많이 지었다. 말하자면 연작이 시조단의 주류 행세를 할 때 반기를 들었던 것이다.

이달에 들어 몇 편의 단수가 눈에 띈다.

길에서
나를 보내고
그 뒷모습 지켜보다가

거실로
돌아왔더니
나는 이미 자리에 없어

지금쯤
어디 있을까
그 행색을 생각해본다.

— 김상옥,「日記抄」

『현대시학』에 발표된 작품이다. 이 작품은 인간이 향유하는 양면성을 생각나게 한다. 본래적 자아와 비본래적 자아 사이의 괴리를 시조화한 것인데, 산업사회가 가속화되자 인간들은 이러한 괴리의 틈바구니에서 방황할 수밖에 없게 되었다. 철학자에 따라서 이러한 괴리로 인한 방황을 소외라고 하였는데 이 작품은 바로 20세기 문명이 저지르는 소외를 작품화한 것이다.

김상옥은 애초 서정 위주의 연작에 심취하였는데 여기서 보듯 그는 요즈음 부쩍 단수에 기울어져 있다. 이것은 고시조의 맥락을 현대화해서 보겠다는 의미를 수반하고 있는 것 같다. 즉, 산업사회 속에서의 자기분열을 일으키는 인간의 왜소함과 방황을 단수로써 압축하였다면, 다음의 이인수 작품은 또 다른 의미의 단수임을 알 수 있다.

누구나 주머니에
칼 하나 숨기고 있다.

칼날을 잘못 다뤄
몸과 마음 시려와도

칼끝은 과녁을 향해
퍼런 줄(線)만 당긴다.

— 이인수,「刀」

『월간문학』에 발표된 작품이다. 칼이란 자기방어와 공격을 위한 기

구다. 결국 칼은 자기 생존을 위한 수단인 셈이다. 그러나 여기서 보여
준 칼은 관념으로서의 칼이니까 삶 속에서 지향하고 있는 바의 자기당
위라 할 수 있다.

　이와 같이 단수로써 관념적 사유를 시조화한 작품들이 있는가하면
관념적 사유를 가급적 줄이고 사물의 속성을 현실 쪽으로 재해석해서
의미를 찾는 다음과 같은 작품들이 있었다.

　　긴 칩거 풀고 나와
　　뛰는 힘줄 못 가누어

　　3월을 행가래치는
　　저 거창한 쪽빛 행보

　　터질듯 팽팽한 종아리
　　재씩 지는 햇살들

— 김남환, 「봄바다」

　　사는 길
　　벼랑이란들
　　어찌 다 피해가랴

　　깊은 沼
　　곤두박혀서
　　우뢰소리 낼지라도

　　빛부신
　　무지개 한 채
　　덩그렇게 놓아라.

— 노중석, 「폭포」

위 두 작품은 이호우 시조문학상 운영위원회가 창간한 『開花』라는 시조 전문지에 실린 작품들이다. 봄바다와 폭포라는 사물들에 대한 수물성을 인간의 삶 쪽으로 해석해놓은 작품들이다.

이상으로 현대시조가 걷는 길 중의 하나로 연작 위주가 아닌 단수 지향의 작품(作風)들이 있음을 살펴보았다. 단수가 언어의 압축을 통한 팽팽한 긴장미를 장점으로 한다면, 연작은 단수에 비해 긴장이 이완되는 작품세계이면서 시적 정보의 양적 팽창을 통한 감정의 섬세성을 장점으로 한다.

눌려 한 자리 뿌리 박고 살기에는
아직 식지 않은 거친 피가 설레어
깊은 밤
꿈속에서도
가만 있지 못한다.

곁에 잠든 아내 숨소리 잠잠하면
어느새 살아난 바람 몇골목을 빠져나와
들 끝에
꼬리 늘이고
먼 산을 향해 운다.

－ 박재두, 「바람」

『개화』에 실린 작품이다. 여기서 박재두 시인이 보여주고 있는 것은 상황에 따라 부대끼는 심적 파동이라 하겠다.

바람은 어디서 근거하여 어디로 가는 건지 불분명한 기류다. 바람의 기류에 억압당하여 몸살하는 자기고백체의 시조다.

더러 쓸쓸할 때는 강가에나 가볼거나
할아버지 둑을 따라 뒤따르던 햇살처럼
온종일 물살곁에서 물살이나 보던 것을.

살아 몇 구빈지 歲月도 굽어와서
닳아 간지러운 조약돌 저자세상
어쩌면 혼돈의 늪에 허우적인 나래쪽지.

　　　　　　　　　− 김종윤, 「목숨도 맑은 강에」 일부

　역시 『개화』에 실린 작품이다. 박재두의 앞 작품이 바람의 설렘을 통한 심적 파동의 간접화라고 한다면, 김종윤의 위 작품은 강의 굽이 도는 흐름을 통한 인생의 관조를 시조화했다고 할 수 있다.

　두 시인이 우리에게 보여주고자 하는 것은 시적 톤(tone)의 적절함이다.

　대상의 시화(詩化)는 톤을 적절히 보여주는 데 있다고 하겠는데, 「바람」에서는 바람의 속성이 가리키는 파동을 적절한 비유로 보였다면, 「목숨도 맑은 강에」에서는 강의 융융한 흐름의 속성에 맞게 착 가라앉은 어조로 관조했다는 점에서 일단 성공을 거둔 셈이다.

　이 외에도 몇 편 더 꼬집고 싶은 작품이 있었지만 다음 기회로 미룬다. 다만 현대시조가 너무 고답적이어서는 안 되지만 그렇다고 너무 실험의식을 나타내서도 <시조다운 맛>이 우러나지 않는 법이다.

　시조는 역시 시조다운 가락과 멋의 실체여야만 자유시에 경쟁할 수가 있다는 점을 더러 잊고 사는 시조시인들이 있는 것 같아 적잖이 마음 쓰인다.

Ⅲ. 시조에 대한 오해 풀이

1. 낭패스런 시조작품들

『시조시학』이란 시조전문지가 창간되었다. 이달 들어 그런 것만은
아닌 것 같은데 많은 문예지가 있지만 시조작품이 실리는 경우가 드물
다. 이것은 문예지 편집자들에게 항의할만한 일이기도 하지만 시조시
인들의 책임이 더 크다는 사실을 시조시인들은 알아야 할 것이다. 그
런 의미에서 새로 창간된『시조시학』은 <한국시의 정통성확립과 위
상정립을 위한 새로운 시조전문지>라는 자긍을 가지고 출범한 만큼
책임 또한 크다고 하겠다. 이런 의미에서 이달은『시조시학』에 실린
작품들 위주로 평을 해보기로 한다.

> 세월이 하 뒤숭숭허니께
> 저마저 그러는겐지 원
>
> 은평구 녹번동 삼거리 돌깬 터 시민아파트 뒷산에는 벌써 몇 해 째
> 를 봄이면 밤마다 시절 잃고 밤잠싸들멘 웬놈의 소쩍이 한 마리가 이
> 리저리 나들며 제 설움의 앙금을 게워내며 늬들이 시방 때좋게 사뭇
> 단잠이나 잘 때냐고 저린 명치끝에다 꽃 설거지를 해가며 잦은 발길질
> 을 해와 가끔씩 더러 조금씩은 스스로 향한 쓴 입맛이 다셔지게 한다
>
> 스무해 객지살이에
> 새치만 뿌연 새벽
>
> — 김상묵,「艸土日記·Ⅱ」

이 작품이『시조시학』에 실려 있으니 장시조라고 대접받는 작품임

에는 틀림없다. 과연 장시조일까. 장시조는 위와 같이 초장·종장이 짧고 중장이 상당히 긴 작품들이 많기야 하다. 그러나 이런 형식만으로 장시조라고 하면 곤란해진다.

장시조는 위와 같은 어느 정도의 음수의 제한이 가해진 형식이지만 그보다도 더 중요한 것은 사물성(thingness)을 구체화시킨 시가였다는 점이다. 은유보다는 직유로 사물성을 감추기보다는 드러내려는(폭로하려는) 시가였다. 또한 장문화(長文化)의 원리에 따라 장문(長文)을 이룬 시가인데 장문화의 원리는 어미활용법·항목열거법·대화진행법·연쇄대응법 등이 있었다.

최소한의 이러한 장시조의 원리를 가졌을 때를 장시조라 할 수 있게 된다. 그 말은 그래야만 현대시와의 변별성이 유지된다는 말이 되겠다. 적당한 음수의 제한만 가해지만 장시조가 되거나 또는 단시조가 된다는 생각은 버려야 할 것이다. 玄春植의 「등신 헛줄타기」도 현대장시조라고 썼는 듯하다. 형편은 앞 작품과 같다.(현대장시조작가가 걸어야 할 길에 대해서는 필자가 『시조시학』에서 밝혔기에 참고 바란다.)

> 와서 징징짜는 상모솟에 녀석처럼
> 녀석들의 암컷처럼
> 그들의 새끼들처럼
> 짜다가 나올 것도 없어 꽁무니 빼는 것처럼
>
> — 서벌, 「장마는」

이 작품을 보면 비유되는 사물만 존재할 뿐, 사물의 속성을 알려주는 서술어가 생략되어 있다. 동양시의 전통은 늘 사물의 속성을 보여주는 서술어 중심의 시어들이었다.

　시조는, 각 장의 끝이 서술어로 되어 있는 우리 시의 전통은 서술어의 생략을 기피한다는 말과 같고, 각 장 끝이 서술어로 되어 있다는 것은 시적 논의가 세 개인데 이것들끼리 서로 유기적 조합을 이룬다는 말과 같다.

　　　바람에
　　　씨가 날려서
　　　움막에도 꽃이 핀다.

　　　햇빛은
　　　눈이 부시고
　　　사람은 간 곳이 없어

　　　이런 날
　　　사무친 한도
　　　조금은 풀릴 것 같다.

　　　　　　　　　　　　　　　　　　ー 김상옥, 「對象 앞에서」

　이 작품을 읽다보면 어딘가 시조의 전통미가 살아 있는 느낌을 받게 되는 것은 서술어의 안배가 고시조의 그것과 같기 때문이다.

　　　여름은 무더위라도
　　　나를 그리 보챘지만

　　　이끄는 短杖머리
　　　고삐 풀린 가을바람

　　　빈하늘
　　　어디를 짚을까

잠시 눈을 감아 본다

— 정완영, 「短杖」

세월을 미처 몰랐더니
수국이 저리 피었구나.

푸른 비 스치는 창가
혼자 드는 젖은 커피.

못 고칠 가슴앓이던가
나는 머리를 빗어보네.

— 이일향, 「비젖은 창가에서」

위 두 작품은 중장이 명사로 끝나 있다. 그러나 <이끄는 短杖머리/ 고삐 풀린 가을바람>은 서술어를 관형어로 바꾼 명사구의 형태다. <푸른 비 스치는 창가/혼자 드는 젖은 커피>도 위의 경우와 똑같은 통사구조다. 이런 경우를 두고 명사로 끝났다고는 할 수 없다. 문제는 앞의 서벌의 경우처럼 서술어가 통째 사라진 경우는 시조다운 맛을 맛보게 하지 않는다는 말이다. 꼭 장의 서술어야 한다는 것도 고답적인 발상이라 할지 모르지만 이것의 변용은 있을 수 있다. 가령 고시조에서는 없는 형태이지만 초장 전체가 중장에 대한 주어가 되면 그 끝은 서술어가 되지 못한다.

들녘 부는 바람을 퉁소쯤으로 알던 내가
동해 긴 물이랑을 맨발로 걸어봐도
끝없이 밀려오는 포말 헤아릴 길이 없네,

— 김연동, 「피리」

이 경우는 어떻게 설명해야 할까. 실험시조인가 아니면 시조의 본령에 해당하는 정격인가. 이와 같이 시조의 형식을 음수에서 찾지 않고 형태구조면에서 찾는다면 현대시조는 많은 반성과 실험이 따라야 할 것이다.

신전의
은그릇 하나
바싹 깨어진다

이제, 깨어졌으니
테를 메어 쓰랴

제물이
저리 넘쳐도
담을 그릇 없구나

— 박기섭, 「신전의 그릇」

그대 머리맡에 물 길러 간다
그대 벼랑끝에 물 길러 간다
밤 가고 부신 새벽녘
숲이 되어 남는다

— 박기섭, 「물 길러 간다」

이 작품들을 음보율로 표시하면 이렇게 될 것이다.

신전의/은그릇하나//바싹/깨어진다
이제/깨어졌으니//테를/메어쓰랴
제물이/저리넘쳐도//담을그릇/없구나

그대/머리맡에//물길러/간다

그대/벼랑끝에//물길러/간다
밤가고/부신새벽녘//숯이되어/남는다

　시조작품을 율독(律讀)하다 보면 리듬이 주는 안정감이 느껴진다. 단조로운 반복인 것 같으면서도 그렇지 않게도 느껴진다.

　그것은 한 음보 안에 들어가 있는 음수가 고정되어 있지 않은 데서 오는 것이라 하겠다. 그런데 우리 선인들은 음보 안에 위치한 음의 수에 대해 몇 가지 원칙을 두었다. 3이나 4음절을 기준으로 하면서 여기에 한두 자의 가감이 있을 수 있지만 한 음절로써 한 음보를 만들지는 않았고, 또 한 작품의 절대다수를 3이나 4음절로써 이룩하였다는 사실이다. 예를 든 위의 두 작품엔 2음절을 1음보로 하고 있는 곳이 한 작품 안에서 네 군데나 보인다. 고시조에서도 2음절이 1음보가 된 경우는 흔히 볼 수 있지만, 한 작품 안에서 네 번이나 겹치는 위와 같은 경우는 없었다. 각 음보에 위치한 음절 수가 3이나 4가 절대적 우세를 보임으로써 한 음절에 소요되는 시간적 길이를 적당한 간격에서 평준화하였던 것이 고시조였다.

　위의 작품들을 읽다가 보면 리듬에서 무언가 허전함을 느끼는 것은 인습적으로 우리를 지배한 리듬감이다. 이러한 문제도 현대 시조시인들 사이에 한번쯤 토론되어야 할 문제이다.

　현대시조의 작품을 실어주는 문예지가 적다고 해도 시조전문지가 여럿 있으니 섭섭하게 생각할 일이 아니다. 그러나 그보다도 현대시조가 현대시와 무슨 이유로 어떻게 존재하느냐 하는 궁극적인 물음을 계속해야 하고 물음에 대한 답을 피차간에 서로 나누어 그야말로 <한국시의 정통성확립과 위상정립>을 이루어야 한다. 시조가 푸대접받는다고 생각할 것이 아니라 푸대접받지 않게 시조다운 시조를 써야 할

것이다. 자유시의 흉내만 내다보면 늘 자유시의 서자 취급을 면치 못
할 것이다.

2. 사이비 시조(似而非 時調)

옛날에는 노래의 가사가 되기 위해서는 외적 정형성이 요구되었다.
외적 정형성은 청각적 효과에 기여하기 때문에 문자가 없던 시절에는
아주 유효한 시의 형태이면서 정보전달 또는 정보저장의 역할을 해 왔
다. 古詩歌들이 定型이거나 정형에 가깝게 접근되어 있는 것도, 또 巫
歌들이 정형률을 가지고 있는 것도 다 이런 이유에서이다.

古時調는 일단 노래가사였기 때문에 ① 노래 부르기 편리한 장치
② 불러진 노래가 청자에게 잘 들리게 하는 장치 ③ 들은 노랫말을 잘
기억하게 하는 장치들을 내포하고 있었다. 그런데 現代時調는 古時調
의 이러한 속성이 시대적으로 맞지 않는다고 생각하고 고시조의 속성
을 벗어나야 한다면서 이런 저런 실험을 하고 있다.

이러한 태도만은 일단 긍정되어야 한다. ㉠ 노래부르는 시가 중심
이던 것이 ㉡ 읽는 시로, 그리고 ㉢ 읽어서 고민하게 하는 시의 시대로
넘어 왔는데도 노래 부르는 시를 표준처럼 생각해서는 될 일이 아니기
때문이다. 그러나 노래 부르는 시는 시가 아니라든가 시로서 가치가
없다라든가 하는 말투는 경계되어야 한다. 그런 시도 훌륭하게 남아
있어야 하기 때문이다.

시조는 출발부터가 ㉠이었는데 그렇게 때문에 ㉠을 꼭 지켜야 한다
는 생각은 모자라는 생각이다. 그렇다고 ㉡, ㉢이 표준이어야 한다는
생각도 넘치는 생각이다.

말이 우세한 정형시, 글이 우세한 자유시, 이렇게 이분법적으로 일

단 생각해보면 지금은 편안히 앉아서 시조를 창하고 창한 시조를 감상하는 그런 분위기가 극히 드물고, 또 이렇게 분위기를 주선할 시대적 상황이 못되기 때문에 시조는 시대착오적이라고 악담하는 경우가 있다. 이러한 정형시의 한계를 극복하고자 하는 것이 자유시라고까지 말하고 있다. 자유시는 글로써 표현하기 때문에 인쇄술의 발달에 힘입어 다양한 자유시가 속출하고 있고 ㉡, ㉢이 절대적 우세를 보이고 있는 것도 사실이다. ㉠이 보여준 단순한 정서의 세계보다 복잡한 정서, 더 나아가 복합적이면서 애매한 정서까지를 나타내는 것이 시조의 바른 길이라고들 하기에 이른 것이다.

과연 그래야 할까.

시조가 노래의 속성을 완전히 포기해야 할까.

시조의 존재가치는 외적 정형성을 가졌다는 것이고, 그 외적 정형성은 소리로서 구현되는 것이다. 시조는 3장으로 되어 있고 1장은 2구로 되어있고 1구는 2음보로 되어있어, 모두 3장 6구 12음보라고 말들을 하면서도 3장 6구 12음보를 제대로 안 지키니 이게 보통일이라 할 수 없다. 시조라고 시조 전문잡지에 발표한 작품이 이것을 지키지 않는 경우가 많은데 어찌된 영문인지 모르겠다. 시조가 소리로 구현되어야 외적 정형성이 나타난다면 ㉠이든 ㉡이든 ㉢이든 일단 3장 6구 12음보를 지켜야만 한다. 시조가 활자화되어 있어도 이것을 눈으로 읽어서는 정형성을 감각하고 그것의 예술미적 가치를 누리자는 것이 정형시, 바로 시조가 노리는 바 아닌가. 그렇기 때문에 ㉠이 배제될 수 없다는 것이고 ㉡, ㉢의 경우도 시조를 律讀하는 낭독자의 소리가 의미상으로 이해될 수 있는 범위를 초월해서는 안된다고 생각한다.

현대시조가 현대라는 말을 쓰고 있다고 해서 시조의 속성을 포기해서도 안되고 자유시의 방종을 모방하려 해서도 안된다. 시조다운 맛과

멋이 무엇인지를 따지고 또 따져보는 일이 시급한 일로 비쳐진다. 似
而非 時調들이 자꾸 등장하고 있어 이런 말을 해본 것이다.

3. 시조에 대한 오해, 이것이 문제다

안녕하십니까. 이 쪽 바닷가에는 꽃 소식이 한창입니다. 그간 별고
없이 잘 지내시는지요. 주신 신문 잘 읽었습니다. 하찮은 작품을 소개
해주시고 친절한 설명을 붙여주신 점 감사하게 생각합니다. 언제 한번
뵈면 말씀 드리려던 참이었습니다만 이번 일 감사의 뜻도 전하고 그간
제가 연구해온 일에 대해서도 말씀 드리는 것이 도리일 것 같아 이 편
지를 씁니다.

저는 평생 시조만 연구하며 살아왔고 이제 3년 후면 이 짓도 그만
두어야 할 것 같습니다. 저는 여태 시조가 정형시라는 점, 그래서 지킬
것은 꼭 지켜야 정형이 된다는 점을 강조해왔습니다. 일찍이 우리 선
배들도 이 점을 생각하여 시조 형식을 음절 수로 혹은 음보로 정하고
이것을 지킬 것을 말씀하신 적이 많지만, 시조 형식을 음절 수 혹은 음
보로 국한해 봐서는 안 된다는 게 제 소견입니다. 통사구조, 의미구조,
표현양식 더 나아가서 장(章)이 과연 무엇이며 구(句)란 무엇인가를 파
악해서 시조 형식을 포괄적으로 규정지어야만 비로소 시조 형식이 성
립된다고 생각한 것입니다(漢詩의 絶句形式은 한 행이 5언 혹은 7언
이 되어야 하고, 4행으로 이루어져야 하지만 이것만으로 형식의 전부
가 아니고 평음과 측음이 정해진 자리에 오고 압운은 기승결에 붙이
고, 기승전결이라는 의미구조를 비롯해 몇 가지 갖추어야 할 요소를
더 요구하듯이 시조도 단순히 음절 수 혹은 음보의 결합만이 아니라는
게 제 이론입니다).

현대시조는 고시조(단시조)대로의 답습을 의미해서는 안 된다고 생각합니다. 다만 앞서 말한 포괄적 형식은 고시조대로여야 한다고 주장하고 싶습니다. 그래야만 시조라고 할 수 있기 때문이라는 것입니다. 이것을 무너뜨리면 새로운 장르 개척이거나 유사 시조작품이라 할 수 있겠지요.

저는 주제나 소재 그리고 표현기법, 시어 등은 현대감각에 맞게 조정이 되어야만 하는 게 현대시조라는 생각을 하고 있습니다.

정형시는 눈으로 읽어서는 정형시를 느낄 수 없고 읽어서 소리가 정형으로 들려야만 정형시 아닙니까. 읽는다고 할 때 음보로 읽어야만 정형이 되는 것이라고 한다면 음보의 규칙성은 꼭 지켜야 하겠지요. 한 장은 4음보로 짜여 있고 한 구는 2음보이고, 한 장 2구는 문장의 짜임이거나 문장성분을 가지면서 3장 전체가 유기적 연결로 이룩되는 게 시조라고 생각하여 이런 저런 소견을 내놓게 된 겁니다.

시조시인 중 역량 있는 분일수록 시조를 현대화하려고 합니다. 옳은 생각입니다. 그러나 형식을 무시하는 것으로 현대화를 추진한다면 안 된다고 생각합니다. 저는 형식을 소홀히 하면 시조의 묘미가 사라지고 시조 아닌 것을 시조라 하는 경우가 생길 것이고, 이같은 경향은 앞으로 올 후배들에게 나쁜 모범적 사례가 되면 어떻게 되냐를 걱정하는 사람입니다.

홍 선생님의 작품을 예로 든 경우가 몇 번 있었습니다만 홍 선생님뿐 아니고 제 이론으로 봐서 시조 형식에서 어긋나는 모든 작품을 대상으로 하고 있음은 홍 선생님도 잘 아실 겁니다. 지적당한 분들 중에는 평소 친하게 지내는 분들이 대부분입니다. 또 저와 가깝게 지내는 어떤 분은 공개 장소에서 저에게 상당히 격분해하는 모습을 보였습니다. 친한 사이에 왜 이러느냐는 것이 골자였습니다. 작품에 대한 솔직한 비평이 얼마나 어려운가를 실감하는 순간이었습니다.

제 작품인들 어설픈 구석이 얼마나 많겠습니까. 시조를 본격적으로 공부하기 이전 작품 중에는 아마 제 이론과 일치하지 않는 것도 있겠지요.

거듭 말씀 드립니다만 제 소견이 이렇다 하는 것이니 제가 한 말에 노여워 마시기 바랍니다. 다른 분들은 선생님의 작품에 달리 말씀하시기도 할 것입니다. 하찮은 제 몇 말씀 때문에 우정에 금이 가는 일이 없었으면 하는 것이 제 바람이고 이 편지의 주요 의미입니다.

목련이 피려는 순간 그만 냉해를 입어 피지도 못한 채 퇴색이 되어가는 모습을 보니 안타깝습니다. 올해 목련꽃 아름다운 자태를 보기는 틀린 것 같습니다. 때 아닌 한파에 건강 잘 보존하시기를 빌며 이만 말씀을 줄이고자 합니다. 안녕히 계십시오.(2007.3.12)

Ⅰ. 심금을 울리는 기녀시조들

양반 사대부들의 시조를 읽으면 어쩐지 고리타분하고 또 자기의 행세하는 꼴을 남에게 보여주려는 듯한 데가 있어 역겨움이 느껴질 때가 많다.

　　靑山은 어찌하여 萬古에 푸르르고
　　流水는 어찌하여 晝夜에 긋지 아니는고
　　우리도 그치지 마라 萬古常靑 하리라

이 퇴계는 청산과 유수를 풍류대상으로 보지 않고 인간이 가져야 할 理의 대치물로 보고 있다. 자연은 사람이 배워서 간직해야 할 가치의 상징물인 셈이다. 왜 자연을 이렇게 보아야 하는가.

　　1)
　　겨울날 따스한 볕을 님 계신 데 비치고자
　　봄미나리 살찐 맛을 님에게 드리고자

님이야 무엇이 없을까만 내 못 잊어 하노라

2)
어버이 살아신 제 섬길 일란 다 하여라
지나간 후이면 애닳다 어찌 하리
평생에 고쳐 못할 일이 이뿐인가 하노라

1)은 사랑하는 이에게 정성을 다하고자 하는 마음을 나타낸 것 같지만 임금에 대한 충성심을 표현하고 있음은 자명하다. 2)는 정 철의 작품인데 부모에 대한 효를 강조하고 있다. 이같이 양반사대부들은 오직 오륜을 강조하는 시조이거나 주자적 관념을 나타내려는 시조에서 벗어나지 않았다.

산촌에 밤이 드니 먼데 개 짖어온다
시비를 열고 보니 하늘이 차고 달이로다
저 개야 공산 잠든 달을 짖어 무엇하리오

천금(千錦)이라는 기녀의 작품이다. 적적한 깊은 밤을 지내면서 개 소리를 듣고 있다. 개는 인기척을 느껴서 저렇게 짖는 것이리라. 그러나 사립을 열고 밖엘 나와 보니 사람은 없고 하늘은 차가운데 달만이 밝게 빛나고 있는 것이다.

청산은 내 뜻이요 녹수는 임의 정이
녹수 흘러간들 청산이야 변할손가
녹수도 청산을 못 잊어 울어 예어 가는 고

산은 옛 산이로되 물은 옛 물이 아니로다
주야에 흐르거든 옛 물이 있을소냐

인걸도 물과 같도다 가고 아니 오는 도다

　사물은 인식태도에 따라서 불변성과 가변성으로 감지된다. 이황은 "유수는 어찌하여 주야에 끝이지 않는고"하여 유수를 불변성으로 보았다. 이처럼 사대부들은 흘러가는 물의 연속작용에 초점을 맞추어 항존적 불변적인 것으로 유수를 보았다.

　이에 반해 황진이는 흘러가는 물은 돌아와 다시 흐르지 못한다는 물의 일회성에 초점을 맞추어 가변적인 것으로 보았다.

> 청산리 벽계수야 수이 감을 자랑마라
> 일도창해하면 다시 오기 어려우니
> 명월이 만공산하니 쉬어간들 어떠리

　위 시조의 작가 황진이의 생몰 연대는 미상이며 이조 중종 때 개성 명기로만 알려져 있다. 문집이나 연보도 남아 있지 않다. 산재해 있는 문헌에 그녀의 일생을 짐작할 수 있는 야사들이 존재할 뿐이다. 황진이는 황진사의 서녀로 태어나 어릴 때 사서삼경을 읽고 시·서·음률에 뛰어났으며, 절세의 미인이었다고 한다. 황진이는 기녀들 중에서도 시조를 가장 잘 지은 기생이었다.

　푸른 산 속의 흘러가는 시냇물을 두고 시비를 거는 것은 시가 할 일이다. 시는 대상을 변형시키고 인간화시킨다. 이제 푸른 시냇물은 어른에게 꾸지람 당하는 어린애가 되어 있다. 시냇물을 어린애처럼 꾸지람하는 것도 재미있지만 이 시조가 이중의 의미를 가지고 있음도 재미있다. 碧溪水는 호를 碧溪守라고 하는 거만끼 있는 사나이를 농담 겸해서 놀려주려는 의도로 이 시조가 쓰여졌다. 중신 이씨 碧溪守와의 헤어짐을 이야기하는 것으로, 碧溪守는 벽계고을의 수령으로 목민관을 지칭하는 말로 지금의 개성 부근으로 추정하고 있다. 이와 음이 같은 "碧溪水"라 하고 자신의 기명인 "明月"을 짜 넣은 황진이의 문학적 기교가 돋보이는 작품이다.

> 동짓달 기나긴 밤을 한 허리를 베어내어
> 춘풍 이불아래 서리서리 넣었다가
> 어른님 오신 날 밤이거든 구비구비 펴리라

어른님, 즉 정든 님이 오시어서 같이 지내는 밤은 왜 그리도 짧은지. 어른님은 옆에 상주하지 않고 가끔씩 출장 오듯이 오는 임이리라. 진이는 혼자 자는 동지밤은 짧아야 하기 때문에 베어내었으면 좋겠고 임과 같이 자는 밤은 길어야 하기 때문에 이를 연장했으면 했다. 밤을 신장성 있는 물체로 본 것은 기특한 시적 발상이다.

> 어저 내 임이여 그릴 줄을 모르던가
> 있으라 했더면 가랴마는 제 구태여
> 보내고 그리는 정은 나도 몰라 하노라

사람을 가라고 하여 보내놓고는 다시 그리워하고 안타까워하는 것은 모순된 표현이다. 이 같이 모순된 표현은 시 속에 자주 보인다. 모순된 표현도 재미가 있지만 <제 구태여>란 말이 묘한 위치에 있기 때문에서도 재미있는 작품이 되고 있음을 알 수 있는 것이다. <가랴마는 제 구태여>는 <제 구태여 가랴마는>의 도치가 되기도 하고 <제 구태여 보내고>로 걸리어 이중의 의미 역할을 할 수 있는 위치에 있음을 알 수 있다. 다시 말해 양다리 걸치기(enjambment) 작전으로 이 말이 놓여 있다는 것이다.

위 두 편에서 그리움의 대상은 문헌적으로 밝혀진 바는 없으나 徐敬德이라는 설이 비교적 우세하다. 서경덕은 당시 도학군자로서 학덕과 인격이 널리 알려진 위인이었는데 황진이의 농락에 눈썹하나 까딱하지 않았다. 어느 날 화단정사에 놀러갔다가 돌아갈 시간이 되었다. 황진이가 별안간 복통을 일으켜 신음하기 시작했다. 서경덕은 한 채밖에 없는 이불을 펴주었고 자기는 늦도록 책을 읽었다. 꾀병을 앓으면서도 연방 서경덕의 동태를 살폈으나 일점도 흐트러짐이 없었다던 것이었다.

황진이는 사후에도 뭇남성들의 연모의 대상이 되었다. 평소에 임제는 황진이를 흠모하여 송도에 가기를 원했었다. 기회가 되어 송도에 갔으나 이미 이승의 사람이 아니었다.

청초 우거진 골에 자는다 누었는다
홍안은 어디 두고 백골만 묻혔는다
잔 잡아 권할 이 없으니 그를 슬어하노라

임제가 평안 평사로 부임할 때 황진이가 묻힌 무덤을 지나면서 황진이와 대작할 수 없는 아쉬움을 나타낸 시조이다. 이 시조로 인하여 임제는 관직에서 삭탈당하는 수모를 겪게 되었다.

황진이와 더불어 기녀시인의 대표적인 인물은 매창이다. 매창은 부안현의 아전 이탕종의 서녀로, 선조 6년(1573)에 태어났다. 계유(癸酉)년에 태어나서 계생(癸生)이라고 불렀다. 기생이 된 뒤 애칭인 계랑(癸娘)으로 고쳐 불렀다. 아호는 매화가지에 비치는 달빛을 사랑하며 조용히 살아가고 싶은 마음에 스스로 매창(梅窓)이라고 지었다. 당시 촌은(村隱) 유희경이라는 학자가 있었다. 천인(賤人)이었지만 시인으로

유명했으며, 예론(禮論)과 상례(喪禮)에 밝아 국상은 물론 평민들의 장
례까지 그에게 문의할 정도였다. 영의정 박순을 비롯하여 많은 양반
사대부들이 그와 사귀었다. 촌은이 부안의 명기 매창을 처음 만나게
된 때는 임진왜란 직전으로 보이며 서로 사랑을 즉흥시를 주고 받았
다. 이후 임진왜란이 발발하자 유희경은 상경하여 의병을 모아 관군을
도왔다. 상경 후 만나주지도 않고 이후로도 소식이 없자

계랑은 다음과 같은 시조를 짓고 아예 수절을 하였다.

梨花雨 흩날릴 제 울며 잡고 이별한 님
추풍낙엽에 저도 나를 생각는지
천리에 외로운 꿈만 오락가락하더라

황진이, 매창 외에도 시조를 남긴 기녀 시인에는 홍랑과 송이(松伊)
등이 있다.

묏버들 가려 꺾어 보내노라 님의 손대
자시는 窓밖에 심어두고 보서소
밤비에 새잎 곧 나거든 날인가도 여기소서

선조 6년 고죽 최경창이 북해 평사로 경성에 가 있을 때, 그는 기녀
홍랑과 가까이 지냈다. 고죽이 임기를 마치고 서울로 돌아오게 되자
홍랑은 영흥까지 배웅하였다. 임이 주무시는 창밖(임의 방 가까이)에
자기가 꺾어주는 이 묏버들을 심어 두고 계시라는 당부는 임과의 이별
이 이별이고 싶지 않음에서 비롯된 발상이다. 즉 동거의 세계에 있음
을 인식하여 살아 달라는 당부이기도 하다.

솔이 솔이라 하여 무슨 솔만 여겼더니
천심절벽에 낙락장송 내 그것이로다
길 아래 초동의 접낫이야 걸어볼 줄 있으랴

송이(松伊)는 비록 기생 신분이긴 하지만 기생신분이고 싶지 않은
기생이었다. 고상한 인격자로서의 자기, 함부로 몸놀림하지 않는 절제
의 여인, 그리하여 타인으로부터 고매성을 확보하고 싶어 하는 기생이
었다. 이 작품에서 "솔이"는 자신을 의미하는 것이며, "낙락장송"은
절개를 지키는 자신을 비유한 것이다. "초동"은 기생을 함부로 대하는
한량들을 비하하는 의미로 쓰였다. 이 시조에 담긴 뜻은 비단 기생 신
분이지만 절개가 굳은 여성으로서의 정조를 강조하며 뭇남성들의 추
태를 단호히 거절한다는 선포이기도 하다.

Ⅱ. 골라 뽑은 현대시조들

어머니와 콩밭

정완영

어머님 길 떠나신지 십 년 십 년 또 십 년
그 해 그 가을이 오늘에도 수심 겨워
콩밭에 누렇게 앉은 물 내 가슴에 다 실린다.

정완영은 1919년 태어났으니 현존하는 시조시인 중에서 최고령이
다. 그런데도 아직 왕성하게 시조를 짓고 있으니 대단하다 하겠다. 그
의 시조는 쉬운 말로 깊은 의미를 담고자 한다. 그리고 동양적 사유세
계에서 벗어나지 않기 때문에 독자들의 사랑을 많이 받는다.

콩밭에 누렇게 물든 가을 빛을 보니 어머니 생각에 나도 가슴 가득 어머니에 대한 애뜻한 그리움의 물이 들어 수심겹다는 것이 요지이지만 어머니를 여읜 사람이 이 시조를 읽으면 콧마루가 찡할 것이다. 처음에는 이렇게 시조를 단수로 짓지 않았는데 요즈음 단수에 취미가 붙어선지 아니면 시조는 단수에 묘미가 있음을 알았는지 단수 작품을 많이 발표하고 있다.

'관악산 봄'이란 작품을 하나 더 소개한다. "산은 늙었는데 봄은 늘상 어린걸까 // 숲 속에 들어서면 구슬 치는 산새 소리 // 나무들 키 재는 소리도 내 귓 속에 들려온다." 시는 논리를 초월해야 한다. 어른들의 해박한 시각은 시에서는 무용하다. 차라리 어린이다운 시선으로 바라보아야 시가 된다. 이런 말투는 저 낭만주의자들이 강조하던 이야기이긴 하지만 시를 수업하는 사람들이라고 한다면 익혀 두어야 하는 말이기도 하다.

망월사의 밤

정완영

풍경 소리 떠나가면 절도 멀리 떠나가고
흐르는 물 소리에 산은 감감 묻혔는데
적막이 혼자 둥글어 달을 밀어 올립니다.

절의 존재는 풍경소리에 의해 확인된다. 물소리는 산을 이불처럼 싸 버리거나 산 그 자체를 존재하지 않게 무화(無化)시키는 존재다. 풍경 소리나 물소리는 망월사(望月寺)와 둘레의 산을 지배하는 절대자로 나타내었다.

구름2
정완영

어릴 적 내 고향은 구름마저 어렸었네
들찔레 새순처럼 야들야들 피던 구름
할버지 백발 구름에 업혀 잠든 손주 구름

　고향은 동심의 장소다. 이성적 인간보다는 감성적 인간으로서의 삶을 추구하는 장소가 고향이다. 그리고 인공적 꾸밈과는 거리가 먼 자연 그대로의 원시가 살아있던 공간이 고향이라고 하였다.

분이네 살구나무
정완영

동네서 젤 작은 집 분이네 오막살이
동네서 젤 큰 나무 분이네 살구나무
밤사이 활짝 펴올라 대궐보다 덩그렇다

　동시조로서의 시조를 시험하였다. 물질적 가난을 극복하는 장치로서 살구꽃을 등장시켰다.

균열(龜裂)
이호우

차라리 절망을 배워 바위 앞에 섰습니다.
무수한 주름살 위에 비가 오고 바람이 붑니다.
바위도 세월이 아픈가 또 하나 금이 갑니다.

　이 호우시인의 대표작 중 하나다. 1955년 爾豪愚時調集에 실었는데 뒷 날 오누이 시조집에서는 제목을 '금'이라 고쳤다. 자유당 독재 하에 모진 고초를 겪기도 하였던 호우. 그는 지사적 시인이었다. 바위가 절망으로 침묵하듯 나는 바위를 닮아 절망으로 이 세월을 견뎌야 하겠다. 세월은 칼날 같아서 내 젊음도 가고 이마엔 주름이 잡히고 있다. 바위도 세월을 앓아 그 아픔을 금 그어 헤아리듯이 내 인생의 아픔도 주름으로 금을 긋고 있다. 뭐 대충 이런 뜻이라 할 수 있다. 사물을 肉化시켜 스스로의 생애를 대변하면서 시대의 아픔을 이렇게 요령껏 나타내었으니 장하지 아니한가.

축제(祝祭)

김상옥

살구나무 허리를 타고 살구나무 혼령이 나와
체선(彩扇)을 펼쳐들고 신명나는 굿을 한다.
자줏빛 진분홍을 돌아, 또 휘어잡는 연분홍!

봄을 누룩 딛고 술을 빚는 손이 있다.
헝클린 가지마다 게워넘친 저 화사한 발효(醱酵)
천지를 뒤덮는 큰 잔치가 하마 가까와 오나부다.

김상옥(1920~2004)은 통영에서 태어나 상당기간 부산에서 교직생활을 한 시조시인이다. 시조만 아니라 자유시도 장인이고 그림은 대가다. 그림만 아니고 전각 또한 그렇고 고미술 감식에서 서예에 이르기까지 따를 자가 없었다. 그의 초기 시조는 그림 그리듯이 사물을 눈 앞에 던져 놓고 그림 옆에 독자를 세우는 작품 세계였다. 소개하는 이 작품은 그의 말년에 쓴 작품인데 회화성을 강조하기보다 현상 배후의 의미성을 강조한 작품이다.

봄이 되면 먼저 꽃 불을 지피는 살구나무, 살구나무 혼령이 채선을 펼친 채 마치 강신제(降神祭)를 하는 무당이 그러하듯이 굿판을 벌이는 장관을 보노라니 이건 필시 봄을 밀기울인양 누룩 딛고 이걸 술로 발효시키는 저 천지의 거대한 손! 그 손길에 의해 천지 가득 큰 잔치 벌이는 봄이 시방 가까이 오고 있다. 이 거창한 환희의 축제를 나는 알 겠는데 다른 사람들은 아는지 모르겠다고 하였다. 씹을 맛이 있는 작품 아닌가.

방(房)

장하보

고달픈 하룻날을 섬돌 위에 벗어두고
살째기 문을 닫으면 방(房)은 온통 나의 영토(領土)
애정(愛情)도 한 아름 꽃일레 산(山)이요 또 바달레.

비에 젖은 자락 가만히 닫아걸고
마주앉은 자리 눈으로 오가는 정(情)
우주(宇宙)도 거추장스러워라 한쌍 조개껍질레.

何步는 호 본명은 張應斗(1913~1970)이고 경남 충무에서 출생하였고, 조선일보 신춘문예, 문장지 추천을 통해 등단하였다. 주로 부산서 생활하면서 가난한 삶을 살다 간 시인이다. 시조도 좋거니와 부산문단을 위하여 헌신하였다 하여 뒷 날 후배문인들이 寒夜譜라는 시조집을 출판하였다.

시는 시어를 잘 다듬었다 해도 깊고 함축된 시상이 없으면 미인이랄 것 없는 분 바른 곰보 얼굴에 불과하다. 그의 삶이 어려웠다 해도 방 하나의 만족이 영토일 수 있고 애정을 꽃 피우는 산이요 애정의 깊이가 무한정한 바다일 수가 있는 것이다. 우주는 또 뭐하는 것인가. 한쌍 조개껍질이 나란히 존재하는 이것이 우주일 수 있다는 것이다. 말 너머 말이 존재함을 알 수 있을 것 같다.

그는 사랑에 퍽 굶주리는 삶이었고 가정생활도 원만하지를 못하여 東家食 西家宿을 할 때가 많았지만 한 순간은 이처럼 우주와 견줄 수 있는 사람이 옆에 있었던 갑다.

何步는 아들을 둘 두었는데 혹 이 글 읽으면 연락해주길 바란다.

　　　　보리고개
　　　　　　　　이영도

　　사흘 안 끓여도 솥이 하마 녹 슬었나
　　보리 누름철은 해도 어이 이리 긴고
　　감꽃만 줍던 아이가 몰래 솥을 열어보네.

이영도(1916~1976)는 경북 청도 내호 마을에서 태어났고 오빠 이호우에게서 시조를 배웠다. 靑馬 유치환과 애틋한 사랑을 나누었는데 청마가 준 편지 '사랑하였으므로 행복하였네라'를 읽으면 애절한 사랑이 이런 건가를 느끼게 한다. 호를 丁否이라고 靑馬가 붙여 주었는데 다시 丁芸이라고 청마가 고쳐주었다.

이 보리고개는 이분의 첫 시조집 靑苧集에 실었는데 두수로 되어 있었지만 뒷 날 그는 한 수를 줄여 발표하였다. 지운 한 수는 이렇다."끼니 건너기가 강물보다 어렵던가 / 차리리 지친 목숨 목석이 부러운데 / 오늘도 밥 얻는 무리 속에 새 얼굴이 보인다" 이렇게 단수로 만들고 보니 함축미가 돋보이지 않는가. 보리고개를 겪지 않은 이들도 보고픔이 어떠했던가를 느끼게 하는 작품이다.

그의 작품 '비' 또한 그의 대표작으로 꼽히는데 이 작품은 이러하다. '그대 그리움이 고요히 젖는 이 밤/한결 외로움도 보배냥 오붓하고/실실이 푸는 그 사연 장지밖에 듣는다.'

시조는 간결미와 함축미를 자랑하는 시다. 이러하기 때문에 자유시와 변별되는데 요즘 할 말 많이 하는 시조를 보면 한심한 생각이 든다.

그는 부산서 오래 살았고 그가 살던 장전동의 愛日堂엔 아름다운 정원이 있어 문인들의 휴식처가 되곤 했지만 이젠 흔적도 없이 사라졌다. 시비가 금강공원 안에 있어 그의 아름다운 시조가 사람들의 걸음을 멈추게 한다.

적일(寂日)

김상훈

바람만 손님처럼 말없이 왔다 가고
박꽃은 지붕에 올라 낮달을 견주는데
뜰 앞에 고운 봉숭아 몰래 섬을 짓는다.

김상훈(1936~)은 울릉도에서 태어났다. 아버지가 교사였기에 자주 전근을 하시는 통에 형제가 여럿이지만 태어난 곳이 각기 다르다. 젊었을 때의 그는 시인이라기보다 위용을 갖춘 행동과 언어를 구사하는 정치가, 심하게 말하면 밤거리의 어깨 같은 스타일이었다. 열정이 있었고 패기가 넘쳐 흘렀다. 그래서 그런지 대구모 신문 논설위원으로 있을 때, 글이 과격하여 수모를 겪기도 하였다. 부산일보 사장으로 있으면서 지역 문화 발전에 크게 기여하였고, 술값 밥값 내기를 주저하지 않아서 그를 존경하고 좋아하는 사람들이 많다.

이 작품은 동시조답다. 낭만주의자들은 자연 그대로는 선이고 자연에 가까운 어린이는 선이라 하여 어린이다움의 세계관을 시 속에 넣으려 하였다. 이 작품에서도 논리적 이성을 배격하고 문명의 이기를 미워했던 낭만주의의 근성이 보인다. 시풍을 좀 달리하고 있는 작품에 이런 것도 있다.

살구꽃 피는 마을 피는 날이 저리 곱다 / 피는 꽃 그 너머로 지는 꽃도 어여쁘다 / 목숨도 오가는 날이 저리 꽃길이고저 // 행화촌(杏花村)이란 작품이다.

비슬산 가는 길

조오현

비슬산 굽잇길을 누가 돌아가는 걸까
나무들 세월 벗고 구름 비껴 섰는 골을
푸드득 하늘 가르며 까투리가 나는 걸까

거문고 줄 아니어도 밝고 가면 운 들릴까
끊일 듯 이어진 길 이어질 듯 끊인 연을
싸락눈 매운 향기가 옷자락에 지는 걸까

절은 또 먹물 입고 눈을 감고 앉았을까
만첩첩 두루 적막 비워 둬도 좋을 것을
지금쯤 멧새 한 마리 깃 떨구고 가는 걸까

승려로서 도 닦기도 어려운 판에 그는 시조를 쓰는 일에 바쁜 사람이다. 그는 스스로를 설악산 산감이라고 한다. 강원도 백담사 회주스님으로 있으면서 해마다 만해선사 업적을 기리는 사업을 거창하게 벌이고 있다. 1970년대 초에 그는 김천서 한 이십 리 쯤 떨어진 계림사라는 작은 절에 살았는데 그때 마침 백수 정 완영 선생이 김천에 있어 그분을 자주 뵙고부터 시조 쓰는 일에 신열을 다하더니 이렇다 할 시조 시인이 되었다. 그는 밀양이 고향이고 어려서 절에 들어가 불교 공부를 하였다. 시조에 열을 올리는 자신을 일러 "중이랄 것 없는 중"이라고 말한다. '아지랑이'라는 작품은 자신의 구도정신을 잘 나타내었다.

　나아갈 길이 없다 물러설 길도 없다 / 돌아봐야 사방은 허공 끝없는 낭떠러지 / 우습다 내 평생 헤매어 찾아온 곳이 절벽이라니 // 끝내 삶도 죽음도 내던져야 할 이 절벽에 / 마냥 어지러이 떠다니는 아지랑이들 / 우습다 내 평생 붙잡고 살아온 것이 아지랑이더란 말이냐

　　　밤 항로
　　　　　　김호길

　밤은 잠든 바다를 구름으로 덮어주고
　하늘은 못 자는 그를 별무리로 감싸누나.
　저 우주 다함없는 질서 사랑보다 깊어라.

　서천 쪽박달이 바다에 빠지는 순간
　유난히 빛 고운 별 하나 함께 지고 있다.
　이 세상 하찮은 것도 애정 아닌 게 없어라.

　김호길(1943~)은 사천에서 태어났다. 영남 詩才들이 모이는 개천예술제에서 장원한 것이 시조와 인연이 되어 많은 시조집을 출간하였고 시조 활성화를 돕는 일에 바삐 산다. 육군 항공학교를 졸업하고 비행기 조종사가 되더니 제대하고 난 뒤에는 대한항공 조종사로 다년간 근무하다가 현재 미국에 살고 있으면서 멕시코에다 큰 농장을 마련하여 농사를 짓는 농부가 되었다. 한편, 미국 거주 한국인 시인들 모임을 주도하고 있고 '해외시조'라는 책을 주간하고 있다.

그의 직업이 비행기 조종사라서 그런지 운항체험을 시조로 작품화한 것들이 많다. 이 작품도 마찬가지다. 밤에 바다 위를 날아가다가 바다를 보면 밤은 어머니 손길이 되어 바다를 구름으로 이불 덮어주고 설레어 잠 못 들면 별을 내려 보내 위무해주는 것이 밤이라고 생각한 것이다. 자연의 이 같은 사랑은 인간의 사랑보다 깊다고 보았다. 그 다음 수에는 이 세상 하찮은 것도 무한한 애정의 손길이 닿은 결과라고 생각하고 있다. 자연의 오묘한 섭리를 사랑으로 느끼고 있음이 그의 마음씨 같다고나 할까.

새벽바다

김춘랑

마지막 은혜의 말씀 금빛 날개를 펴고
찬란히 불의 새가 노을깃을 접어간 뒤
체념의 짜디짠 소금을 저며우는 해조음.

아득히 뭍의 기억을 멀어져간 절해고도(絶海孤島)
키 잃은 한 생각의 배 분별 없는 길을 열어
외로운 임의 등대는 시방 깜박이고 있는가.

비로소 잠을 깨는 회한의 내 바다가
한 음계 낮은 곡조의 쏘나타로 뒤채다가
속 삼킨 울음 터뜨려 해일(海溢)토록 넘치는가.

김춘랑(1957~)은 고향이 고성이고 당항포에서 살면서 고성 지방 문인들의 대부격으로 일하고 있다. 만나면 육두문자(肉頭文字)를 잘 써서 좌중을 웃긴다. 언젠가 욕설대회에 나가 대상을 받았다는 말이 있다. 그의 시조는 바다를 배경으로 한 것들이 많다. 그도 젊었을 때에는 고향을 떠나 도회지를 선망하여도 보았지만 그것은 그의 욕망이었을 뿐 고향에 묻혀 가난을 벗하여 살 수밖에 없는 현실을 받아들였다. 이 시조는 그의 인생역정을 담았다 할 수 있다. 한잔 술에 취하여 발산하는 그의 언사는 고요하지가 못하다. 스스로를 절해고도의 등대지기처럼 생각하고 속으로 다스려온 울음을 해조음으로 엿듣는 그의 삶이 이 시조에 잘 나타나 있다.

다시 수유리에서
박시교

수유리에 오시려거든 되도록 비 내리는 날
우산은 받지 마시고 그냥 오십시오.
가슴은 술로 데우게 겉만 젖어 오십시오.

우거진 상수리나무 숲길 지나 어느 등성이
굳이 정상(頂上) 아니더라도 도봉(道峰) 마주해 앉으면
마음 속 은밀한 앙금도 녹아나게 마련입니다.

비 오는 날 수유리에 오실 때에는 또 한 가지
잊지 말고 시계는 풀어놓고 오십시오.
어차피 흐르는 세월은 물 같은 것이기에.

박시교(1945~)는 경북 봉화가 고향. 서울로 와 출판사에 다년간 근무하면서 매력 있는 시조를 많이 썼다. 이 시조 말고도 명작이 많기야 하지만 이 시조만큼 그의 인간 냄새가 풍기는 작품이 있을 것 같지가 않아 소개한다. 다르게 말하자면 인간의 삶이 이렇게 진솔하고 가식이 없으면 얼마나 좋을까를 누구나 느껴보았으면 하여 소개한다.

인간은 크든 작든 갑옷을 입고 상대하는 사람으로부터의 공격을 피

하려 하지만 박 시교를 만나면 적의(敵意)가 사라진다. 그도 그럴 것이 그는 늘 준비된 갑옷이 없기 때문이다.

문학은 감동이 생명이다. 우리 마음 속에 잠재되어 있는 진실을 자극하여 감동으로 나아오도록 하는 것이 문학이다. 이 시조는 현실의 어려움을 달래기 위해서는 우리 스스로가 성숙된 자세로 그리고 넉넉하게 세월을 달래가며 살아갈 일이라고 말하고 있어 매력적이다.

근친(覲親)
김남환

어머님 뵙고 싶어 친정에 왔습니다.
석류나무 그늘에 환한 아버님 두고간 미소
오늘도 초록빛 하늘 그날처럼 높습니다.

김남환(1933~)은 김천이 고향이고 현재 한국시조인협회 회장으로 일하고 있다. 그의 시조는 靜的이고 인간애적인 사랑이 바탕에 깔려 있다. 말하자면 감정이나 정서를 중시한다. 이와 반대로 시적 대상을 형태 또는 물리적인 것으로 인식하여 추상성을 띠게 된 시가 소위 주지주의시다. 현대시조는 바로 이러해야 한다고 하여 난해를 자랑삼는 시조시인들이 더러 있다. 그것대로 의미가 영 없는 것은 아니지만 시조는 소리 내어 읽어서(또는 외워서) 그 소리가 정형을 이루면서 음악을 이루어야 하는 시이기 때문에 들어서 이해하기 수월해야 하는 것이다. 그는 무남독녀로 부산에 오래 살았다. 김천 어머님 뵈러 가보니 아버님 심어놓고 간 석류나무를 보는 순간 생전의 아버님이 그 그늘 아래 웃으시던 모습이 떠올랐다는 것이다. 봄이라 그런지 석류꽃 피는 이 잔칫날에 하늘은 봄기운이 가득하여 초록으로 물들여져 있는데 마음은 무겁다는 의미를 담고 있다. 간단한 표현이지만 인간사 곡진한 사랑이 있어 가슴 뭉클하게 한다.

정야(靜夜)

김원각

여기는 산협을 돌아 사라지는 물소리뿐
향연(香煙) 너머 연화봉은 장승처럼 앉았는데
그 위로 카랑한 별이 금을 긋고 흐른다.

이따금 대숲 속을 빗질하는 바람소리
골 안은 아늑해도 다시 낯선 어느 벌판
세월도 밀어붙이고 석탑하나 서 있다.

수정빛 정기 어리는 범영루 휘엿한 허리
눈에는 안보이나 선연한 움직임들
그 깊이 알 수 없는 속 쌓여가고 있었다.

　김원각(1941～)은 대구에서 태어나 스님으로 있다가 1972년 동아일보 신춘문예에 시조가 당선되면서부터 도 닦는 일보다 시조 쓰는 일에 힘쓰더니 환속하여 시인으로 활동하고 있다.
　이 작품은 나무랄 데 없는 아름다운 작품이다. 정야에 앉아 장승처럼 상징화된 연화봉(아마 경북 영주에 있는 산인듯) 아래 나지막한 어느 절을 시의 배경을 하면서 개인 감정을 줄이고 오로지 사물을 관조하는 것으로 투시하고 있다.
　혹자는 시는 사물에 사적 감정을 넣어 사물을 사유화해야 한다고 주장하기도 한다. 그러나 이런 시가 있어야 한다는 것이지 이런 시가 잘난 시라고만 말할 수는 없다. 정야는 사물을 있는 그대로를 감상하고 그것을 개인 욕망으로 해석하기보다 개인 시각으로 바라만 보고 있다.

순대를 먹으며

유자효

시장통에 주저앉아 순대국을 먹는다.
들깨 듬뿍 고기 듬뿍 인심이 후하다.
노동의 훈김이 물씬 가슴으로 밀린다.

순대국엔 돼지 귀에 파가 들어야 제격이다.
마늘에 된장에 깍두기가 곁들인다.
뚱뚱한 순대 아줌마는 빙긋 웃을 뿐 말이 없다.

검붉은 얼굴들이 수시로 나고 들고
때로는 쇠주 한 잔에 고성도 오가지만
그토록 그럽던 냄새 텁텁한 사람 냄새

유자효(1947~)는 부산이 고향이다. 그의 시조는 생활 속에서 느끼는 단편을 시조형식으로 옮기는 걸 좋아한다. 이 작품에서는 일체의 기교를 삼가고, 있는 그대로를 사진 찍듯이 옮기려고 하였다. 그는 이같이 즉물적 묘사를 즐기는 시인이다. 이 시에서 시인이 말하고자하는 것은 시가 기교에서 해방되어 무기교가 기교로 활용되는 시를 쓰고 싶다는 것이고, 시의 내용 또한 있는 그대로의 풍경을 담아오되 그 풍경 너머로의 울림을 독자가 느끼면 시가 되는 것 아니냐는 눈치다.

하루 고달픈 생활을 정리하고 서민들의 애환이 서리는 순대국집 낡은 나무의자에 앉아 소주 한잔 나누는 자리를 마련하고 있으면 가식이 없는 인간 삶의 진국물이 흘러 사람 냄새가 난다고 하였다. 기자 생활을 오래 한 그는 사건을 접할 때마다 인간이 인간을 떠난 비인간의 세

계에 대해 얼마나 놀라와 하였겠는가. 순대국 같은 그와 한잔 하고 싶
다.

어떤 경영(經營)・1

서 벌

목수가 밀고 있는 속살이 환한 각목(角木)
어느 고전(古典)의 숲에 호젓이 서 있었나
드러난 생애의 무늬 물 젓는듯 선명하네.

어째 나는 자꾸 깎고 썰며 다듬는가
톱밥 대팻밥이 쌓아가는 적자(赤字)더미
결국은 곧은 뼈 하나 버려지듯 누웠네.

서 벌은 본명이 徐鳳燮이고 1939년 경남 고성 빈한한 가정에서 태
어났다. 그는 평생 가난을 마누라처럼 끼고 살았다. 성질은 단호한 데
가 있어 오래 친히 지내려면 인내심이 좀 필요한 데가 있었지만 시조
는 그를 닮지 않았다. 자기 인생이 적자더미에 짓눌려 살았음에도 무
늬 고운 각목처럼 시조가 고와 사람들이 그를 아껴하였는데 오래 살지
못하였으니 안타까운 일이다.(그의 타계가 2006년 여름인가?)

나무는 원시의 무늬를 내장(內裝)하고 있으면서 겉으로는 드러내지
를 않는다. 깎고 썰고 다듬어야 비로소 내장한 아름다움을 보여준다.
사람살이도 마찬가지 아닌가. 가식의 겉옷을 벗고 순수를 드러내었을
때만이 아름다움이 나타나는 법이다. 곧은 뼈 같은 각목의 아름다움을
자기 생애에 비추었다고 보여 이 작품을 읽을 때마다 각목 같았던 그
가 생각난다.

목련

박재두

차마 미치지 못한 사모(思慕)도 속된 업보(業報)
살아 한 되는 목숨 오늘 가도 그만인데
눈 감고 못 거둘 숨결 풀어 피는 목련꽃.

숨 닿을 거리 밖에 돌아누운 어둔 산맥
넘나드는 바람결에 억새꽃은 길로 자라도
해마다 눈뜨는 향수 더해 가는 나이테.

이리 성하지 못한 연대(年代)에 발을 짚어
새벽 연봉(連峰)에 무지개로 올릴 기약
한 하늘 원통한 강산 숨어지는 목련꽃.

박재두시인(1936~2004)은 통영 거기서도 섬인 사량도에서 태어났다. 그는 미술선생이었고 나중에 시조시인 我川 최재호 선생의 배려로 삼현여중 교장으로 봉직하기도 하였다. 그는 그림도 천품이었고 시조도 뛰어났다. 그의 작품 중에는 "꽃의 묵시"라는 작품이 있는데 이를 소개하면 이렇다. "눈부신 햇살을 골라 비단 실로 가려도 / 선잠 깬 눈물 위에 멀리 앓듯 얼비치어 / 전신엔 가려운 버짐 구름 일듯 피었다. // 바늘끝 쑤시는 아픔 가슴 골을 파고들어 / 충계마다 불 지른 노래 한 채 탑이 쌓이는데 / 귀먹고 눈먼 사내야 하마 말문 터지나. //

앞의 '목련'은 우리 강산이 목련 봉오리 같이 피어나야 함에도 그러질 못하여 한 되는 세월만 쌓여가고 산맥은 돌아누워 신음하기 때문에 목련꽃조차도 맥 없이 피었다 지고 만다는 뜻인 것 같다.

그가 그린 동양화는 花鳥가 중심이었다. 그의 그림이 그러하듯 그는 꽃을 통해 세상 이치를 밝히는 시조를 많이 남겼다.

꽃의 변증법 · 1
윤금초

쑥구렁 가시덤불 핍박받은 이조의 땅
살도 뼈도 썩어내린 주검의 굴형에서
용하다 붉은 피톨의 꽃대궁을 내밀고.

대둔산 깊은 골짝 비바람 할퀸 자리
돈도 빽도 바이 없는 더벅머리 상사화야
그 누가 저지른 죄(罪)를 너를 빌어 참수하나……

윤금초1943~)는 해남에서 태어났고 孤山의 후손이다. 사람이 좋아 취직이 어렵던 시절 문인들을 더러 취직도 시키고 시골 문인이 서울 가면 그래도 국수 한 그릇 막걸리 한 사발이라도 살 줄 아는 사람이다. 그런 그지만 그는 사설시조를 제창하고 그 방면에 심혈을 기울이고 있는데 이것만은 마음에 들지 않는다. 사설시조는 정형시가 아니다. 자유시가 없을 때에야 값이 있었다 하지만 자유시가 등장한 이 마당에 사설시조라고 내세워본들 자유시를 사설시조라 우기는 경우가 될 것 같아 걱정이다.

이 작품은 그의 고향 해남 명산 대둔산 둘레에 얽힌 역사적 사실을 기초로 해서 썼는데 더벅머리 총각의 연민과 무슨 연관되는 듯하다. 그런 것은 두고서라도 꽃을 서경으로 읊지 않고 역사적 가치로 치환해서 바라보는 게 놀랍다고 해야 할 것 같다.

그 가을
김종윤

무거운 군도(軍刀)를 놓은 공허한 청동의 손

모든 것 다 저버리고 꿈으로만 와 앉은 젊음
한 세상 누군가 나를 거종(巨鐘)처럼 울리던 것.

또 바람 불면 우수수 지는 것들
「릴케」의 계단을 내린 이 둔탁한 발자국 소리
진실로 빈 가슴일수록 사무치게 듣는다.

김종윤(1944~)은 대구 출생으로 대구교대 재학시부터 시조를 발표하였다. 1966년 중앙일보 신춘문예에 당선하여 본격적으로 시인으로 활동하였는데 한때 출판사도 경영한 적이 있지만 시인이 사업에 성공한 예가 드물듯이 그도 실패하고 말았다. 다르게 말하면 성질이 불같아서 어긋나고 비뚤어진 곳을 그냥 보아넘기지 않기 때문에 사업과는 거리가 먼 사람이다.

군도는 군도라는 이름 때문에도 무겁게 느껴지는 물건이다. 가을은 나뭇잎마다 서릿발의 칼날(군도) 앞에 무참히 쓰러져야 하는 계절이다. 젊음이라 해도 인간세파에 시달리다 보면 서리 맞은 가을잎 같이 공허하고 그야말로 빈 가슴일수록 가을의 의미가 사무치게 들리는 것이다. 세상사를 겪을 대로 겪은 시인이라면 가을은 둔탁한 발자국 소리를 내며 가까이 다가오는 소리를 시방 듣고 있을 것이다. 시방 가을이 무르익고 있다.

봄 햇살 아래에서
－草屋記
　　　　　　최승범

대숲 윤이 돋는 풀솜 같은 햇살 아래
노란 물감 길어내는 산수유나무 가지 사일

짝지어 날아든 멧새의 폴짝대는 저 흥감.

이맘때 어린 시절 고향 돌담 가에 서면
햇살의 온기만으로도 싱그러운 기쁨이던
저때의 정감에 젖는 아늑한 이 하루.

산수유꽃이 봄 소식을 알릴 때쯤이면 산새들은 짝짓기를 서둔다. 꽃도 열매를 담을 준비로 향을 발한다. 자연만 그런 게 아니고 인간사에서도 길일을 가려 혼사를 정하기 바쁜 계절이 봄이다. 시인은 시방 어린 날 돌담 밑에서 햇살의 온기와 자연의 흥감에 젖었던 과거를 회상하고 있다. 저때의 정감에 젖어 있으면 비록 그 세월로 돌아가진 못해도 아늑한 하루의 행복이 있다는 내용이다.

어느 예술이든 그 예술을 감상하는 순간은 자신의 체험을 꺼내어 작품에 비춘다. 체험의 세계가 풍부하고 그 체험을 가지가지 잘 끄집어내어 작품에다 잘 새겨 넣는 사람이면 일수록 훌륭한 감상자라 할 수 있다.

최승범(1931~)은 전주를 지키는 그야말로 양반사대부다. 그는 시조도 좋거니와 사람이 너무 좋아 문인들 사이엔 그를 식객 3000을 두고 산 위나라 신릉군(信陵君) 쯤으로 여긴다.

친구 사귀기를 좋아하고 인정 베풀기를 좋아하니 생활이 넉넉지는 못하다. 그러나 그는 늘 마음이 부자다.

통일대한

장순하

정적(靜寂)이 아람처럼 또옥똑 여무는 밤
결코 복수일 수 없는 나의 눈발 한 가닥이

지그시 과녁 안으로 죄어드는 저 초점.

강이며 산맥이며 짚어가던 고 손가락
이건 무어냐고 재쳐 묻다 잠이 들고
호젓이 벽을 바라고 몰아쉬는 숨결이여.

화랑 젊은 손은 세 나라도 모았거니
만이 삼천이면 하늘인들 못 돌리랴
두둥둥 북을 울려라 메아리도 울어라!

이제 벽은 무너지고 하늘 다시 열리는 날
열두 줄 가야금의 청아한 목청이랑
닐니리 새옷 바람에 덩실덩실 춤추리.

　　1957년 개천절 경축 행사로 시조 백일장이 열렸는데 이 작품이 바로 장원작이다.

　　당시 이승만 대통령은 한시에도 능하고 시조도 짓곤하였던 분이었는데 우리 민족이 낳은 시조문학을 계승 발전하고자 하여 이런 행사를 하였다. 5.16 구데타가 일어나자 이런 행사는 중단되었다. 일본에서는 설날이 되면 천황이 일본 전통시 와까를 한 수 읊는다고 한다. 프랑스에서는 장관이 되려면 그 나라 아름다운 시를 상당수 암송해야 한다고 한다.

　　우리나라 대통령부터 시조 공부 좀 하면 어떨까. 아니 당신께서는 바빠서 그러지 못한다 한다면 이 대통령이 그러했듯이 어느 길일을 가려 대통령이 시제를 내고 시조 백일장을 열면 어떨까 한다. 일본 전통시 하이꾸는 어느새 영시의 한 형태로 정착되어 영어권 사람들이 영어로 하이꾸를 짓는다. 아무 노력 없이 이런 일이 일어난 것이 아니다. 시조는 하이꾸보다 여러 모로 잘난 시이다. 그런데 이걸 갈고 닦아 세계 문학시장에 수출할 생각을 해야 한다. 자동차 전자제품 잘 만들어 파는 나라도 자랑스럽지만 정신문화를 세계에 잘 수출하는 나라는 더 자랑스러운 것 아닌가! 이 시조를 보면 이런 생각이 북받쳐 오른다.

장 순하는 이 작품 때문에 유명한 시조시인이 되었고 수작의 작품들을 많이 발표하는 계기가 되었다.

귀뚜라미

박경용

달여울 홍건하여 흘러 이미 강인데
짝 불러 애가 잦는 네 울음도 강일러니
이 밤도 어이 건느랴,밤길 물길 구만리!

울음이 반짝이는 강나루에 시름 걸고
실실이 네 넋에 실어 나도 우느니,귀뚜리여
못 건널 강 하나 두고 짝을 우는 너와 나!

가을 밤에는 귀뚜라미가 울어야 제격이다. 가을 밤을 깊게 만드는 건 기우는 달이 아니라 갸날프게 우는 저 귀뚜라미 울음이다. 이 소리를 듣고 있으면 소리가 있어 가을밤은 더 적막하고 소리 때문에 더 고요함을 느끼게 된다. 짝을 불러 애닳아하는 귀뚜라미와 나 또한 사랑하는 이에 대한 갈구로 시름 겨워하는 밤을 잘 연결시켰다. 이와 같이 자연을 통해 나를 생각하고 나를 통해 자연을 재해석하는 것이 동양시의 正道라고 하면 넘치는 말이라고 나무랄 사람이 있을까.

박경용(1940~)은 경북 영일군에서 태어났다. 그는 글 쓰는 걸로만 직업으로 하여 이날까지 살아온 사람이다.

그의 시조는 자연의 순환질서를 환기하는 작품들이 많다. 다시 말해 자연의 소리를 엿들어서 인간화시키는 일과 자연에 인간을 넣어 재해석하는 경우가 주특기다. 그는 동아일보 신춘문예,한국일보 신춘문예를 거쳤다. 그리 많은 다작의 시인은 아니나 수작을 발표하는 시인임에는 틀림 없는데 요즈음은 통 그의 작품이 보이지 않는다.

가을 항아리

송선영

속 깊이 숨어 있는 옛 소리 한 마당이여
빈 성(城) 밖 느티숲의 잠든 바람이 일어서면
긴 세월 들끓던 노을 홀로 새기는 항아리.

이제는 비워내리, 층층 고인 그 울음
어여삐 어루만져 실어내리, 하늘가에
이승의 앓는 시간대 홀로 삭히는 강이여.

사물의 사실적 재현이 아니고 순수한 점·선·면·색채에 의한 표현을 목표로 한 그림을 추상화라고 한다. 다시 말해 사물의 전체 표상을 구성하는 모든 특징·속성·관계 중에서 하나 또는 몇 개를 떼어내어 그것만을 본질적인 것으로 독립시켜 사고의 대상으로 삼는 분석적 정신 작용의 결과가 추상화다. 시에도 이와 유사한 경우가 있다. 사물의 사실적 재현을 노리는 작품이 있는가 하면 사물을 해체하여 특징적인 몇 가지만 도려내어 드러낸 시도 있다.

이 작품은 가을 항아리의 외형에 관해서는 관심이 없고 항아리가 무엇을 갈무리하는 또는 무엇을 담아 삭히는 그릇이라는 측면을 내세워 항아리가 울음을 담는 용기로 그리고 이승의 아픔을 삭히는 강과 같은 존재로 나타내었다.

송선영(1936~)은 한국일보, 경향신문 신춘문예 시조부에 당선하였고 이런 저런 상을 8개나 받은 시인이다. 여기서도 보았듯이 이 시인은 사물의 외형에는 관심을 두지 않는 시인이다. 그러다보니 작품 해석이 쉽지 않다. 그는 독자가 작품을 감상할 때, 제목에 가까이 접근하기 위해 작품 내용을 이리저리 뒤적거리기를 요구하는 작품세계를 즐기는 시인이다. 썩 잘된 작품이라고 소개하기보다 이런 풍의 시조도 있음을 보여주고자 소개한다.

신록에
이상범

꿈자리엔 꽃 이울고 시새우던 바람 자고
비 개인 이 아침은 눈물 빚듯 아로새겨
그냥 그 눈이 감기는 아 섭리의 감촉이여.

감감히 흘려 보낸 보룡산 내음 띠고
옥양목 두루마기 외삼촌과 한나절은
한 십년 거슬러 올라 주막집에 앉고 싶다.

취하여 싱그러운 밀어랑은 나도 몰라
어느 뉘의 입김 담은 귓말인가 저 엽신(葉信)은
볼 비벼 서로 도타운 하늘 가득 하늘 소리.

신록은 잔치마당이다. 신록을 바라고 앉으면 살아있음의 눈부심이 꿈자리인 양 황홀하다. 어쩌면 한 십년 저 편 어느 나지막한 주막에 앉아 다정한 외삼촌과 대취한 끝에 욕심 없는 말들을 주고 받았을 것이고 그 푸성한 말들이 저 신록이었더라면 좋았겠다는 것이다.

싱그런 이파리마다 무슨 사연을 아로새긴듯하여 아껴 보고 싶은 신록을 시인은 예찬하고 있다.

이상범(1935~)은 충북 진천에서 태어났다. 그는 시조도 그럴싸하지만 글씨도 잘 써서 그의 연하장을 받으면 행복해진다. 그의 시조는 이렇게 자연을 구김없이 바라보고 삶을 좀 더 채색하여 바라보려는 어쩌면 욕심이 많은 작품 세계를 자주 다룬다.

도라지꽃

김제현

뿔 여린 사슴의 무리 신화(神話)같이 살아온 산
서그럭 흔들리는 몸을 다시 가눈 곳에
이 고장 마음 색 띄고 도라지꽃 피는가.

신음과 기도 위로 선지피 뚝뚝 들던 산
이대로 이울고 말 입상(立像)인가 말이 없이
먼 하늘 머리에 이고 도라지꽃 피었다.

시가 외형의 묘사에 치우치면 시의 맛이 우러나지 않는다. 거꾸로 시가 의미에만 치우치면 그 시는 맹물맛이다. 그림도 마찬가지다. 우리 선조들은 그림을 그리되 그림이 나타낼 수 없는 의미를 기워 넣기 위해 화제(畵題)를 그럴싸하게 붙이고 이것도 모자라서 시구(詩句)마저 더하여 시와 그림을 합한 문인화(文人畵)를 즐겨 그렸다. 잘난 시는 회화성(繪畵性)과 의미성(意味性)을 적절히 배합한 시다.

도라지꽃이 절로 핀 게 아니라 산의 신비가 다한 자리에 그것도 이 고장 사람들의 순박한 정서를 대변하듯이 피었다는 것이다. 그런데 산은 신비와 영험의 공간이고 이 공간을 점한 도라지꽃은 우리네 촌 아낙들이 정화수 떠놓고 하늘 우러러 빌듯이 하늘을 머리 맞대어 숭엄한 자세로 저 도라지꽃이 피어 있다는 말이니 토속적이면서도 우리 삶의 언저리를 도라지꽃을 통해 드러내고 있다고 할 수 있다.

김제현(1939~)은 시조시학이란 시조잡지를 발행하는 한편, 시조 창작의 활성화를 위해 많은 일을 한 사람이다.

江물에서

박재삼

무거운 짐을 부리듯 江물에 마음을 풀다.
오늘, 안타까이 바란 것도 아닌데
가만히 아지랑이가 솟아 아뜩하여 지는가

물 오른 풀잎처럼 새삼 느끼는 보람,
꿈같은 그 歲月을 아른아른 어찌 잊으랴
하도한 햇살이 흘러 눈이 절로 감기는데……

그날을 돌아보는 마음은 너그럽다,
반짝이는 江물이사 주름살도 아닌 것은
눈물이 아로새기는 내 눈부신 자욱이여!

박재삼은 1933년 일본 동경에서 태어났으나 36년 어머니 고향인 삼천포로 이주하였다. 아버지는 지게꾼으로 어머니는 주로 진주 장터에서 생선을 팔았다. 삼천포 여중 사환으로 있을 때 김상옥을 만나게 되고, 그 때 나온 선생의 시조집 '草笛'을 공책에 적어 암송하면서 시인의 꿈을 키웠다. 삼천포 중학 병설 야간부에서 공부하다 뒤에 주간부로 옮겼고 삼천포고등학교 2학년에 편입, 이 학교를 전교 수석으로 졸업하였다. 이 시조는 모윤숙 추천으로 1953년 11월호 '문예'에 실렸던 작품이다. 강물은 마음을 가볍게도 하고 황홀한 삶을 꿈꾸게도 하고 눈물로 얼룩진 생애 같기도 하다는 이 시조처럼 그의 삶도 순탄하지 않았지만 그는 한국적 정한을 노래한 최고의 시인이었다. 그의 출발은 시조였으나 서 정주가 적극 시를 쓰기를 권하여 현대문학에 서정주 추천으로 문단에 나왔다. 지병인 당뇨를 이기지 못하고 1997년 6월 8일 세상을 떠났으니 안타까운 일이 아닐 수 없다.

그 가을

이근배

문득 꽃은 지다. 우수수 잎도 지다.
스산한 바람 앞에 만상(萬象)이 모두 져도
그 가을 생각 하나는 되려 잎이 돋는다.

먼 산도 불러보고 달에게도 건네보고
시리운 이 가슴의 고인 물을 푸느라면
그 가을 실솔(蟋蟀)이 되어 긴 한 밤을 적신다.

무더울수록 가을이 문턱에 왔다 생각할 일이다.

가을은 인생을 반성하게 하고 내일을 설계하게 하여 인생의 성숙을 느끼게 하는 계절이다. 꽃도 잎도 지고 바람은 스산히 불어 겨울을 예고하고 인생도 나이를 더하여 초라함을 느끼게 하는데 그 언젠가의 가을날의 아름다운 생각은 되려 생생히 잎이 돋아와 가슴에는 추억의 물이 넘친다. 이런 밤에 귀뚜라미가 나를 대신하여 그립고 아쉬운 마음을 대신 울어준다는 내용이다. 가을이면 이런 저런 생각이 단풍으로 물드는 법인데 가을이면 유독 그 가을의 애틋한 사연이 사람마다 한두 가지 새록새록 생각나기 마련이다. 이런 우리의 잠복하고 있는 추억을 더듬게 하여 좋다.

이근배(1940~)는 경향, 서울, 조선, 동아를 비롯해 한국 각 일간지 시, 시조, 동시로 신춘문예를 석권한 재주꾼이다. 상도 이런 저런 상을 9개 이상을 받았다. 말하자면 상 사냥꾼이다. 그의 재주를 부러워하면서도 한 편으로는 다른 신인의 탄생을 막은 사람으로 좀 심하게 말해 염치가 없는 사람이라는 평을 받기는 받는다.

　　　귀뚜라미
　　　　　　　　임종찬

　　　적막도 잔이 넘쳐
　　　취해 앉은 강산인데

　　　가을은 포도시렁에
　　　빈 하늘만 얹어놓고

　　　한 마리 벌레를 울려
　　　야윈 밤이 깊어라.

　　　오동장롱에 감춰둔
　　　한 떼기 황토빛 수심(愁心)

　　　어머님 반짇고리엔
　　　어스름만 쌓여오고

　　　간직한 내 꿈의 창호(窓戶)에
　　　집을 짓는 귀뚜라미.

밤 깊어 얼마나 적막하면 잔이 넘치는 적막이 될까. 포도송이 다 거두어 내린 포도원에 가을벌레가 어둠의 현을 울리고 있다.

　개발연대 우리들의 어머니는 삯바느질을 하거나 '도롱뇽 울음소리'를 내는 재봉틀을 돌리며 밤을 지새웠다. 어머니는 품삯으로 받은 구겨진 지전을 반반하게 쳐서 오동장롱 밑바닥에 모아두셨다. 서울로 유학간 아들의 학비를 보내기 위해, 아니면 한 뙈기 전답이라도 장만하려고 눈물 어린 노고를 남몰래 보태어 갔다.

　이 시조를 음미하면 나는 갈래머리 소녀가 된다. 너만은 학업을 마치고 네 몫을 다하며 살아야 한다고 밤새워 재봉틀을 돌리다 코피를 쏟으시던 어머니가 떠오른다. 야위고 수심어린 눈빛의 그 어머니가 그립다. 역대 천하 선사들이 중생심(衆生心)이 다 불심(佛心)이라 하지 않았던가. 우리 아버지 어머니의 마음이 모두 불심으로 안겨온다.(홍성란의 '현대시조감상' ＜불교신문＞(2007.2.28)에서)

문을 바르며

임종찬

한지(韓紙)로 문을 바르며
국화꽃을 붙여본다

한 짝문엔 댓잎도 붙여
상청(常靑) 봄을 살게 하고

나머지 여백(餘白)의 자리엔
달 실리게 하리라.

엎어놓은 문짝 위에
종이를 덮어보니

보길도(甫吉島) 고산(孤山)바다

맑게 이는 포말(泡沫)이여

생활이 여유롭고자
어부사(漁父詞)도 적을란다.

인생은 짜여진 문살
가로 세로 다듬거니

희비도 애증도 모두
문살 위에 얹어놓고

풀 먹인 종이 문지르듯
어루만져 살 일이다.

　따옴시는 한국적 서정과 지조의 세계를 보여준다. '한지(韓紙)', '문' 등은 한국인이 아니면 누릴 수 없는 문화를 드러내고 있으며 '국화', '댓잎', '상청(常靑)' 등은 지조와 절개를, 그리고 선비의 그 엄정성을 환기시켜 놓고 있다. 임종찬은 전반적으로 "전원에서 인간성을 발견하고 자아를 추구하려는 순수시를 지향한다"라는 평을 받는대로 한국적 정서와 향토색 짙은 자연, 우리 고유의 선비정신과 그 멋을 추구함을 볼 수가 있다.(강희근『경남문학의 흐름』, 보고사, 2001에서)

연꽃
　　　　　　　임종찬

한 장 물빛을 열고
솟아오른 목숨입니다.

실밥 따는 아픔이

냇들 어이 없을까만

받쳐 든 구층 하늘이
만 근 쇠로 누릅니다.

헤아리면 당신 생각은
염주보다 무겁습니다.

일주문 열고 앉은
부처님 졸음처럼

내 안에 더운 말씀이
연밥으로 익습니다.

가장 전통적인 보법을 보여주고 있습니다. 감탕에서 피어났어도 청초한 꽃망울로 어둠을 환히 밝히는 인등과 같은 연꽃, 그 개화의 순간을 '한 장 물빛을 열고 솟아오른 목숨'으로 형용합니다.

그리고 실밥 따는 아픔 가운데 받쳐든 구층 하늘이 또 다시 만근 쇠로 내리누르는 것을 견딥니다. 염주보다 무거운 당신 생각을 헤아리고, 속진과는 절연한 부처님의 졸음과도 같이 자신의 안에 더운 말씀이 연밥으로 익는 것을 마음의 손길로 어루만져보기도 합니다.

불교적인 사유의 세계를 노래하고 있는 <연꽃>에서 삶의 진실성을 읽습니다. 목숨 하나 영위하는 일이 때로 수치스러울 때도 있고, 속절없음을 자탄할 때가 적지 않지만 '한 장 물빛을 열고 솟아오른 목숨'이기에 함부로치 못함을 일깨워줍니다.

자연의 섭리가 우리의 마음을 올곧게 움직이는 한 좋은 예가 되겠습니다.(이정환의 '아침시조' 169(2004.10.4)에서)

(ㄱ)

◉지은이 **임종찬**

· 1945년 경남 산청에서 태어남
· 부산대학교 국어국문학과 졸업 및 동대학원 수료(문학박사)
· 한국문인협회 회원, 한국시조시인협회 회원, 부산시조시인협회 회원
· 『현대시조론』, 『시조문학의 본질』, 『개화기시가의 논리』, 『시조문학 탐구』,
  『현대시조 탐색』, 『현대시조의 정서와 방향』, 『시조에 담긴 주제와 시각』 등을
  저술
· 『靑山曲』을 비롯한 7권의 시조집과 1권의 수필집 저술
· 부산시 문화상, 성파시조문학상, 오늘의 시조대상 등 수상
· 대만 정치대학 객좌교수, 한국시조학회 회장, 부산시조시인협회 회장 등을 역임
· 현 부산대학교 인문대 국어국문학과 교수로 재직 중

시조에 담긴 주제와 시각

초판 1쇄 인쇄일	2010년 3월 10일
초판 1쇄 발행일	2010년 3월 16일

지은이	임종찬
펴낸이	정구형
총괄	박지연
편집 · 디자인	이솔잎 채지영 김민주
마케팅	정찬용
관리	한미애 강정수
인쇄처	태광
펴낸곳	**국학자료원**

등록일 2006 11 02 제2007 – 12호
서울시 강동구 성내동 447 – 11 현영빌딩 2층
Tel 442 – 4623 Fax 442 – 4625
www.kookhak.co.kr
kookhak2001@hanmail.net

ISBN	978 – 89 – 6137 – 495 – 8 *93800
가격	18,000원

＊ 저자와의 협의하에 인지는 생략합니다.
  잘못된 책은 구입하신 곳에서 교환하여 드립니다.